韶关市社科文艺精品扶持项目

《粤风续九》研究

邓青　孔亚磊◎著

暨南大學出版社
JINAN UNIVERSITY PRESS
中国·广州

图书在版编目（CIP）数据

《粤风续九》研究/邓青，孔亚磊著．—广州：暨南大学出版社，2018.8
ISBN 978－7－5668－2415－8

Ⅰ.①粤… Ⅱ.①邓…②孔… Ⅲ.①民歌—作品集—广西—清代 Ⅳ.①I276.267

中国版本图书馆 CIP 数据核字（2018）第 142479 号

《粤风续九》研究
YUEFENG XUJIU YANJIU
著　者：邓　青　孔亚磊

出 版 人：徐义雄
策划编辑：苏彩桃
责任编辑：黄佳娜
责任校对：詹建林
责任印制：汤慧君　周一丹

出版发行：暨南大学出版社（510630）
电　　话：总编室（8620）85221601
　　　　　营销部（8620）85225284　85228291　85228292（邮购）
传　　真：（8620）85221583（办公室）　85223774（营销部）
网　　址：http：//www.jnupress.com
排　　版：广州市天河星辰文化发展部照排中心
印　　刷：湛江日报社印刷厂
开　　本：787mm×960mm　1/16
印　　张：13.75
字　　数：276 千
版　　次：2018 年 8 月第 1 版
印　　次：2018 年 8 月第 1 次
定　　价：48.00 元

前言

《粤风续九》是一部岭南歌谣集，由清初吴淇、修和等采集于粤西（相当于现在的广西），原书按歌谣的种类分为五卷：第一卷“粤风”，按钟敬文、罗香林的考证，就是客家山歌；第二卷“瑶歌”，是瑶族的歌谣；第三卷“俍歌”，即俍人的歌谣，而俍人是现在壮族的前身，所以“俍歌”就是壮歌；第四卷“僮歌”，僮人也是现在壮族的前身，所以“僮歌”也是壮歌；第五卷“杂歌”，将介绍未收入前四卷的歌谣。

《粤风续九》一书曾长期佚失，近年在杭州图书馆发现原本，并由齐鲁书社影印出版（见《四库全书存目丛书补编》第79册），才得以一见其真容。《粤风续九》除所记录的歌谣本身很有价值外，书中还包含了不少的民俗学、社会学、地理学等方面的信息，是难得的文史资料。这本书不仅适合研究文学、民俗学等方面的专业人士阅读，而且对于民间音乐（特别是客家山歌）的研究来说也是很重要的史料。它所提供的证据，在对岭南歌谣研究，特别是研究客家山歌的起源、早期形态、刘三妹（姐）研究、南方各族歌谣之间的相互影响等方面，具有重要的史料价值。

基于此书的重要性，我们对其进行了初步的三个方面的专题研究，即：《粤风续九》传播及研究史研究、地理与民俗研究、客家山歌源流线索（及说法）研究。当然，此书还有一些有意义的领域有待以后的深入研究，例如刘三妹（姐）传说的原型与流传研究、书中各族歌谣的纵向横向比较研究等。

《粤风续九》原书异体字、生僻字，特别是宋元以来常用的俗字繁多，辨识不易；全部的序、跋、诗全为文言文，要作学术研究，则需真正理解每一句话；原书有众多用事用典的文辞，需要细心识别，找寻出处；原书有些地方字迹模糊，难以辨认，似也有些错误。以上种种原因，决定了原书阅读起来很是费力，需要读者有较好的古文底子与必要的文学历史知识。

鉴于国内尚未见此书的全译注释版本问世，为方便研究及此书的传播，我们决定对原书进行校正、注释，并作翻译，以下卷的形式附在后面，以供有需要的学者研究之用。

从某种意义上说，任何翻译都是拙劣之作。外语翻译受到非母语的精妙表达方式与异质文化的思想隔阂等的影响，自不待言。然而，即使同一民族，因时代、地域所造成的语言差异常常也令人头疼，其翻译难度有时并不亚于外语翻译。例如，粤方言（白话）翻译为普通话就常有此情况。现在本书的翻译也碰到这种难题，虽然《粤风续九》的原书只是清初文字，然而翻译起来却常让人为难：古代汉语所独有的语法、句式、文章结构、引经据典的习惯、历史社会与文化知识等因素姑且不论，单单语句中的意义和气韵等，就无法准确翻译及传递，常常只可意会，不能言传。但出于研究所需，又不得不使用累赘甚至干巴巴的现代语句将其意思大致表达出来。若要求现代汉语译文的水平如同古汉语原文般精炼、准确，则无异于艺术再创作，这又为我们的能力所不及。幸亏我们注译本书不是为了文学欣赏，而是基于实用的目的，这才在一定程度上避免了翻译的尴尬与浅陋。

当然，由于笔者的古汉语水平有限，对粤语、客家话等南方方言的掌握不足，且在翻译时或多或少受到原书表述的影响。因此，本书在注译时不可避免地存在着表述不到位或与原著意思不相符的地方，恳请读者谅解，并请方家不吝赐教。

邓青　孔亚磊
2018 年 3 月

目　录

上卷　《粤风续九》专题研究

第一章 《粤风续九》简介、流变及研究情况

《粤风续九》是一部岭南古代歌谣集，书中收录了客家山歌、瑶族歌谣、壮族歌谣、疍民歌谣等，既是民间音乐珍贵的早期资料，也是反映岭南社会、民俗文化、地理、民间传说等情况的难得史料。它是后世相关研究、论述及引用的最主要材料。其诞生之后，在清代文人的各种记录中得以不断流传并发生变异，而最大的变异是李调元的《粤风》，后者基本都是对它的摘抄、转录，并在《粤风续九》长期湮灭后成了它的替代品。现当代有关《粤风》的研究产生的种种争议，有赖于《粤风续九》一书的重新澄清、厘定。因此，对《粤风续九》展开全面深入的研究显得很有意义。

第一节 《粤风续九》简介

《粤风续九》问世于1663年，曾长期湮灭，一度被认为已亡佚，只能从清人的各种记载及转录、传抄的文章中了解部分内容。二十世纪九十年代，在浙江杭州图书馆发现了此书清康熙二年刻本的孤本，并于2000年收录在《四库全书存目丛书补编第79册》中由山东齐鲁书社重新影印出版。此书重见天日，为它的成书年代、编者、采集者、卷数、体例等问题提供了最终且最有力的答案，从根本上改变了一些定论，反映了真实的历史情况，也厘清了与李调元著作《粤风》的关系。

一、《粤风续九》的主要内容

此书收集整理了今广西桂平境内流传着的各民族歌谣。全书分为五卷，其中卷一名为“粤风”，就是今天所说的客家山歌，共53首，采录者是睢阳修和，反映了清代初年及之前（应是元明两代）的客家山歌面貌，但编辑者也交代是经过挑选、整理的：“其歌夙无刊本，口传口，间有抄本，多土音土字，及传写之讹。余拨其尤者若干首，正其差讹，土字易之，土音稍为释之，评其指趣，目之

曰‘粤风’，编成一帙。”显然创作者们都不是客家人，对客家方言的特殊字词或语音的理解与记录未必正确，这是需要注意的。卷一“粤风”中的歌曲体裁大多是七言四句体，约有三分之一是三字头四句体（即用三个字为一句作开头，后三句每句为七言。应当注意，所谓“七言四句体”“三字头四句体”这些名称都是现代研究者命名，原书并没有指明）。每首歌曲都有注解与评语，或详或略，每首歌曲都以歌词中开头句或精要词句为题目。

卷二为“瑶歌”，即瑶族歌谣。卷三为“俍歌”，卷四为“僮歌”，都是今天的壮族歌谣。卷五为“杂歌”，包括：①《沐浴歌》，应是广东地区的汉族歌谣；②《疍歌》，即疍民歌谣，疍民是指中国南方水上族群，主体应是汉族；③《俍人扇歌》；④《俍人担歌》；⑤《瑶人布刀歌》；⑥《师童歌》，它应属于客家歌谣中的特殊歌曲。创作者们虽然不通少数民族语言，但对书中的瑶族歌谣与壮族歌谣使用近似发音的汉字予以标记，并且都作了意义解释，是研究瑶、壮语言、文字、音乐的宝贵史料。

原书编者在整理方面只做初步诠释及点评的工作，基本没有说明情景、体裁、方言语音、音乐等情况，甚为可惜。

二、《粤风续九》的篇章结构

下面是我们按《粤风续九》书中的原顺序作出的总结，以便读者更好地了解此书的篇章结构：

《粤风续九》一书除五卷数百首歌谣正文外，还有各种的序、题诗、传记、传说、跋、注等内容，有机地分布于正文的前后，与歌谣一起，构成不可分割、不可或缺的成分。它们不仅内涵丰富，占据了全书较多的篇幅，而且其本身所透露出来的信息，很有史料与研究价值。按原书的次序排列如下：

《总序》（吴淇）——《百粤蛮风诗》（李洁）——《百粤蛮风诗》（吴雯清）——《题粤风四种诗》（何絜）——《题粤风四种诗》（程世英）——《百粤蛮风诗》（陈丹）——《歌仙刘三妹传》（孙芳桂）——《始造歌者刘三妹遗迹》（曾光国）——《〈粤风〉序》——《粤风》（即卷一歌谣正文）——《〈瑶歌〉序》——《瑶歌》（即卷二歌谣正文）——《〈俍歌〉序》——《俍歌》（即卷三歌谣正文）——《〈僮歌〉序》——《僮歌》（即卷四歌谣正文）——《〈杂歌〉序》——《杂歌》（即卷五歌谣正文）——《题〈五溪峒女诗〉并序跋〈粤风续九〉后》（李洁）——《五溪峒女诗》——《自跋〈粤风续九〉后》（吴淇）——原书末页说明。

下面是我们按书中这些内容作出的归类说明，以便读者更好地了解此书的篇章结构。

1．五卷歌谣

（1）卷一《粤风》——收录客家山歌 53 首，修和编辑，沈铸注评，袁炯校对；

（2）卷二《瑶歌》——收录瑶歌 20 首，由彭楚伯重辑，何絜订正，程世英评阅；

（3）卷三《俍歌》——共收录了 11 组唱和歌词，修和编辑，吴代评解，谈允谦校阅；

（4）卷四《僮歌》——共收录歌谣 8 首，由黄道编辑，潘穋评解，楚僧本符校阅；

（5）卷五《杂歌》——原书将一些不易分类的或比较特别的歌谣收录成一卷，收录有：《〈沐浴歌〉序》1 篇、《疍歌》3 首、《俍人扇歌》4 首、《俍人担歌》1 首、《瑶人布刀歌》1 首、《师童歌》5 首。

2．序

（1）《总序》——即原书总序，由全书的主持人吴淇撰文；原书注明缺了前半叶，所以我们无法知道原题名，只能根据文意和次序，冠以“总序”的题名；

（2）为各卷歌谣所写的序，共有五个：卷一《〈粤风〉序》，修和撰文；卷二《〈瑶歌〉序》，赵龙文撰文；卷三《〈俍歌〉序》，修和撰文；卷四《〈僮歌〉序》，黄道撰文；卷五《〈杂歌〉序》，修和撰文。

3．题诗

（1）《百粤蛮风诗》——共有三组，每组各有 30 首诗，分别由李洁、吴雯清、陈丹作，内容都是关于岭南风土人情的描述；

（2）《题粤风四种诗》——共两组，每组各有 10 首诗，分别由何絜、程世英作，是对全书所作的题诗，并非专为卷一《粤风》所作；

（3）《五溪峒女诗》——共 4 首，李洁作，也是为全书所写的题诗。

4．两篇刘三妹（姐）的传说

分别是孙芳桂撰文、彭楚伯笺注的《歌仙刘三妹传》和曾光国记述、罗汉章校阅的《始造歌者刘三妹遗迹》，它们是研究刘三妹（姐）传说的重要资料，极具研究价值。

5．全书末尾所附的两篇跋

分别是李洁撰《题〈五溪峒女诗〉并序跋〈粤风续九〉后》和吴淇撰《自跋〈粤风续九〉后》。

6．原书末页所附的说明文字

原书上有说明文字“《粤风续九》四卷，两淮盐政采进本”，还有应该是呈送者或当时四库全书编辑者的一些说明文字，这里从略。

三、《粤风续九》创作者

毫无疑问，《粤风续九》是一部集体创作的著作，从上面篇章结构的介绍中，可以清楚地看到这一点。主编者（或主事人）为吴淇，修和、赵文龙、彭楚伯、黄道等人是主要采集记录者，加上校阅者、点评者及题跋者等，全部参与《粤风续九》辑刻的人达到20人之多，所以用“创作者”来指称这一群体。有关此书创作者的考证可参见2011年扬州大学王长香的硕士学位论文《〈粤风续九〉研究》。简而言之，创作群中大多数人都可在各种史料中找到，例如四明黄道，他是崇祯末年的进士，在明代福建进士表中可找到他。可见，这些创作者基本上是吴淇的朋友、幕僚，并非“伪托子虚”。

四、书中的序、题、跋

由上面《粤风续九》的篇章结构可清楚地看到，除歌谣本身外，书中的序、题诗、跋分量很重，是研究歌谣及其背景的难得材料，应引起足够的重视。例如全书卷首的几组《百粤蛮风诗》与《题粤风四种诗》，反映了岭南地区（包括客家社会）的一些历史面貌，内容涵盖了语言、文学、人情风俗、地理、经济等情况，是歌谣史、民间文学、社会学、民俗学、语言学等方面珍贵的第一手史料，具有较高的学术价值。又如书中两篇有关刘三妹（姐）的文章，《歌仙刘三妹传》与《始造歌者刘三妹遗迹》，虽不乏神话传说的色彩，但文章透露出的信息，仍然值得重视，是研究客家山歌渊源的重要资料及线索。

第二节　清人相关记载

清代文人笔记的辑录十分盛行，文人之间相互抄、转、引、摘是正常情况。《粤风续九》问世后不久，就在文人之间流传，被视为难得的奇书，被喜好猎奇的文人所看重。今天在许多清人的笔记中可见到相关记载，但基本只摘取了只言片语，而有些记载者甚至没有看到原书，只是断章取义或语焉不详地摘抄、转录，更没有做进一步的说明、整理、考证的工作，从本质上来说只是“引上引、抄上抄”而已，谈不上有什么学术价值。而在流散传播的过程中，谬误在所难免，甚至有时会完全走样、脱离原貌。后来原书又莫名其妙地“佚失”，于是谬误就更严重了。

这里我们选取了较有代表性的记载，将其内容详细列出，若由此再对照书中相关内容，就很容易看出其来源与差异。对于其他不太重要的记载，则一笔带过。

一、王渔洋的记载

在王渔洋的著作《渔洋诗话》《池北偶谈》中，分别有相关内容：

（1）《渔洋诗话》（雍正乙巳年）卷下：

西粤风俗淫佚，男女婚媾，皆以歌辞相酬和。同年吴淇冉渠尝撰《粤风续九》一卷，凡民歌、瑶、僮、俍、蛋、布刀、扇歌皆具，其词虽侏离，而颇有乐府清商、子夜读曲之遗。

民歌如：“蝴蝶思花不思草，兄思情妹不思家。两岸人烟相对出，只隔青笼水一条。已娘莫学鲤鱼子，那河又过别条河。天旱蜘蛛结夜网，想晴只在暗中丝。蜘蛛结网三江口，水推不断是真丝。科举秀才取红豆，相思及早办前程。黄菊花开九月九，枝枝叶叶有娘名。”

瑶歌有云：“黄蜂细小螫人痛，油麻细少炒仁香。鸭儿细细着水面，表因细小爱怜娘。”

蛋歌云：“错畔行过苏兴巷，鱼穿水透到花街。木樨花发香十里，蝴蝶闻香水面来。”

余僮、俍诸歌，非译不能通晓矣。①

（2）《池北偶谈》卷十六：

粤西风淫佚，其地有民歌、瑶歌、僮歌、俍歌、蛋人歌、布刀、俍人扇歌、僮人舞桃叶等歌，种种不一，大抵皆男女相谑之词。相传唐神龙中，有刘三妹者，居贵县之水南村，善歌。与邕州白鹤秀才登西山之台，为三日歌，秀才歌《芝房》之曲，三妹答以《紫凤》之歌，秀才复歌《桐生南岳》，三妹以《蝶飞秋草》和之。秀才忽作变调曰《朗陵花》，词甚哀切，三妹歌《南山白石》，益悲激，若不任其声者，观者皆唏嘘。复和歌，竟七日七夜，两人皆化为石，在七星岩上，下有七星塘，至今风清月夜，犹仿佛闻歌声焉。同年睢阳吴冉渠淇，为浔州推官，采录其歌，为《粤风续九》，虽侏离之音，时与乐府、子夜读曲相近，因录数篇。

民歌曰：“妹相思，不作风流到几时。只见风吹花落地，那见风吹花上枝”

---

① （清）王世禛：《渔洋诗话卷下》，《钦定四库全书　集部9　诗文评类》，雍正乙巳年，第52－53页。

（《相思曲》）；“思想妹，蝴蝶思想也为花。蝴蝶思花不思草，兄思情妹不思家”（《蝴蝶思花》）；“娘在一岸也无远，弟在一岸也无遥。两岸人烟相对出，只隔青笼水一条”（《隔水曲》）；“妹娇娥，怜兄一个莫怜多。已娘莫学鲤鱼子，那河又过别条河”（《妹同庚》）；“嫩鸭行游塘栅上，娇娥尚细不曾知。天旱蜘蛛结夜网，想晴只在暗中丝”（《塘上》）；“妹相思，妹有真心弟也知。蜘蛛结网三江口，水推不断是真丝”（《妹相思》）；“科举秀才取红豆，相思及早办前程。黄菊花开九月九，枝枝叶叶有娘名”（《黄菊花》）。

瑶歌云：“思娘猛，行路也思睡也思。行路思娘留半路，睡也思娘留半床”（一）；“白马儿，白马端正也难骑。娘骑马头表马尾，马辔尖尖妹陷比”（二），陷比，即怎骑；“邓娘同行江边路，却滴江水上娘身。滴水一身娘未怪，表凭江水作媒人”（三），邓，与也；“黄蜂细小螫人痛，油麻细少炒仁香。鸭儿细细着水面，表缘细小爱怜娘”（四）。

俍歌“六吞六，齐度菊口笼”，六，鸟也；吞，见也；齐度，大家也；菊，飞入也；口笼，山中也。“大路无数岔，江河无数曲。望东西南北，花色一般红。”又：“旧钱便好使，旧米好做糍。望北斗超生，望有彭照顾。”彭，谓所私。“各想心，各愁心，头如马践条条腊，真力百色尽眉齐。”腊，担也；真力，重也。“三十六图羊，四十双图鸡”，言采礼之多，盛称夫家，与《罗敷行》同意。

疍歌云：“错畔行过苏兴巷，鱼穿水透到花街。木樨花发香十里，蝴蝶闻香水面来。”

僮歌：“口三六四里，踏得耳花桃。花脉淋了好，花桃淋了密。淋了细丝丝，淋了离乙乙。养勒佛排筢，养勒花排菲。里样对鸳鸯，里样梁山伯。山伯祝英台。”此进山踏歌之词。口，入也；脉，瓣也；淋，谛视也；离，陆离之意；乙，犹亚也。五六句承四五句，言桃花跗萼之娇艳。已下五句，专赋踏歌之人。勒，儿也。筢，整齐也。菲，美丽也。男女相悦，言男如佛，女如花耳。鸳鸯，比之于鸟。梁祝，比之于人。

疍歌：疍有三种：蚝疍、木疍、鱼疍，此鱼疍也。“错畔行过苏兴巷，鱼穿水透到花街。木樨花发香十里，蝴蝶闻香水面来”（一）。“疍船起离三江口，只为无风浪来迟。月明今网船头撒，情人水面结相思”（二），今，拿也；三江，黔江、郁江、浔江。“鹿在高山吃嫩草，相思水面缉麻纱。纹藤将来作马疋，问娘鞍落在谁家”（三），麻纱，网也；鱼疍浮家泛宅，故所赋不离江上也。

俍人扇歌者，书歌于扇，字如蝇头，一面则花鸟，其词有云：“比万两千金，眉心又眉意。比火帝龙师，结夫妻卦世。”火帝，龙师，二人名；卦，过也。

担歌者，峒人多以木担聘女，或持赠所欢。以五采龄作方段，龄处文如鼎彝然，歌与花鸟相间，字亦如蝇头。布刀者，峒人织具也。书歌于刀上，间以五彩花卉，明漆沐之。

又有师童歌者，巫觋乐神之曲，词不录。[①]

二、张潮的转载

张潮在其1704年刊印的著作《昭代丛书》丙集[②]中直接引录了清代陆次云《峒溪纤志志余》的相关记载。值得注意的是，记载中有一处错误，即将民歌（今天的客家山歌）误称为苗歌。具体记载如下：

溪峒歌谣数种，约数百篇，兹各取其一二以既其余。次云得之王大司成阮亭先生者，先生题其简端曰：余旧闻粤西僮俍之俗，以歌自择匹偶，然不知其歌词为何等语也。顷宋牧仲郎中贻《粤风续九》一卷，凡粤西及俍僮瑶人之歌悉备，其词淫，其思荡，其语乃古艳，与乐府歌辞差近，亦删诗不废《郑》《卫》之意也。此书为浔州司理睢阳吴淇冉渠所辑，其云修和惟克甫者，托名子虚也，先生之言如此。噫！微先生好奇领异，云何以得全《纤志》一书。谨志其缘，俾天下闻所未闻者知所自也。

《声歌原始》：诸溪峒初不知歌，善歌自刘三妹始也。三妹，不知何时人，游戏得道，于山谷侏儒之音，所过无不通晓，皆依其声、就其韵而作歌，与之以为谐婚、跳月之辞。其人各奉之以为式，苗歌有云："读书就是刘三妹。"则非惟歌之，而且读之以为识字通文之借矣。其时有白鹤秀才者亦善歌，与三妹登粤西七星岩绝顶相唱酬，音如鸾凤，听之者数千人，皆忘返留连，往复已而。歌声寂然，见两人亭亭相对，则已化为石矣。至今月白风清之夜，犹隐隐闻玲珑宛转之音，诸苗瑶俍僮之属遂祀刘于洞中勿替。后有作歌者必先陈祀于刘，始得传唱。其南山之南，别有刘三妹洞，闻游人遥呼"三妹"，妹辄应云。

《苗歌》《蝴蝶思花》："思想妹，蝴蝶思想也为花。蝴蝶思花不思草，兄思情妹不思家"；《相思曲》："妹相思，不作风流到几时。只见风吹花落地，那见风吹花上枝"；《高山种田》："谁说高山不种田，谁说路远不偷莲。高山种田食白米，路远偷莲花正鲜"；《隔水》："娘在一岸也无远，弟在一岸也无遥。两岸火烟相对出，只隔青笼水一条"；《妹同庚》："妹同庚，同弟一年一月生。同弟一年一个月，大门同出路同行"；又"妹珍珠，偷莲在世要同居。妹有真心兄有意，结成东海一双鱼"；又"妹娇娥，怜兄一个莫怜多。已娘莫学鲤鱼子，那河又过别条河"；又"妹金龙，日夜思想路难通。寄歌又无亲人送，寄书又怕人开

① （清）王士禛著，文益人校点：《池北偶谈》，齐鲁书社，2007年，第312－314页。

② （清）张潮：《昭代丛书》，《丛书集成续编6》第155册集部，上海书店出版社，1994年，第338－342页。

封”；《妹相思》：“妹相思，妹有真心弟也知。蜘蛛结网三江口，水推不断是真丝。”

《瑶歌》注译皆修和惟克甫原本。歌：“石头大，牛大陷到石头边。牛大陷到石头面，念娘不到娘身边”（瑶人呼“鱼”为“牛”；“石大”，“大”字如字；“牛大”，“大”字解作“游”字；“陷”是“不”。言己虽相念之切，不得到身边，犹鱼之游只在水中，不得到石边也）；又“思娘猛，行路也思睡也思。行路思娘留半路，睡也思娘留半床”（其韵想能自叶）；又：“要娘记，要娘把笔写行书。写书便写因巨叶，思着万看巨叶书。要娘记，要娘把笔写行书。写书便写因衫背，思着万看衫背书。”此书为浔州司理睢阳吴淇冉渠所辑，修和惟克甫其别称也。能解所不解，使人闻所未闻，欣赏奇文，敢没其所自乎！

《俍歌》：

唱

艮尔留相遇，如水还到江。（“艮尔”是“今日”；“留”是“我”。）艮尔留度让，如贫双品巴。（“度让”是“所撞见”；“贫”是“成”；俍人呼“蝴蝶”为“品巴”。）日往月又称，同厘纫闾住。（“同”是“同年”；“厘”是“好”；“纫闾”是“何处”。别你久了，你好在何处住。）平南藤贵县，斗吞妹王还。（平南县、贵县隶浔州府，藤县隶梧州府，三县接壤。“斗”是“来”；“吞”是“见”；“王还”云“风流”。我只为妹的风流，那处寻你不到，今日恰遇在此，安得不喜。有美一人，忽然重合，因今日之合，追思往日之离，因往日之离，愈喜今日之合，情景尔尔。）

和

艮尔留度立，如个绿逢春。（“立”是“过”；“个绿”是“个竹”。）艮尔留相逢，如恳吞笼斗。（“如恳吞笼斗”犹云“如从天上掉下你来了”。）咳当临他流，咳秋临他笃。（“咳”是“挨至”；“当”是“门”；“临”是“眼”；“他”是“泪”；“秋”是“柱头”；“笃”是“流的更多”。）扶台使断派，扶在使度辛。（“扶台”是“那个死了”；“断派”是“丢开”；“度辛”是“相见”。竹亦是有定所、有节操的，春是有去有来的；“春”比“郎”，“竹”自比。首四句亦答前四句之意。“咳当”二句，喜极而转悲也，当是邀其到家之意，言“我邀郎到我家，挨到我门前，不觉眼泪流出来。进门挨到柱头，愈不觉泪流更多了”；末句当是进屋自明心事之词，意自明白。）

《僮歌》：

歌

流纫扶放城，里放城驴落。流纫扶放落，里放落驴阑，里放驴老观。花伦剪花保，花除剪伦落。劳有各失雷，不贪骑了有。

（此歌多未有详，大意谓我知道你在这个城里，得到城里又不知你在那个村里，及知道你在这个村里，得到村里又不知你在那个门里；及知道你的门阑，又不知你在那个屋里。相见如此之难，怕因寻失，对不得相伴作夫妻也。花伦二句，说路上有花，开时何等热闹，落后自然冷落，比人当及时，以起下文也。）

《疍歌》：疍有三：蚝疍、木疍、鱼疍。寓浔江者乃鱼疍，未详所始，或曰蛇种，故祠蛇于神宫也。歌与《民》相类，第其人浮家泛宅，所赋不离江上耳。

错畔行过苏兴巷，鱼通水透到花街。木穉花发香十里，蝴蝶闻香水面来。

《扇歌》：扇歌，书于扇赠所私者。白扇一面花鸟，一面歌，字如蝇头，其词借扇及扇面花鸟寓意，相连百十首，前后起止，皆有章法。有创作、有套本。词多不能悉载，姑取其佳者数首云。

皮送柄坡扇，许旧面坡林。（“皮”是“兄”，俍人呼扇曰“坡”，“许”是“看”，“林”是“风”。言兄送这扇与你，此扇有风，便要看旧日情面。）也不内不兄，许名今匹名。（“内”是“小”，“兄”是“大”，“许”是“与”，“名”是“同”，“今”是“拿”，“匹名”是“一世”。言这扇不大不小，可拿一世。）往批晚墟瑶，也厘除方便。（“往”是“妹”，“批”是“去”，“晚”是“墟”，“瑶”是“村”，“厘”是“好”，“除”是“得”。言妹去墟去村，拿著方便又好看。）艮便放苟等，江陷放苟云。（“艮”是“日里”，“江”是“夜里”，“等”是“手”，“云”是“床”，“苟”是“头”。言白日拿在手头，夜间放在床头，欲其须臾不离之意。）

《担歌》：杜少陵曰：“夔俗坐男使女。”今粤俗亦然，故峒人多用木担聘女，或以赠所私者，式如常。以五采龂作方段，龂处文如鼎彝然，歌与花鸟相间，字亦如蝇头，文多姑，存其一，以備一体云。

送条闲肺榕，许名同过照。（俍人呼担曰“闲”，木曰“肺”，闲肺榕者，取榕木作木担也。“许”是“与”，“名同”是“情人”，“过照”是“表记”。言送一条榕木担与情人作表记。）雷眉么好妙，送年少便厘。（“雷眉”“没有”，“厘”是“好”。言木担无甚好处，只是人好便好，犹言彤管美人之意。）正江花厘陋，双苟又有龙。（“正江”是“中间”，“厘”是“好”，“陋”是“满”，“双苟”是“两头”。言中间画的花好又满面都是，而两头又画龙也。）送许同立价，定旧话百春。（花鸟如此之好，又作歌在上面，送与同年，定做风流话柄百年耳。）

《布刀歌》：布刀者，峒人织布具也。峒人不用高机，无筘无枝，以布刀兼之。刀用山木，形如刀，长于布之阔，锐其两端，背厚而揹如弓之弧，刃如弦而薄，刳其背之腹以纳纬，而窻其锐而吐之，以当梭；纬既吐则两手扳其两端，以当筘也。峒人书歌于刀上，间以五彩花卉，明漆沐之，以赠相知云。

意着尔，便能缌三意着程。缌三着程陷用峡，娘就意表陷用媒。（此歌见瑶人歌中释，详俱未审。余观其织作，始得其解。“程”即布刀；“峡”，筘也，高机用箸，此以布刀代之，故不用；“意着”是粘着。言我今日粘着你，就如丝线粘着布刀一般，丝线粘着布刀，自然上紧，故不用箸，你我相粘，又何用媒哉！）

元之又元之语能为详译而出，修和惟克甫其公冶长、李太白乎？真奇人也。

三、褚人获的转载

1697年刊印的褚人获的《坚瓠集》辛集第四卷中的《溪峒歌谣》①，有一点相关的摘录：

按：溪峒初不知歌，有刘三妹游戏得道，侏儒之音，无不通晓，就其声作歌，为偕婚、跳月之辞，苗人奉以为式。同时有白鹤秀才亦善歌，与三妹登七星岩绝顶相唱和，如鸾凤留连往复，听者忘返，已而歌声寂然，两人亭亭相对，则已化为石矣，诸苗遂祀三妹于洞中勿替。

《相思曲》云：“妹相思，不作风流到几时。只见风吹花落地，那见风吹花上枝。”“妹相思，妹有真心弟也知。蜘蛛结网三江口，水推不断是真丝。”

四、屈大均的转载

约1700年刊印的屈大均的《广东新语》卷十二②有较多关于《粤风续九》的内容摘录，另外有些内容不见于后者，明显是作者从其他渠道获得。具体如下：

粤歌：粤俗好歌，凡有吉庆，必唱以为欢乐；以不露题中一字，语多相关而中有挂折者为善。挂折者，挂一人名于中，字相连而意不相连者也。其歌也，辞不必全雅，平仄不必全叶，以俚言土音衬贴之。唱一句或延半刻。曼节长声，自回自复，不肯一往而尽。辞必极其艳，情必极其至，使人喜悦悲酸而不能已已，此其为善之大端也。故尝有歌试，以第高下，高者受上赏，号为“歌伯”。其娶妇而亲迎者，婿必多求数人与已年貌相若而才思敏核者，使为伴郎，女家索拦门诗歌，婿或捉笔为之，或使伴郎代草，或文或不文，总以信口而成、才美者为贵。至女家不能酬和，女乃出阁，此即唐人催妆之作也。先一夕，男女行醮，亲友与席者或皆唱歌，名曰“坐歌堂”。酒罢，则亲戚之尊贵者，亲送新郎入房，名曰“送花”。花必以多子者，亦复唱歌，自后连夕亲友来索糖梅啖食者，名曰“打糖梅”。一皆唱歌，歌美者得糖梅益多矣。其歌之长调者，如唐人《连昌宫

① （清）褚人获：《坚瓠集》，上海古籍出版社，2012年，第643页。
② （清）屈大均：《广东新语》，中华书局，1985年，第358－363页。

词》《琵琶行》等。至数百言千言，以三弦合之，每空中弦以起止，盖太簇调也，名曰“摸鱼歌”。或妇女岁时聚会，则使瞽师唱之，如元人弹词曰“某记某记”者，皆小说也。其事或有或无，大抵孝义贞烈之事为多。竟日毕一记，可劝可戒，令人感泣沾襟，其短调踏歌者，不用弦索，往往引物连类，委曲譬喻，多如《子夜》《竹枝》，如曰：“中间日出四边雨，记得有情人在心。”曰：“一树石榴全着雨，谁怜粒粒泪珠红。”曰：“灯芯点着两头火，为娘操尽几多心。”曰：“妹相思，不作风流到几时。只见风吹花落地，那见风吹花上枝。”《蜘蛛曲》曰：“天旱蜘蛛结夜网，想晴只在暗中丝。”又曰：“蜘蛛结网三江口，水推不断是真丝。”又曰：“妹相思，蜘蛛结网恨无丝。花不年年在树上，娘不年年作女儿。”《竹叶歌》曰：“竹叶落，竹叶飞，无望翻头再上枝。担伞出门人叫嫂，无望翻头做女时。”《素馨曲》曰：“素馨棚下梳横髻，只为贪花不上头。十月大禾未入米，问娘花浪几时收。”凡村落人奴之女，嫁日不敢乘车，女子率自持一伞以自蔽。既嫁，人率称之为“嫂”。此言女一嫁不能复为处子，犹士一失身，不能复洁白也。“梳横髻”者，未笄也，宜笄不笄，是犹不肯在花棚上也。十月熟者名大禾，岁晏而米不入，花浪不收，是过时无实也。此刺淫女，亦以喻士之不及时修德，流荡而至老也。有曰：“官人骑马到林池，斩竿筋竹织筲箕。筲箕载绿豆，绿豆喂相思。相思有翼飞开去，只胜空笼挂树枝。”刺负恩也。有曰：“一更鸡啼鸡拍翼，二更鸡啼鸡拍胸，三更鸡啼郎去广，鸡冠沾得泪花红。”有云：“岁晚天寒郎未回，厨中烟冷雪成堆。竹篙烧火长长炭，炭到天明半作灰。”有曰：“柚子批皮瓤有心，小时则剧到如今。头发条条梳到尾，鸳鸯怎得不相寻。”有云：“大头竹笋作三丫，敢好后生无置家。敢好早禾无入米，敢好攀枝无晾花。”敢好者，言如此好也。其疍女子荡恣，如吴下唱杨花者曰“绾髻”。有谣曰：“清河绾髻春意闹，三十不嫁随意乐。江行水宿寄此生，摇橹唱歌桨过滘。”滘者，觉也。如此类不可枚举，皆以比兴为工，辞纤艳而情深，颇有风人之遗，而采茶歌尤善。粤俗，岁之正月，饰儿童为彩女，每队十二人，人持花篮，篮中然一宝灯，罩以绛纱，以絙为大圈，缘之踏歌。歌十二月采茶。有曰：“二月采茶茶发芽，姐妹双双去采茶。大姐采多妹采少，不论多少早还家。”有曰：“三月采茶是清明，娘在房中绣手巾。两头绣出茶花朵，中央绣出采茶人。”有曰：“四月采茶茶叶黄，三角田中使牛忙。使得牛来茶已老，采得茶来秧又黄。”是三章则几近于雅矣。东莞岁朝、贸食姬所唱歌头曲尾者，曰“汤水歌”。寻常瞽男女所唱多用“某记”，其辞至数千言，有雅有俗，有贞有淫，随主人所命唱之。或以琵琶蓁子为饰。儿童所唱以嬉，则曰“山歌”，亦曰“歌仔”，多似诗余音调，辞虽细碎，亦绝多妍丽之句，大抵音柔而直，颇近吴越，出于唇间，不清以浊，当为羽音，歌则清婉溜亮，纡徐有情，听者亦多感动。而风俗好歌，儿女子天机所触，虽未尝接诗书，亦解白口唱和，自然合韵，说者谓粤歌始自榜人之女，其原辞不可解，以楚语译之，如“山有木兮木有枝，心悦君兮君不知”，则绝类离骚也。粤固楚之南裔，岂屈宋流风，多洽于妇人女子欤？

潮人以土音唱南北曲者，曰“潮州戏”。潮音似闽，多有声而无字，有一字而演为二三字。其歌轻婉，闽广相半，中有无其字而独用声口相授，曹好之以为新调者，亦曰“峰歌”。农者每春时，妇子以数十计，往田插秧，一老鍋大鼓，鼓声一通，群歌竞作，弥日不绝，是曰“秧歌”。南雄之俗，岁正月，妇女设茶于月下，罩以竹箕，以青帕覆之，以一箸倒插箕上，左右二人挞之作书，问事吉凶，又画花样，谓之“踏月姊”。令未嫁幼女，且拜且唱，箕重时，神即来矣，谓之“踏月歌”。长乐妇女，中秋夕拜月，曰“椓月姑”，其歌曰“月歌”。蛋人亦喜唱歌，婚夕两舟相合，男歌胜则牵女衣过舟也。黎人会集，则使歌郎开场，每唱一句，以两指下上击鼓，听者齐鸣小锣和之。其鼓如两节竹而腰小，涂五色漆，描金作杂花，以带悬系肩上。歌郎毕唱，歌姬乃徐徐唱，击鼓亦如歌郎。其歌大抵言男女之情，以乐神也。

东西两粤皆尚歌，而西粤土司中尤盛。邝露云：“峒女于春秋时，布花果、笙箫于山中，以五丝作同心结，及百纽鸳鸯囊带之，以其少好者，结为天姬队。天姬者，峒官之女也。余则三五采芳于山椒水湄，歌唱为乐。男子相与踏歌赴之，相得则唱酬终日，解衣结襟带相遗以去。春歌正月初一、三月初三，秋歌八月十五，其三月之歌曰‘浪花歌’。”赵龙文云：“瑶俗最尚歌，男女杂沓，一唱百和，其歌与民歌皆七言而不用韵，或三句，或十余句，专以比兴为重，而布格命意，有迥出于民歌之外者。”如云：“黄蜂细小螫人痛，油麻细少炒仁香。”又云：“行路思娘留半路，睡也思娘留半床。”又云：“与娘同行江边路，却滴江水上娘身。滴水一身娘未怪，要凭江水作媒人。”瑶语不能尽晓，为笺译之如此。修和云：“俍之俗，幼即习歌，男女皆倚歌自配。女及笄，纵之山野，少年从者且数十，以次而歌，视女歌意所答，而一人留，彼此相遗，男遗女一扁担，上镌歌词数首，字若蝇头，间以金彩花鸟，沐以漆精使不落；女赠男以绣囊锦带，约为夫妇，乃倩媒以苏木染槟榔定之。”婚之日，歌声振于林木矣。其歌每写于扁担上，俍扁担以榕为之，又以五采龂作方段，龂处文如鼎彝然，歌与花鸟相间，或两头画龙。瑶则以布刀写歌，布刀者，织具也。瑶人不用高机，无箸无枝，以布刀兼之。刃用山木，形如刀，长于布之阔，锐其两端，背厚而揩，如弓之弧，刃如弦而薄，刳其背之腹以纳纬，而窕其锐，而吐之以当梭；纬既吐，则两手攀其两端以当箸也。歌每书于刀上，间以五彩花卉，明漆休之，以赠所欢。僮歌与俍歌颇相类，可长可短，或织歌于巾以赠男，或书歌于扇以赠女，其歌亦有竹枝歌，舞则以被覆首为桃叶舞，有咏者云：“桃叶舞成莺睍睆，竹枝歌就燕呢喃。”

五、梁绍壬的转载

1837年（道光十七年）刊印的梁绍壬的《两般秋雨庵随笔》[①] 中间接转录《粤风续九》的内容。此时，由于《粤风续九》一书已佚，梁绍壬没有看到原书，因而此著作中的摘录基本可看作是《广东新语》中相关记载的转录、缩略，具体如下：

粤歌：粤俗好歌，凡歌以不露题中一字，语多双关，而中有挂折者为善。挂折者，挂一人名于中，字相连而意不相连者也。歌辞不必全雅，平仄不必全叶。以俚言土音衬之。唱一句或延半刻曼节长声，自回自复。词必极艳，情必极至。使人喜悦悲酸而不能已已，乃为极善。长者名"摸鱼歌"，三弦合之，益太簇调也。其短调踏歌者不用弦索，往往引物连类，委曲譬喻，多如《子夜》《竹枝》。如曰："中间日出四边雨，记得有情人在心。"曰："一树石榴全着雨，谁怜粒粒泪珠红。"曰："妹相思，不作风流到几时。只见风吹花落地，那见风吹花上枝。"《蜘蛛曲》曰："天旱蜘蛛结夜网，想晴只在暗中丝。"又曰："妹相思，蜘蛛结网恨无丝。花不年年在树上，娘不年年作女儿。"《素馨曲》曰："素馨棚下梳横髻，只为贪花不上头。十月大禾未入米，问娘花浪几时收。""梳横髻"者，未笄也；宜笄不笄，是犹不肯在花棚上也。十月熟者名大禾，岁宴而米不入，花浪不收，是过时无实也。此刺游女，亦以喻士之不及时修德，流荡而至老也。有曰："官人骑马到林池，斩竿筋竹织筲箕。筲箕载绿豆，绿豆喂相思。相思有翼飞开去，只胜空笼挂树枝。"刺负恩也。有曰："一更鸡啼鸡拍翼，二更鸡啼鸡拍胸。三更鸡啼郎去广，鸡冠沾得泪花红。"有云："岁晚天寒郎未回，厨中烟冷雪成堆。竹篙烧火长长炭，炭到天明半作灰。"有曰："柚子批皮瓤有心，小时则剧到如今。头发条条梳到尾，鸳鸯怎得不相寻。"有云："大头竹笋作三丫，敢好后生无置家。敢好早禾无入米，敢好攀枝无晾花。"敢好言如此好也。诸如此类，情深词艳，深得风人之遗。又粤西峒女，亦喜踏歌。其歌皆七言，或二三句，或十余句，不等。如云："黄蜂细小螫人痛，油麻细少炒仁香。"又云："行路思娘留半路，睡也思娘留半床。"又云："与娘同行江边路，却滴江水上娘身。滴水一身娘未怪，要凭江水作媒人。"布格命意，另是一种。以此推之，则苗人跳月之歌，当亦有可观，惜无人译之者。

---

① （清）梁绍壬撰，范春三编译：《两般秋雨庵随笔》，新疆人民出版社，1995年，第614－615页。

六、其他相关转录摘抄

除以上提及的转录、摘抄之外，我们还可以在其他清代文集中见到类似的记载，如1683年刊印的陆次云《八纮译史》中《峒溪纤志志余》的有关记录；1705年刊印的朱彝尊《明诗综》中的记述；《四库全书总目提要》集部词曲类中关于《粤风续九》条目的简介；1784年刊印的清代乾隆年间李调元的歌谣集《粤风》等。值得一提的是，李调元的《粤风》基本可视为对《粤风续九》的移录。关于这两者的关系，我们在本章第三节中有专门的比较和讨论。

第三节 《粤风续九》与《粤风》的关系

清代文人李调元是一个对民间文学很有兴趣的人，也尽可能多地收集各种他认为有意义、有价值的图书。不过他轻慢粗疏的学术态度，早在清代就已为世人所察觉，例如晚清孙桐生在重编出版李氏《粤风》一书的序中，就说他有“率易之痛，识者宜分别观之”。二十世纪八十年代，学者闻宥、魏启学在《谁是〈粤风〉辑解者?》一文中，更是以确凿的证据（即知非楼所藏的《粤风》清样）明确证明了李调元的剽窃行为。[①]

李调元的《粤风》在《粤风续九》重新面世之前，占据了显赫的地位，学术界一致认可其所取得的重要成就。现在由于《粤风续九》的重新面世，李氏的《粤风》一书，可以完全确认就是《粤风续九》的摘抄。《粤风》收客家山歌50首，除在《粤风》卷一前标注“粤歌睢阳修和原辑”字样外，将其他参与者（搜集、注释、咏评、作序）的相关信息抹去，冠以“罗江李调元鹤洲辑解”字样，变成了自己的东西；在书后记中，连原书的主编者吴淇（号伯其）的姓名也搞错，记为“吴淇伯”，令后世历史学家顾颉刚也误认为修和是李调元的幕僚，是由李氏委派出去采风的[②]。另外，李氏又标新立异地大删大改，却没有任何理由或说明，主要表现有：

（1）将最珍贵的序、题、后记、跋一概删除，原书歌曲注评也只保留三条；

（2）将《粤风续九》第一卷的《粤风》改名为“粤歌”，造成混乱；

（3）将原书第五卷《杂歌》取消独立卷目，其中内容打乱或删除；

（4）轻易变更一些客家山歌的歌名；

---

① 引自1982年出版的《上海图书馆建馆三十周年纪念论文集 1952—1982》，又可见于1985年中央民族学院民族研究所编录的《民族研究论文集》第五辑。

② （清）李调元编，钟敬文整理：《粤风·序》，朴社出版经理部，1927年。

（5）摘抄客家山歌的过程中存在多处错漏或改动。

有关《粤风续九》与《粤风》的比较研究，详见2011年扬州大学王长香的硕士学位论文《〈粤风续九〉研究》。本书在此再列举六组例子，将《粤风续九》[1]之卷一《粤风》与李氏《粤风》[2]的对应歌曲并列比较，作一简略介绍。

（1）第一组：

《粤风续九》（第386页）：《妹同庚》：妹同庚，同弟一年一月生。同弟一年一个月，大门同出路同行。（直叙同庚同里，一字不他及，最妙。同庚同里见得便当同衾同梦，无所不同耳。意中之言，言外之意，最痴却最慧，最直捷却最宛转，当令妹展脱不得。）

李氏《粤风》（第7页）：《妹同庚》：妹同庚，同弟一年一月生。同弟一年一个月，大门同出路同行。

（2）第二组：

《粤风续九》（第386页）：《妹金银》：妹金银，见娘端正动兄心。眼似芙蓉眉似月，胜过南海佛观音。

李氏《粤风》（第7页）：《妹金银》：妹金银，见娘娘正动兄心。眼似芙蓉眉似月，胜过南海佛观音。

（3）第三组：

《粤风续九》（第386页）：《妹鸳鸯》：妹鸳鸯，小弟一心专想娘。红豆将来吞过肚，相思暗断我心肠。

李氏《粤风》（第7页）：《妹鸳鸯》：妹鸳鸯，小弟一心专想娘。红豆将来吞过肚，相思暗断我心肠。

（4）第四组：

《粤风续九》（第389页）：撑繖去盖凉亭住，作过风流人知音。兄担红豆北京卖，相思路远弟来寻。（第二句有娇憨自喜之意。）

李氏《粤风》（第17页）：《撑繖去盖凉亭住》：撑繖去盖凉亭住，作过风流

---

[1] 《粤风续九》，四库全书存目丛书补编编纂委员会编纂：《四库全书存目丛书补编》第79册，齐鲁书社，2000年。

[2] （清）李调元编，钟敬文整理：《粤风》，朴社出版经理部，1927年。

人知音。兄担红豆北京卖，相思路远弟来寻。

（5）第五组：

《粤风续九》（第 390 页）：《离一身》：远处唱歌没有离，近处唱歌离一身。愿兄为水妹为土，和来捏作一个人。（首二句即《西厢》“隔花阴人远天涯近”，“离一身”三字尤妙甚。）

李氏《粤风》（第 22 页）：《远处唱歌没有离》：远处唱歌没有离，近处唱歌离一身。愿兄为水妹为土，和来捏作一个人。

（6）第六组：

《粤风续九》（第 391 页）：《纱窗月》：揭起珠帘放凤飞，纱窗门外月蛾眉。阴影石榴不结子，虚花枉杀少年时。（似是将入手，复逸去，悔其不下死手，孤负好月之意。）

李氏《粤风》（第 24 页）：《揭起珠帘放凤飞》：揭起珠帘放凤飞，纱窗门外月蛾眉。阴影石榴不结子，虚花枉杀少年时。

通过对比可知，《粤风续九》原书大多有编者注评文字，而《粤风》无。李氏的《粤风》不仅没有新意，反而将原歌曲的面目混淆。不过，李氏的《粤风》还是有其自身价值的：①保留传播之功；②书中附有一份很简略的方言注音注释（见《方言考释》粤歌之部 41，及《附未详意义方言》粤歌之部 44）。

第四节　现当代关于《粤风续九》的研究成果

由于《粤风续九》复出的时间很迟，2000 年才正式出版，且夹在《四库全书存目丛书补编》第 79 册之中，并未有单行本，所以一时未引起太多注意。近几年才陆续有研究论著。1917 年至 2000 年近百年间，李调元的《粤风》成了《粤风续九》的替代品，得到了重视及较多的研究，所以此时期有关的研究应视为《粤风续九》的研究成果，虽然因原本缺失而不同程度上存在谬误与偏差。经过我们的搜集、研究，有关《粤风续九》现当代的相关研究主要有：

左天锡：《刘三妹故事与粤风续九及粤风》，《北京大学研究所国学间月刊》1927 年第 5 期；

（清）李调元编，钟敬文整理：《粤风》，朴社出版经理部，1927 年；

钟敬文、刘乾初编译:《俍僮情歌》,北新书局,1927 年;
钟敬文:《重编“粤风”引言》,《钟敬文民间文学论集 下》,上海文艺出版社,1985 年,第 393 页;
顾颉刚:《“粤风”序》,顾颉刚著,钱小柏编:《史迹俗辨》,上海文艺出版社,1997 年,第 186 页;
顾颉刚:《粤风的前身》,《顾颉刚全集 14 顾颉刚民俗论文集 卷 1》,中华书局,2006 年,第 342 页;
王鞠侯:《关于“粤风的前身”》,《民间月刊》1933 年 9 月;
王鞠侯:《再说“粤风的前身”》,《民间月刊》1934 年 4 月;
容肇祖:《关于“粤风续九”》,《民间月刊》1934 年 4 月;
乐嗣炳:《粤风之地理考察》,《文学月刊》1934 年第 1 ~6 期;
黄芝岗:《〈粤风〉与刘三妹的传说》,《中山文化教育馆季刊》,1937 年第 2 卷第 2 期;
游国恩:《东园漫笔(一)》,《民间文学》1962 年 1 月;
马千里:《“粤风续九”与“粤风”》,《民间文学》1962 年 3 月;
游国恩:《东园漫笔(二)》,《民间文学》1962 年 3 月;
谭正璧:《“粤风续九”即“粤风”辩》,《民间文学》1962 年 3 月;
陈子艾:《〈粤风续九〉与〈粤风〉的搜集、传播和研究》,《民间文艺集刊 第 2 集》,上海文艺出版社,1982 年;
杜士勇:《试论〈粤风〉》,《学术论坛》1982 年第 2 期;
梁庭望:《〈粤风·壮歌〉的社会价值》,《中央民族学院学报》1984 年第 1 期;
(日)西肋隆夫,曹阳:《关于〈粤风〉俍壮歌的使用文字》,《学术论坛》1985 年第 7 期;
商壁:《粤风考释》,广西民族出版社,1985 年;
白耀天:《〈粤风·俍歌僮歌〉音义》,《广西民族研究》1986 年第 3 期;
罗洪权:《我对〈粤风〉研究中一些问题的认识》,《学术研究》1987 年第 2 期;
杨海峰:《〈粤风考释〉订谬》,《玉林师范学院学报》1994 年第 1 期;
欧宗启:《〈粤风〉中的俍歌与壮歌的审美比较》,《广西民族学院学报(哲学社会科学版)》2000 年第 5 期;
梁庭望:《岭表之风——〈粤风〉》,《广西民族研究》2003 年第 2 期;
陈凯玲:《广东省级清诗总集研究》附录《四库全书总目补订一则——关于〈粤风续九〉》,浙江大学硕士学位论文,2008 年;
石丽芳:《浅谈〈粤风·瑶歌〉的文化价值》,《四川职业技术学院学报》

2009 年第 3 期；

石丽芳：《〈粤风〉研究》，中央民族大学博士学位论文，2010 年；

梁庭望：《关于〈粤风〉及〈粤风·壮歌〉译注》，《百色学院学报》2010 年第 6 期；

莫莉：《〈粤风〉民风研究》，《读与写（教育教学刊）》2011 年第 9 期；

王长香：《〈粤风续九〉研究》，扬州大学硕士学位论文，2011 年；

区茵：《〈粤风续九〉中的“刘三妹”故事》，《青海社会科学》2012 年第 5 期；

石丽芳：《谈谈壮族在〈粤风〉形成中的作用》，《文学教育（中）》2013 年第 7 期；

盘美花：《粤风续九·瑶歌》，广西民族出版社，2013 年。

这些论著研究、讨论的范围较广泛，这里我们选取了几例，稍加介绍一下。

一、针对书中的壮、瑶歌谣所作的语音意义的考释研究

事实上，这项工作从一开始就必须要做，《粤风续九》的创作者、李调元、钟敬文、刘乾初、壮族学者白耀天、日人西胁隆夫等人，都做过这方面的工作。由于壮瑶文字有阙漏、原歌谣收集整理者不懂壮瑶文字语言、研究者受原始资料错谬所误导等原因，这项工作的成果显得不大理想。当代经过科学训练的壮、瑶族学者的加入，让这项工作的质量得到大幅提升，取得较大成果。这里我们选取了白耀天的论文《〈粤风·俍歌僮歌〉音义》稍稍了解其中情况。该文章对《俍歌》《俍人担歌》《俍人扇歌》《僮歌》一一作了注解，由于作者熟悉壮语及壮族文化，能体察语言、文化的微妙精巧，论述较深入、细致，所以具有非壮族研究者所不具备的天然优势，正如作者所说的：

《粤风》中所载的俍僮歌，新文化运动以后曾引起了顾颉刚、钟敬文等先生的注意，钟先生并曾会同刘乾初将之译成无韵新诗出版。但毕竟因不谙壮语，所译仅能根据吴代、黄道原注作囫囵式的意译……鉴于为人总难免除局限，诸家之作亦自瑜中存瑕。为了深入开展对《俍歌》《僮歌》的研究，发掘壮族古代文化，我们想在原注和《粤风·僮歌正诂》和《粤风考释》的基础上作此音义。所注之音力求准确地以国际音标拼写，目的是使更多的同志不仅能晓达原歌音义，而且有助于对壮族古代社会和古文字的研究。①

① 白耀天：《〈粤风·俍歌僮歌〉音义》，《广西民族研究》1986 年第 3 期。

文章先给出原文，并按现代语音标注法给俍僮歌词注音，再列明字义及译意，还在注释中详细地比较了原文或原译的不妥当之处，很明显是花了较多精力，治学较严谨，这给后来者以不少启示。

二、全面考证注释《粤风》全书的工作

这项工作开展得很少且质量不够高，二十世纪八十年代之前，除钟敬文重新整理出版李调元的《粤风》，以及钟敬文、刘乾初首次编译的《俍僮情歌》之外，国内尚未见全面考证、注释《粤风》全书的著作。直到1985年，商璧在《粤风考释》一书中做了这个工作。虽然作者明显下了很大的力气，引经据典进行了详细的考证，然而受制于非客家人的局限，没法理解粤语、客家话的独特与精妙之处，也不能体会客家社会的特点，所以此书的《粤歌通论》出现较多、较大的错误，例如作者认为："'粤'即与瑶俍僮相对的土人……'粤'还有语言的界线，即以广州话为代表的汉语方言之一——粤语。'粤歌'，即浔州府（今桂平、平南、武宣、贵县及邻近）的粤语歌谣。"就这短短的一段话，就存在三处错误：①"粤"并非指土人，过去泛指现在广东广西，在《粤风》一书中是指所谓的粤地之民，即有别于各少数民族的居住于两广的汉民族居民（包括客家人）。即使在现代，"粤"缩小为广东的专称，但广东之内仍有三大族群（广府人、客家人、潮汕人），但外界一般并不清楚这内中的区别，都以广东人（或粤人）来指称。②同理，"粤语"在过去可以是泛指广东人的地方方言，但其中又分为广州话、客家话、潮汕话，非广东人易混淆，统统视为"粤语"，这种情况在当代仍不罕见。③粤歌在《粤风》或《粤风续九》中，都是指所谓粤地之民的汉族歌谣，早在二十世纪二十年代，罗香林、钟敬文等人已确认为客家山歌，浔州府也是客家聚居地区之一。这些客家人大多由东粤（即广东，也可专指今天的粤东地区）迁移而来。粤歌中的歌谣用广州话、普通话都不合韵，只有用客家话唱才合韵，而且在流传至今的两广地区传统客家山歌之中，也不难找到类似的歌曲。

除上述例子，客家学者杨海峰在文章《〈粤风考释〉订谬》中，针对此书中存在的谬误，一一作了细致校正、解释，认为《粤风考释》一书的谬误主要有四类：①错释同音字；②错释形近字；③释文矛盾；④释文离旨。至于产生谬误的原因有三：此书作者不熟悉粤语方言（特别是客家方言）、不了解粤人（特别是客家人）社会民俗文化以及治学不够严谨。总体而言，对于《粤风考释》一书的评价不太高：

综上所述，《粤风考释》"粤歌通论"部分的谬误，有属于语言学方面，有

属于训诂学方面的，有属于民俗学方面的，共有12处。虽然如此，钟敬文先生认为，这与其取得的成果相比，只不过是“白壁微瑕”罢了。笔者觉得，51页的‘通论’却有如此多的缺陷，“白壁微瑕”的评价恐怕失当了吧？①

三、现当代多学科视野下的研究

现当代研究者不再满足于歌谣本身的解释，而是以现代多学科的视野，紧紧依靠史料，挖掘歌谣中所蕴含的历史、社会心理、民俗文化的现象或内涵。至于研究的力度与水平，自然参差不齐。这里以欧宗启论文《〈粤风〉中的俍歌与壮歌的审美比较》② 为例作一简略介绍。

这篇文章认为存在“俍人与僮人都属于壮系民族，但在俍歌与僮歌中所表现出来的审美情感基调却截然不同”的现象。作者首先总结了两种歌谣各自的特点：

俍歌总的基调是热烈、乐观而昂扬；而僮歌却显得忧郁而哀怨，真可谓两种情趣、两种性格。从题材的属性上看，俍歌与僮歌没有什么两样，大家吟诵的都是爱情，但与僮歌不同的是俍歌侧重于表现爱情的热烈追求，其情感是热烈、真挚而执着的，字里行间洋溢着一种自信、乐观的进取精神……俍歌的热烈与乐观即使在吟唱爱情的不如愿时也呈现出来……反观僮歌则完全不同。他们似乎对爱情的痛苦表现出特别的偏爱。在共8首壮歌中，就有7首直接吟唱爱情的悲苦，咀嚼爱情的苦汁。真可谓是洒泪诉悲苦了……如果说俍歌是激越的爱情乐章，而僮歌则无疑就是低沉哀怨的爱情悲歌了。

在此基础上，作者进一步分析总结了两种歌谣的另一大差别：

俍歌与僮歌在审美上的另一差别是，俍歌是直抒胸臆的，具有大胆、坦诚、直率的风格和震撼人心的艺术效果；而僮歌则是借景抒情的，具有委婉含蓄的风格和耐人寻味的审美效果。两种抒情方式，导致了两种风格特征和两种审美效果。

至于两种歌谣产生上述两大差别的原因，作者更是从历史、心理学及审美倾向等方面进行了解释：

---

① 杨海峰：《〈粤风考释〉订谬》，《玉林师范学院学报》1994年第1期。

② 欧宗启：《〈粤风〉中的俍歌与壮歌的审美比较》，《广西民族学院学报（哲学社会科学版）》，2000年第5期。

为什么俍歌与壮歌会产生如上所述的审美情感、艺术特征和审美效果的差异呢？这得从当时俍人与僮人的生存环境、社会地位、社会心理以及与汉文化的交融深浅程度来加以考察和说明。首先看俍歌与僮歌的审美情感的差异。它主要与俍人和僮人在当时的社会地位，以及由此而形成的他们各自的社会心理有关。在明清两代，俍人和僮人的社会地位正好换了个个，僮人的社会地位由高而渐走向低，而俍人则是直接地由低走向高……其次，再看看俍歌与僮歌的艺术特征与审美效果的差异。这种差异与僮人在各自的自然环境中形成的性格特点，以及汉文化交流融合的深浅程度有关……在这种较少受儒家礼教影响的古朴民俗文化的濡染下，在他们粗犷精悍的性格的作用下，俍人情感的表达必然是不讲究什么礼法拘束的自然的、率性的抒发……而僮人则不同，他们散居于广西各地，其中有很多僮人居住在桂北、桂东、桂东南自然环境较好、经济较发达的地区，受汉族的影响较早也较深……僮歌的借景抒情、重比兴、重意境之营构，无疑的是受汉族把情景交融、情景相生的意境美作为古典抒情诗最高的艺术境界的诗歌审美理想的影响……此外，僮歌的艺术特征和审美效果的形成还与僮人的创作个性有密切的关系。

显然，这是一篇较高水平的文章，研究的角度也较为新颖，在今后的《粤风续九》研究中，当然需要更多此类文章。

另外，在同类研究中，也有不乏新意的文章，例如石丽芳《〈粤风·瑶歌〉鉴注》、莫莉《〈粤风〉民风研究》等文章，也有一定的新意。前者对书中21首瑶族民歌进行了研究，对瑶歌的注释及解读，按思慕、约会、争吵、表衷情、论婚嫁等程序，将原歌谣顺序打乱重排为：1—3—12—17—2—20—14—6—10—8—9—13；又认为："瑶族在历史上颠沛漂泊，生活艰难而性格质朴，歌谣相对简洁朴实，较少修辞雕饰。《粤风·瑶歌》充分体现了这一艺术表征：格式方面，以七言四句为主，变体有三/七/七/七、五/七/七/七、七言六句；韵律方面，押韵自由灵活，不像壮歌那样严格和花样繁多，押脚韵或干脆不押韵；语言方面，以汉语粤方言为主，夹杂瑶语甚至少量壮语词汇；修辞手法上，多用比兴和暗喻，如以江水暗喻两人情爱，以骑白马比喻恋爱双方要配合默契，以白藤条比作哥哥对情妹的痴恋等；艺术风格方面，苦情歌较多，压抑沉郁，少有瑰丽词句，整体风格苍凉激越，与瑶的苦难历史息息相关。"①

后者则分析了《粤风》中经常出现的水田、白米、莲藕、鲤鱼、嫩鸭、沙牛、山蕉、桂花、河滩等事物，是明显的稻作文化表征，为歌谣营造了岭南稻作文化氛围，并认为："《粤风》不乏以'打老庚''结同年'习俗为内容的情歌，

---

① 石丽芳：《〈粤风·瑶歌〉鉴注》，《短篇小说（原创版）》，2013年第35期。

如‘妹同庚，同弟一年一月生。同弟一年一个月，大门同出路同行’。这一习俗是南方壮瑶等族的异地年龄相当的少男或少女之间通过一定仪式确立的，与南方古代交通闭塞、社会动乱的社会现象有很大关系。这种超乎血缘、婚姻的关系是壮瑶等族渴望社会安定的体现。”①

四、《粤风续九》的介绍、考证、注释等基础性工作

由于《粤风续九》重新面世很迟，一时未引起学界的普遍关注，所以这方面的论文或著作还很少，我们只检索到五篇有关论文和著作，即王长香《〈粤风续九〉研究》、区茵的《〈粤风续九〉中的刘三妹故事》、陈凯玲的《清代少数民族歌谣总集〈粤风续九〉相关问题订误》、盘美花的著作《粤风续九·瑶歌》、雷舟的《基于原版刻本的解读——〈粤风续九·瑶歌〉译注介评》，其中以王长香的论文做的工作最为细致、深入。

① 黄莉：《〈粤风〉民风研究》，《读与写（教育教学刊）》2011年第9期。

第二章 《粤风续九》地名、各族居民的称谓及岭南民俗研究

第一节 《粤风续九》地名研究

在《粤风续九》一书中，出现了许多古代地理名称。在此，我们只讨论其中对理解文意有重要作用的部分地名，而众所周知或关系不大的（如“中州”“楚”“荆州”等）地理名称，则不作介绍。

一、在书中所有地理名称中，最重要的是“粤”（或“越”）

按《古汉语常用字字典》的解释：越——周代诸侯国，在今浙江一带；百越，我国古代对南部和东南部各民族的统称，也称“百粤”。粤——古代民族名，《汉书·高帝纪》载“使与百粤杂处”；又指居住粤族的广东、福建、浙江等地。古代“粤”“越”常混用，但后者包括的范围大于前者。三国时代越人或越族还存在于今天浙江会稽至温州一带，称为“山越”，给吴国造成不小的威胁。后世“越”或“粤”所指称的范围大幅收窄，一般指今天的广东广西，称为“两粤”，并且“粤”字代替了“越”字，后者很少再出现于史料中。因宋代开设广南东路、广南西路分别管辖今广东、广西（后二者的名称即来自前二者的简称），又形成了“两广”的名称。

二、由“粤”字衍生的相关地理名称的意义

在大略了解古代“越”“粤”概念的意义及变化后，有助于更好地了解原书中所使用的许多相关地理名称，如“粤西、东粤、粤地、粤、诸粤、两粤、百粤、百粤之地、越、桂”等概念。我们认为“粤、粤地、诸粤、两粤、百粤”大致指今天的广东、海南、广西，“粤西”大略指广西，“东粤”指广东、海南。详细如下：

（1）粤西——《总序》中有句子：“粤西轸翼荆州之野，楚之余也。”此处“粤西”指广西，并非今天常见的广东西部的简称；《〈瑶歌〉序》中出现了“桂”一词，众所周知，“桂”是广西的简称，其词得自广西境内大部分地区曾属于秦统一岭南后设置的桂林郡，这个词与书中的“粤西”一词同义。

（2）百粤之地——《总序》中有：“秦始皇开百粤之地，以为桂林、象郡……”此处“百粤之地”毫无疑问是指广东广西，秦朝当时在此设了桂林郡、象郡、南海郡三个郡，今广东的大部分地区属南海郡，并且广东西部有部分地区当时归属于桂林郡和象郡。根据上文出现的“粤西”一词及历史记载可知，这句话实际应为“秦始皇开百粤之地，以（粤西）为桂林、象郡……”。

（3）百粤——通常与“百粤之地”同义，都是指广东广西。在《粤风续九》一书中，有90首《百粤蛮风诗》，此处的“百粤”似应主要指广西。

（4）诸粤——《总序》中说：“楚国，天下莫大焉。北起江汉，其首也；南不尽诸粤，其尾也。”按书中这句话的意义，“诸粤”明确是指广东广西。

（5）粤——《歌仙刘三妹传》中有“粤之秀，其尽钟于女子乎？白有绿珠，容有玉环，皆名列正史……”，“粤”在古代一般泛指两广，与“百粤”“两粤”同义。

（6）两粤——《歌仙刘三妹传》中有“虽其名止两粤……”，明确指称两广。

（7）东粤——《粤风续九》之卷五《杂歌》中的《沐浴歌》原注解文字，出现了两处“东粤”一词：“沐浴，东粤之歌名也。浔在粤西，土旷人稀，流寓于兹者，东粤人尤多，故亦习为此歌。”“东粤”有两种含义，既可指广东，也可收窄范围指广东东部地区（这个含义在现当代最常用），按文意，应是第一种含义，即指广东，与书中的“粤西”一词相对。

（8）粤之左江——语出《题〈五溪峒女诗〉并序跋〈粤风续九〉后》：“予世家江右，避乱入粤，以墨绶待罪兴安，因而古籍粤之左江。”这个词似乎可以有三种含义，涉及范围由广到窄依次是：

①按以前“江左（即江东）”“江右（即江西）”的命名规则，所谓“左右”之分是以从北方向南方看为依据的，所以这里的“粤之江左”应是以湘江上游—漓江—桂江—西江主干流这条线为划分界线，跟历史上的两广分界线较为符合，“左江”指今天桂林、贺州、梧州、肇庆等相邻近地区；

②指今天的广西左江、右江中的左江；

③明代的左江并非指今天的左江、右江，而是指以西江干流溯流而上的方向，将郁江称为左江，黔江以上则称右江。

这里按书中文意看，应是指第一种含义。

三、与书中歌谣的主要收集地浔州相关的地名

（1）浔州——指今天的广西桂平地区。

（2）浔江——位于今天广西桂平地区的河流名，由于黔江、郁江两江合流形成的新河流流经当时的浔州府，故得名。

（3）江浔——即浔江，也可指称浔州府。

（4）贵县（又称贵州）——指历史上的浔州府贵县，位于今天的广西桂平地区境内。

（5）西山——即今天的广西桂平市区的西山。

（6）七星岩——在今天的广西桂平市区的西山内，并非指广东肇庆市区的七星岩。

（7）七星塘——在今天的广西桂平市区的西山内。

（8）怀城——指贵县的旧称，并非广东的怀集县。

（9）大藤诸峡——位于今天广西桂平境内。

（10）武靖（土）州——大致指今天的广西桂平市，明代曾一度设立，后废止。

（11）平南——历史上属浔州府，指今天的广西贵港市平南县。

（12）三江口——在今天广西桂平市境内，为黔江、郁江、浔江三条河流的交汇处，故名“三江口”。

（13）黔江——河流名，流经今天广西桂平市境内。

（14）郁江——河流名，流经今天广西桂平市境内。

（15）藤县——古称藤州，历史上属于梧州府，《粤风续九》卷三之《俍歌》中有歌词“平南藤贵县”。原书注解说：“平南县、贵县隶浔州府，藤县隶梧州府，三县接壤。”

（16）藤江——语出《歌仙刘三妹传》：“英台家藤江，遗祠岿然江浔。”河流名，实质上是浔江流经藤县后改称藤江。

（17）邕州（南宁府）——《歌仙刘三妹传》：“有邕州（即今南宁府）白鹤乡少年张伟望者……”邕州白鹤乡曾属于南宁府，现指广西百色地区那坡县白鹤乡。

（18）朗陵——又名朗宁，今广西百色地区朗宁县，古代属于南宁府（邕州）。

（19）昭郡之昭邑——语出《〈僮歌〉序》：“间侨寓昭郡之昭邑。”两者都是古地名，昭郡即昭州，州治在今广西桂林地区平乐县境；昭邑即昭平，今广西贺州地区的昭平县，与平南县、藤县交界。

（20）兴安——指今天广西桂林地区的兴安县。

四、书中的少数民族地区地名

（1）峒岷——语出程世英所作《题粤风四种诗》第四首：“峒岷地势遥连楚。”“峒”本义是山洞，又因历史上我国南方的少数民族基本居住在山区，处于较落后的阶段，山洞是其主要居住空间，所以又由此衍生出几种意义：①古代对南方少数民族的泛称；②古代对南方部分少数民族（如苗、侗、瑶等）的泛称；③古代对西南少数民族政权或社会组织形式的泛称。“岷”一词最早在《尚书·禹贡》中出现，指四川的岷山，又衍生出“岷江”“岷州”等词，后来泛指山区或居住山区的山民。“峒岷”在此指两广境内的各少数民族地区及其居民，可译成“岭南土著地区”。

（2）蹊峒——语出《始造歌者刘三妹遗迹》：“两粤蹊峒种类最繁。”蹊峒，又写作“溪峒”“谿峒”，本来是泛指湘川贵交界地区的土著少数民族，后来又泛指西南地区某些少数民族聚居地。在这里应指两广地区的少数民族及其聚居地。

第二节　《粤风续九》各族居民称谓的研究

《粤风续九》一书出现了许多有关当地各族居民的称谓，然而创作者们似乎对此没有统一、规范的称呼，前后叫法不一，显得含糊其辞甚至混乱。比如书中出现了“民、粤人、粤民、土人、土、蛮、编户之民、瑶人、僮人、俍人、峒岷、主、客、蹊峒、粤西之民与裔、居民、疍、疍民、峒人”等叫法。这些称呼既有正式纳入官府户籍的汉人（包括各个历史时期南迁的中原汉人、南迁汉人与当地土著女子结合生育的后代、汉化后的土著人等几大类型）、宋之前来此的汉人与宋亡之后到此归入客籍的汉人的名称，如“民、居民”等，又有今天瑶、壮族人的名称“瑶、僮俍”，而其中瑶人中又有各种分支，称呼又各有不同；还有汉人、少数民族的泛指或统称，如“粤人、峒岷、蹊峒”；更有南方水上族群的专门称呼——“疍民、疍”，指生活在岭南沿海及江河上，以船为家，以采蚝、采珍珠、打鱼等为谋生手段的族群，其人员来源、构成复杂且含混不清，但其歌谣语言与形式与客家山歌类似。

这种混乱的情况，对理解书中原意肯定是不利的，因此有必要进行一一辨别。下面我们结合书中的记载，进行具体分析。

一、汉人的各种称呼

（1）编户之民——语出《总序》："秦始皇开百粤之地，以为桂林、象郡，其服者仅编户之民耳；而雕题凿齿之伦，负固者犹故也。"指我国封建社会纳入官府户籍的正式居民，他们负有各种义务，如纳税、纳粮、纳捐、出徭役、出兵役等，当然也享受一些正式居民才有的权利，如科举考试、出任官吏等。一直以来，编户之民基本都由汉人以及各族归化的汉人所构成。

（2）民——在《粤风续九》一书中多次出现"民"一词，如《总序》："即以浔州一郡言之，居民之外，惟瑶人服化差早；至僮人之出，自元至正始也；俍人之戍，自明弘治始也。当其闭迹巉岩，老死与民不相往来，似尚不知有秦者，其不变化于今之流俗可知已。"又如《始造歌者刘三妹遗迹》"土人祀刘于洞中，凡作歌者，不论民与俍、僮、瑶、山子等类，歌成必先供一本，祝者藏之"，等。"民"一词在书中与"编户之民"同义，都是指纳入官府户籍的正式居民。

（3）居民——书中有多处出现这个词，如《总序》："即以浔州一郡言之，居民之外，惟瑶人服化差早；至僮人之出，自元至正始也。"居民一词与"民""编户之民"二词同义。

（4）粤人——在原书中多处出现这个词：

①《〈粤风〉序》："粤人此歌，其昉于汉而盛于唐乎？余于是多粤人之能守而不变也，使春秋之前即通声化，古音何致沦亡至此哉！""粤人"一词，过去可泛指两广汉人，这里按上下文意，应指广西本地的汉人。

②卷五《杂歌》之《师童歌》："师童歌者，巫觋乐神之词也。粤人信巫，称巫为'师童'，其迎神送神，皆有歌，而乐神之歌多情语。"这里出现的"粤人"一词与上文略有不同，不仅指广西本地的汉人，严格来说应指广西的客家人（虽然创作者们并没有这种意识）。因为《师童歌》按体裁格式、用词、风俗等方面，应属客家山歌中的一类特殊歌谣。今天粤东紫金县尚有独特的迎神、乐神的花朝戏，而广西、赣南客家也有类似的神巫之歌，而且广西的客家人基本由广东迁移而来。

③卷五《杂歌》之《师童歌》其中一首的原注解："缉麻织布娘无管，纱弓常挂壁头钉。得见后生痴痴笑，茶来未了酒来迎。（粤人呼麻线曰'纱'，缠于篾上，若弓然挂于壁，用则取之。）"这里的"粤人"应指广西的客家人，因为"缉麻"一词非常特殊，是指客家人捻苎麻线以用来织布的劳动，又称为"缉麻""绩麻""绩苴"。疍歌中也有类似说法，如歌词"相思水面缉麻纱"，估计是受了客家人的影响。

④《题〈五溪峒女诗〉并序跋〈粤风续九〉后》："粤人好歌，类作七言绝

句，如唐刘梦得集所谓‘竹枝词’者。”按上下文意，应指两广的汉人。

（5）粤民——《歌仙刘三妹传》：“粤民及瑶僮诸种人围而观之。”这里指广西本地汉人。

（6）主——李洁《百粤蛮风诗》第九首：“百粤蛮风蛮到兵，土俍主客一胞生。”“主”一词，在此应指早期南迁岭南的中原汉人。

（7）客——李洁《百粤蛮风诗》第九首：“百粤蛮风蛮到兵，土俍主客一胞生。”“客”一词，指较晚南迁而入客籍的中原汉人，所谓“先来为主，后到为客”。

（8）土、土人——《〈粤风〉序》：“忽有歌声自丛竹中出，和者数人，只闻其声，不晓其字。讯之舟子，佥曰此土人之歌也。方知土人重歌，虽村夫野妇皆能之；至男婚女嫁，端用此雁帑云。异日至浔，购得若干首，渐积遂多。其体则七言绝句，其平侧或未尽协，而押韵必遵梁沈约氏，其义多用双关，有古《子夜》诸歌意……”按上下文意，应指广西汉人。

二、当地少数民族的各种称呼

（1）瑶、瑶人：即今天的瑶族人。《粤风续九》卷二为《瑶歌》，并且在书中多处提到“瑶”或“瑶人”一词。书中还提及它有多个分支族群，分别是板瑶、箭瑶、熟瑶、生瑶、山子，《〈瑶歌〉序》：“按瑶人亦盘古氏苗裔，归化最先，诸种散处粤西诸郡。有板瑶者，妇人黄蜡泥发，以木板为髻，形似今之扇面平置顶上，覆以绣帕，缀以琉璃珠，累累若璎珞然。有箭瑶者，妇人横箭于顶，黄蜡泥发，分作数绺，左右盘结箭上，亦以绣帕覆之，出入丛林间，频侧其首，如穿花蛱蝶，翩翩可怜。头一月一梳，宵寐无反侧。此等种类，不啻十数，至于浔郡诸瑶，虽言语啁叽，而服饰与居民不甚大异，亦与居民婚姻往来，其耕田亦输赋，亦应徭者，熟瑶也。间有输赋而不应徭者，生瑶也。更有一种号山子，不赋不徭，吹山而食，食尽复徙。其人喜猎，伏弩博虎，涂毒于箭簇上，中之立毙，亦其类也。”

（2）俍、俍人：即今天的壮族人。书中卷三为《俍歌》，并且多处提到这两个词。

（3）僮、僮人：即今天的壮族人。书中卷四为《僮歌》，并且多处提到这两个词。

《粤风续九》一书对瑶、俍、僮有很清晰的界定，各自的描述也较详细，即使个别情况下用“峒人”或“蹊峒”等名称统称之，也并不会让阅读者混淆他们的区别。

三、未明民族族群的或笼统的称呼

（1）疍民：我国南方的一个水上族群，岸上居民常又俗称其为“船佬”“艇家佬”。疍民来源一直比较复杂，存在不少争议，有客家人说、古越人说、苗瑶人说、本地不明土著人说、流徙说等。至于“疍”字的写法也有多种。从书中歌谣的情况，并结合对粤北本地疍民一些情况的了解来看，我们倾向于客家人说。在《粤风续九》一书中，有一些关于疍民的信息：

①李洁《百粤蛮风诗》第25首：“百粤蛮风蛮到疍，倏然蚁聚飘蜂散。一藤姻族满江河，窃发无从稽籍贯。”

②吴雯清《百粤蛮风诗》第25首：“百粤蛮风蛮到疍，小舟连类如鱼贯。分明不是采珠人，举纲得鲜逢米换。”

③陈丹《百粤蛮风诗》第25首：“百粤蛮风蛮到疍，家浮江上时登岸。分明一样打鱼人，特立夷名称怪诞。”

三组诗都指出疍民“浮家泛宅”的水中聚居及水上谋生的特点，又都不清楚其来源，只觉得以“疍”来命名很是奇怪。

在书中卷五《杂歌》的《疍歌》一节中，有一个很简略的疍民介绍：“疍有三：蚝疍、木疍、鱼疍。寓浔江者乃鱼疍，未详所始，或曰蛇种，故祠蛇于神宫也。歌与《民》相类，第其人浮家泛宅，所赋不离江上耳。”疍民对蛇进行供奉、膜拜的奇特民俗，不禁令人联想到同样有这种习俗的一个南方少数民族——畲族，而且后者与客家人的关系比较密切，是否疍民是客家人与畲族（甚至还应加上瑶族）混合而成，则不得而知，有待更深入地研究。

（2）蹊峒：《始造歌者刘三妹遗迹》：“尝往来两粤间，两粤蹊峒种类最繁，所过之处，咸谙其语。遇某种人，即依某种声音作歌与之唱和，某种人永奉为式焉。”在上一节已有介绍，这里应泛指两广地区有别于汉人的各少数民族。

（3）峒岷——程世英所作《题粤风四种诗》的第四首：“峒岷地势遥连楚。”在上一节中已有介绍，这里应泛指两广地区有别于汉人的各少数民族，与“蹊峒”一词同义。

（4）雕题凿齿之伦——《总序》：“秦始皇开百粤之地，以为桂林、象郡，其服者仅编户之民耳；而雕题凿齿之伦，负固者犹故也。”泛指当时经济文化发展较缓慢的岭南各族居民。

（5）鴃舌之氓与雕题之裔：《〈瑶歌〉序》：“今秋复游浔江，偶读中州修惟克所辑《民歌》及《俍歌》，辄叹风雅久坠而乃得之鴃舌之氓与雕题之裔乎？”这两组词义为“语言难懂的和断发文身的人”，因为此书的创作者不懂粤语，而后者与中原官话差异较大，所以这两个词应是泛指两广地区的各族居民（包括汉人在内）。

（6）峒人：卷五《杂歌》有两处用到了这个词：①《俍人担歌》："今粤俗亦然，故峒人多用木担聘女，或以赠所私者，式如常"；②《瑶人布刀歌》："布刀者，峒人织布具也。峒人不用高机，无箸无枝……"很明显，他们分别指"俍人""瑶人"，只是创作者行文时不太注意区分，粗率地以"峒人"统称之。

（7）土人：《始造歌者刘三妹遗迹》："土人祀刘于洞中，凡作歌者，不论民与俍、僮、瑶、山子等类，歌成必先供一本，祝者藏之……"根据上下文语境，很明显这里的"土人"指两广各族人民。

（8）粤西之民与裔——《始造歌者刘三妹遗迹》："粤西之民与裔，不远数百里，皆裹粮从之……"这个词泛指广西各族人民。

第三节　《粤风续九》与岭南民俗研究

除歌曲本身之外，《粤风续九》中内容最丰富的就是其所反映的岭南民俗文化，有关内容几乎散布于书中每个地方。而且由于各民族比邻而居，相互交往、相互融合，关系比较密切，歌曲与民俗文化一定程度上存在相互影响的情况，所以各族居民的民俗文化除各具特色之外，还有一定的共通性，例如爱唱山歌的民俗，就是此地各民族族群都具有的特点，但社会功能性与重要性则区别较大。

书中所描绘的民俗文化，有些并没有明确指出究竟属于哪个民族或族群，有些可从现当代相关民族或族群的民俗文化中倒推回去，例如此地各民族或族群都有女人常年包头帕的习惯，其原因可从书中的气候描写中找到原因：由于地处岭南，天气炎热，日照强烈，且雾气重，所以女人包头帕显得很有必要，既防日晒、防尘，又防凌晨或夜间雾气打湿头发，还可充当汗巾。

一、坐男使女的民俗

所谓"坐男使女"，简单来说就是男人不做事，反倒女人做事。当然男人不可能真的不做事，只是女人与男人同样出力，共同承担了生产劳动。这个民俗明显不同于中原以男人为主的劳动生产方式，所以显得较为新鲜，也可推断岭南社会中，女性的地位相对比中原女性的地位高。就汉族而言，这个民俗是识别客家族群的一个明显标志。这种情况早在二十世纪二十年代就由客家学者如李金发、罗香林等明确指出，现当代的客家研究著作也毫无例外地一再说明了这点。按书中记载，似乎瑶、壮等少数民族也存在这种情况，具体则有待研究。《粤风续九》一书中，也透露出这个民俗的一些信息：

（1）李洁《百粤蛮风诗》第 5 首：“百粤蛮风蛮到人，男怀孩子媍抱薪。”创作者们看到男女角色的颠倒，十分诧异，还认为这个风俗有些粗野。

（2）陈丹《百粤蛮风诗》第 5 首：“百粤蛮风蛮到人，晓来谁辨女男身。芒鞋箬笠群挑担，入县输租市卖薪。”说是一群人穿芒鞋戴竹帽挑着担子，难以分辨男女，到县里交租税、到市场卖柴。从诗句中“芒鞋箬笠”的描述看，这是很典型的客家人打扮，但有可能其他少数民族在劳动时也会有类似打扮。

（3）《俍人担歌》更是明确提到这个独特的风俗不仅为粤人（客家人）所独有，俍人也有这种风俗：“杜少陵曰：‘夔俗坐男使女。’今粤俗亦然，故峒人多用木担聘女，或以赠所私者，式如常。”

二、喜吃槟榔的习俗

书中多处提及此地喜吃槟榔的习俗，而且可以看出这种习俗是此地各个族群的共同喜好：

（1）李洁《百粤蛮风诗》第 6 首：“百粤蛮风蛮到士，袖中灰匣槟蒌匲。”当地人日常的衣袖中就藏着放有槟榔的小盒子，可见此俗的盛行与平常。

（2）吴雯清《百粤蛮风诗》第 5 首：“早咬槟榔血溅唇。”一早起来就嚼槟榔，搞得满口血红的，有点吓人。

（3）陈丹《百粤蛮风诗》第 8 首：“口嚼槟榔脚躐屐。”表明创作者们将此地人士口嚼槟榔和脚穿木鞋视为明显的特点。

（4）《粤风》中的歌曲也有类似歌词：“妹花颜，要吃槟榔也不难。”看来此地女人也有喜吃槟榔的习俗。

（5）《杂歌》之《师童歌》则以略带戏谑的口吻说：“不搽光粉面也白，不吃槟榔口自红。头上梳起龙凤髻，猪油搽过两三重。”同样反映了此地妇人喜吃槟榔，且非常普遍。

（6）《五溪峒女诗》第四首的诗句与原注解指出了此地喜吃槟榔的部分原因：“槟榔夙渍朱唇润……（食槟榔避瘴，齿红者为富贵之家。）”

三、神巫崇拜风气较重的民俗

神巫崇拜是早期人类社会的普遍现象，不分地域、种族、民族、时代，广泛存在。岭南，历史上长期属于楚地，故此地居民与内地的楚人一样崇信神巫。又由于岭南的开发较晚，生存环境较恶劣，人受自然的制约较重，更加深了神巫的影响力，所以神巫崇拜是岭南各族居民的共同特点，比如客家人就有类似的口头禅“一命二运三风水”。《粤风续九》也说此地人士信巫拒医的传统根深蒂固：

（1）李洁《百粤蛮风诗》第 14 首："空传尧叟勒方碑，惯惹魃魈而送命。"此地信巫拒医，人们常认为是沾惹上鬼怪才会得病送了命。

（2）吴雯清《百粤蛮风诗》第 14 首："由来此地乐材多，偏信巫师一符令。"创作者们感慨地说，为何此地自古以来盛产药材，人们却偏偏相信神巫的符令。

（3）陈丹《百粤蛮风诗》第 14 首："百粤蛮风蛮到病，不知医药唯知祟。幸而获愈鬼神灵，一旦无常嗟命竟。"有病不知寻医问药，只知求助神巫法术，灵不灵验又都认为是命运使然。

（4）《师童歌》的介绍文字中，清楚介绍了这个民俗与喜唱山歌的民俗结合起来，发展出专门的神巫歌谣："师童歌者，巫觋乐神之词也。粤人信巫，称巫为'师童'，其迎神送神，皆有歌，而乐神之歌多情语。"这种情况在今天粤东紫金县迎神、乐神的花朝戏以及赣南客家的神巫歌谣中还得以残留。

四、人们命名、称呼的独特风俗

（1）命名不讲究规则，造成混乱与笑话。李洁《百粤蛮风诗》第 18 首："百粤蛮风蛮到名，派行姓字欠分明。人呼儿女爹妈应，翁唤姻朋媳诺声。"

（2）命名中习惯用"法（发）、传（全）、帝（娣）、扶（富）、真（珍）、亚、特、社（成）、生"等字。分别见吴雯清《百粤蛮风诗》第 18 首"百粤蛮风蛮到名，法传帝相并扶真"，陈丹《百粤蛮风诗》第 18 首"百粤蛮风蛮到名，亚扶特社帝皆生"。这些字是广东人（包括客家人）名字中的常见字，是不是少数民族取名的常用字则不得而知。

（3）对人称呼时的独特习惯。陈丹《百粤蛮风诗》第 18 首"相联更有哥降闷，三字唯呼两字声"，即此地人士称呼人时常将他人名字与"哥"字联用（例如"富哥""成哥"等），这是粤人（包括广府人、客家人）的习俗。另外，这里称呼人名时习惯三个字只喊两个字，这种情况在今惠州、东莞等地还很常见，如"胡志成"喊为"胡成"，"莫炳华"喊为"莫炳"等，以顺口为缩称的标准。

五、饮食方面的奇特民俗

在《粤风续九》一书的创作者心目中，岭南是个不折不扣的蛮荒地，于是自然就认为岭南人士的饮食很粗疏。其实一方水土养一方人，岭南独特的环境和丰富的特产自然造就了奇特的饮食习惯。

（1）爱吃带汤水碎蔬菜、咸菜的习惯。李洁《百粤蛮风诗》第 19 首："百粤蛮风蛮到菜，叶能遮荫茎能攞。齑羹何必味滋长，馋口无涎牙欲碎。”“齑”指切碎的咸菜；“齑羹”指蔬菜切碎煮成带汤汁的样子。

（2）爱吃腥荤异物且口味重的习惯。吴雯清《百粤蛮风诗》第20首：“百粤蛮风蛮到庖，腥荤臭腐错为声。葸根八角般般用，又取禾虫与蒜交。”吴雯清《百粤蛮风诗》第12首：“百粤蛮风蛮到蕉，村民不耐雨潇潇。截根为来称佳味，摘得如拳鼓腹骄。”陈丹《百粤蛮风诗》第20首：“百粤蛮风蛮到庖，饭蒸鱼肉使焦殽。草苗树叶俱称菜，稚子时时探鸟巢。”意谓岭南人民的食谱太广了，几乎什么都吃，为消除食物的异味，习惯用葱头、蒜头、八角等重口味的调料。

六、酒肉僧人的奇特民俗

作家汪曾祺在文章《受戒》里，谈到了中华人民共和国成立前苏北长期存在着不戒荤腥、结婚生子的所谓“酒肉和尚”的民俗及趣事，除了挂个和尚的名号，简直就是普通过日子的农民。《粤风续九》里也谈到了类似的情况，反映了这实质是以和尚为主业、以务农为副业的奇特民俗。看来这个有趣的汉民族民俗现象，南北皆有，源远流长。

（1）李洁《百粤蛮风诗》第26首：“百粤蛮风蛮到僧，经文音字总无征。袈裟袖里笼酥炙，豢酿争夸内助能。”僧人不钻研经文，衣袖里藏着小吃，还争相夸耀自己的妻子擅于饲养家畜和酿酒。这个民俗现象的确十分新奇。

（2）吴雯清《百粤蛮风诗》第26首：“百粤蛮风蛮到僧，茹荤饮酒佛高称。出门铙鼓音犹别，归向妻孥醉饱矜。”一边高声念佛，一边吃荤饮酒，出门做法事时，无精打采地敲锣打鼓，如同奏着离别曲，归来时酒醉饭饱，神气地面对妻儿，洋洋得意。这分明是一群粗朴可爱又恋家的农民。

（3）陈丹《百粤蛮风诗》第26首：“百粤蛮风蛮到僧，居然佛殿也燃灯。有妻不向门敲月，半夜钟声总未曾。”僧人有妻子，自然早早就睡了，哪会有反复钻研佛经的功夫，更不会半夜就起来敲钟做晨课。

七、用蛊习俗

蛊术是非常古老且神秘的法术，据说主要流行于南方少数民族地区，由女性所施。从现代观点来看，应是一类制备、施放寄生虫、原虫和毒素以达到禁制人、害人的方法，且存在一些科学难以解释的现象。似乎它只存在于少数民族地区中，汉民族无此类法术。《粤风续九》记载了广西地区一些蛊术的情况：

①李洁《百粤蛮风诗》第27首：“百粤蛮风蛮到蛊，杀人不用操刀斧。任君明达亦怀疑，强勉吞来归便吐。”这是说它的可怕与神秘。

②吴雯清《百粤蛮风诗》第 27 首："百粤蛮风蛮到蛊，毒潜饮食归人腑。请君举箸热方尝，纵有金蚕何足数。"这里提到蛊术施放的主要途径——饮食，并说只要不吃生冷东西，只吃热熟食就可保平安。

③陈丹《百粤蛮风诗》第 27 首："百粤蛮风蛮到蛊，其家梁上无尘土。毋餐冷物及问之，下者无能反受苦。"这首诗教人识别施蛊者的方法（即其家中房梁上没有尘灰），以及破解蛊术的方法（即不吃生冷物，吃东西之前呵斥、点破）。显然，诗人转述的说法既有迷信的成分，也有科学的合理成分。

八、过节及祭扫的独特民俗

在古代，过节及祭祀对任何一个民族而言都是重大的事情，当然，节日及祭祀日子的选择及形式各有不同。在《粤风续九》中，记载了一些有别于中原的过节及祭祀情况，从具体内容来看，应该反映了岭南各民族的相关民俗。

（1）李洁《百粤蛮风诗》第 29 首："百粤蛮风蛮到节，空过灯月风花雪。借言社埽送寒衣，灰骨何知徒补啜。"创作者告诉我们岭南人士不重视上元灯节、中秋节等中原传统的良辰佳节，反而在那些风花雪月的日子里，大张旗鼓地祭扫先人。

（2）吴雯清《百粤蛮风诗》第 29 首："百粤蛮风蛮到节，良辰美景无人悦。清明浇饭野喷头，先日中元迎鬼醊。"这里说此地清明时节洒饭于无主（无人祭拜）的坟墓前，以及中元节的头一日（即农历七月十四）举行接鬼回家的仪式，直到今天这还是客家人的祭祀风俗。至于重视上元灯节、中秋节的习惯则和中原地区无二。

（3）陈丹《百粤蛮风诗》第 29 首："百粤蛮风蛮到节，花灯初五十三灭。盂兰前日胜于年，重五中秋等闲阅。"这首诗是说过节的风俗，上元节花灯初五才挂上去，十三就取下来的风俗的确很奇特，至少客家人和广府人都没这种风俗；而盂兰盆节的前一日比过年还隆重，端午节、中秋节等中原传统节日却看得很轻，看来不似汉民族的传统民俗。

九、做"同年"的民俗

"同年"一词，本指古代科举考试同一年登上进士榜的官员相互之间的称呼，当面尊称对方时称"年兄"。例如清代王渔洋与《粤风续九》的主持人吴淇就是同一年的进士，所以王氏在其著作中称吴淇为"同年"。民间也使用这种称呼，大概是受了官场的影响。例如客家人就有做"同年"（或拜"老庚""同庚"）的民俗，意指一群年纪相仿的年轻男子结为兄弟（类似结拜兄弟）的民俗，至于用在男女情人之间，应是取其同生共死之义。书中瑶、壮等少数民族男女情人之间也使用这个称呼，可能是受了汉族的影响。

（1）《粤风》歌曲：“妹同庚，同弟一年一月生。同弟一年一个月，大门同出路同行。（直叙同庚同里，一字不他及，最妙。同庚同里见得便当同衾同梦，无所不同耳……）”

（2）《俍歌》歌曲：“吞同厘伶俐，约友二何行。（‘吞’是‘见’；‘厘’是‘好’；‘约’是‘教’；‘友二’，妇人自称，缘土人谓相知曰‘同年’，又曰‘友’；‘友二’，妇人自处于友之次也；‘何’是‘颈’；‘行’是‘痒’。见同年生得好伶俐，教我颈痒即心痒……）”歌词意为：看到同年长得神采飞扬，让阿妹的喉咙发痒不得不唱歌。这里的“同”就是“同年”之意。《俍歌》中多处出现了“同”，都是指“同年”，即男女情人互相称呼对方，如“日往月又称，同厘纫闾住”“同吞友，齐匿讲两巡”“齐藤同恩爱，鲁批败闾啰”“想藤同好看，造家当不成”等。

十、独特的婚姻习俗

（1）按《粤风续九》里的记载，广西本地的瑶、壮等少数民族也具有一些与汉族类似的婚姻习俗，如：

①及笄婚俗：《俍歌》歌词说“贯往苟双盂……尔恳九重楼，约区区布哩”，第一句意为“阿妹小时头绾双髻”，后两句“今日我上了头，要娶娶不得了”，“九重楼”即指及笄。

②嫁娶前交换庚帖的习俗：《俍歌》歌词说“往嫁笃阑伝，皮又重合命”，意为“妹虽嫁人家，我只管重送庚帖，定要娶你”。“合命”就是庚帖。

③红布/红衣服蒙头出嫁的婚俗：《俍歌》歌词说“扶沉苟笼梯，伝区批过米”，意为“红衣服蒙了头，出门嫁与人家做媳妇”。

④请媒人的婚俗：《俍歌》歌词说“约区同旧话，便批啰媒通”，意为“同年若要娶我的话，那时就该请媒人来我家求婚”。《瑶歌》也说“意着尔，便能缌三意着程。缌三着程陷用峡，娘就意表陷用媒”，意为“粘着你，就如丝线粘着布刀。丝线粘着布刀不用劳烦织布竹架，阿妹粘着阿哥不用劳烦媒婆”。

（2）本地独特的婚姻习俗之一：以歌为媒。由于此地各族人民普遍爱唱山歌，山歌在人们的交往中自然就承担起了重要的社会功能，所以《粤风续九》书中所记载的当地婚姻民俗的最大特点就是以歌为媒。按书中说法，作为喜爱唱歌的地区，广西本地各民族（含汉族）居民都有以歌会、歌墟或踏歌等形式作为男女交往媒介的民俗。

①汉族居民中的情况。通过《歌仙刘三妹传》《始造歌者刘三妹遗迹》等文

章，我们可以知道广西本地汉族居民也有这种风俗，当然歌同时也有充当社会娱乐工具的作用。另外，《〈粤风〉序》也清楚地说明了广西汉族居民以歌为媒的习俗："忽有歌声自丛竹中出，和者数人，只闻其声，不晓其字。讯之舟子，佥曰此土人之歌也。方知土人重歌，虽村夫野妇皆能之，至男婚女嫁，端用此雁帑云。"

②瑶族居民中的情况。《〈瑶歌〉序》说："其风俗最尚踏歌，浓妆绮服，越阡度陌，男女杂沓，深林丛竹间，一唱百和，云为之不流，名曰'会阆'。自墙事毕，至明春之花朝，皆会阆之期也；余节亦间举，惟元宵与中秋夕为盛。"名称虽不同，瑶族踏歌的习俗却清楚无误。

③壮族居民中的情况。壮族的前身之一僮人的歌谣《僮歌》歌词谓："养勒佛排竾，养勒花排菲，里样对鸳鸯。里样梁山伯，山伯祝英台。"意为"踏歌的男儿啊，排列得像神佛那样端正齐整，踏歌的女子呀，排列得如桃花般标致美丽；男儿女子，好像鸳鸯一样成双成对，又好像梁山伯与祝英台一样般配哟。"此歌清楚地说明了以踏歌作为男女交往媒介的壮族民俗。《〈僮歌〉序》中也有类似介绍："然昭邑亦有僮，其风俗颇类浔之俍，应与浔之僮同种也。……独其俗好踏歌，词类桑间，为道学先生所深疾……"这段话不仅说明壮人风俗喜好踏歌，而且说其歌词内容是咏唱男女交往的艳歌。

壮族的另一前身支俍人的歌谣《〈俍歌〉序》中补载："其俗自幼即习歌，男女皆倚歌自择配。女及笄则纵之野，少年从者且数十，次第歌，视女歌意所答而一人留，彼此相赠遗……"

（3）本地独特的婚姻习俗之二：野合与自由婚配。野合与自由婚配虽在古代显得非常另类，与传统的伦理道德大为悖逆，但最贴近人性之真，符合人类追求自由、纵情的天性，反而现代文明社会的婚姻制度带有功利色彩。一般而言，这种婚俗反映了人类早期的男女自由交往、走婚群婚的历史情况，《粤风续九》书中明确说瑶族与壮族都存在这种民俗。在《粤风续九》中，没有明说本地汉族居民是否有此种民俗，不过从后世的资料看，至少客家人是在一定范围内残留有这种民俗的。客家山歌中就有大量反映"连情""交合"内容的歌曲，李金发二十世纪二十年代的《岭东情歌》一书中，也介绍过客家人以山歌交往、野合的情况，非常类似瑶、壮等少数民族的民俗。

①《瑶歌》歌词说："昨日同娘在林中，二人讲话陷相同。表叫入荒娘不入，陷知娘哑是娘聋。（此山瑶歌也。山子交合多在荒野，插青卜道以断来者。行人误入，则以弩射之。并前"先断定"一歌足证矣。）"又说："先断定，断定表大娘陷大。表大便到木横底，娘大便到木横枝。"歌意为：先把道路截住，路截好了哥来妹不来，哥来了就到树枝掩映的地方相候，妹若来了自然会到树荫下相见。结合两首歌词，瑶人自由幽会、野合的情形一目了然。

②《〈俍歌〉序》也有清楚地记载:“其俗自幼即习歌,男女皆倚歌自择配。女及笄则纵之野,少年从者且数十,次第歌,视女歌意所答而一人留,彼此相赠遗(原书评解略),约为夫妇,各告其父母,乃倩媒以槟榔定之。”

③李洁《百粤蛮风诗》第30首:“百粤蛮风蛮到婚,歌调腔合当媒言。浪分大小村期定,但得怀胎了债冤。”吴雯清《百粤蛮风诗》第30首:“百粤蛮风蛮到婚,解衫抛带各温存。唱予和汝歌词里,小妹随郎过别村。”陈丹《百粤蛮风诗》第30首:“百粤蛮风蛮到婚,娶亲大半忌真元。声歌洽处曾相订,只待儿生始过门。”三首诗的表述各异,意思却大致相同,表明了三个婚姻民俗,即以歌为媒、野合与自由婚配、壮族的“野郎”婚姻。

(4)本地独特的婚姻民俗之三:奇特的壮族“野郎”婚姻。《〈俍歌〉序》介绍说:“婚之日迎亲送女,络绎于道,歌声振林木。女至夫家,合卺,丈夫用拳击女背者三,女乃汲水置瓮中(即用所赠扁担汲水)。旋回母家,不与丈夫相见,俟有妊,乃归夫家而偕老焉(同家另招男子,曰野,即与父母同居,待生子则弃野郎而归夫家,故野郎亦曰苦郎;当其在野郎也,本夫至其家,反而奸论,及其归夫家也,野郎或至其家,或于母家,及他所,亦以奸论)。今俗亦稍稍变矣。而深山穷谷,尚有存者。”

(5)本地独特的婚姻民俗之四:男女以与歌有关之信物相赠的民俗。男女交往,相互赠以信物作为定情的见证的风俗,古已有之,我国各民族(包括汉族)基本都有这种风俗。至于男女双方互相以与歌谣有关之信物见赠,实属少见,可能再次反映出“以歌为媒”的习俗。《粤风续九》一书中,有一些相关的记载:

①《〈俍歌〉序》的原注解指出:“男遗女以扁担一条,镌歌数首,字仅如蝇头,间以金彩,作鸟卉于上,沐以漆,使不落,盖土人女子力所必需也。女赠男以绣囊锦带诸物,女所自制者。”

②《俍人扇歌》的介绍说:“扇歌,书于扇赠所私者。白扇一面花鸟,一面歌,字如蝇头,其词借扇及扇面花鸟寓意,相连百十首,前后起止,皆有章法。有创作、有套本。词多不能悉载,姑取其佳者数首云。”

③《俍人担歌》:“故峒人多用木担聘女,或以赠所私者,式如常。”

④《瑶人布刀歌》:“峒人书歌于刀上,间以五彩花卉,明漆沐之,以赠相知云。”

⑤《五溪峒女诗》之二有诗:“罗巾织锦心偏慧(织歌于巾,女赠男者),纨扇停歌意自含(书歌于扇,男赠女者)。”

第三章 《粤风续九》与客家山歌源流研究

客家人是主要分布于南方的一个汉族分支，其来源与形成长期众说纷纭，争议较大。简略来说，分为两种观点，即中原南迁汉人说与南方百越土著居民主体说。第一种观点在当代修正为：客家族群是以中原南迁汉人为主体，并融合了南方少数民族（主要是畲、瑶、壮、侗族）而逐渐形成的一个汉族支系，其文化是中原文化吸收了部分南方土著文化融合而成的。而第二种观点则明显持不同意见，认为客家族群的主体并非中原汉人，而是南方百越土著居民（含南方畲、瑶等少数民族），中原汉人只占其中小部分，客家文化是南方土著文化逐渐接受中原文化并相互融合后的多元文化。或者说，在族群组成上，以南方百越土著居民为主体同化了中原汉人，而文化上，中原文化教化了南方土著文化，由此而逐渐产生客家族群，其文化也更多地带有南方土著文化的鲜明印记。

客家人的歌谣主要是客家山歌，此外还有采茶戏歌、花朝戏歌等，其渊源也尚未真正研究清楚。关于客家山歌的产生时代、地点、创造者等重要问题，都存在着较大的争议。我们认为，《粤风续九》的重新问世，提供了重要的、较为可靠的原始史料，有助于推进客家山歌渊源的研究。

第一节 客家山歌源流问题的缘起与争议

正本清源的意义无论如何强调都不过分。如果一种歌谣连自己的出身源流都说不清楚，又如何能找准自己的历史与文化坐标？更遑论能清楚地认识自身！孔子说“凡事必先正名，名不正则言不顺，言不顺则事不成”，古人讲究师出有名，因为名分关系到正义、道德高下与事情的成败。从事客家山歌研究，首先面临的就是其源流问题。

关于客家山歌源流的问题，在清末黄遵宪之前，吴淇、修和、王渔洋、李调元、梁绍壬等研究者，连“客家山歌”的概念也没有，只笼统地称为“民歌”“粤歌”等，更说不上源流考证了。“客家山歌”这个概念直到二十世纪三十年代才由高亚伟在《歌谣周刊》中正式提出来。首先关注客家山歌源流问题的人是清末的黄遵宪，但他的观点似乎有些摇摆：一方面明确指出客家山歌源于中原正韵、是《诗经》十五国风的余绪；另一方面，他又认为客家山歌受当地其他少数民族影响而形成。例如在《山歌》的诗后题记中说《诗经》是客家山歌的源头，又说是“僚疍遗俗”：

十五国风妙绝古今，正以妇人女子矢口而成，使学士大夫操笔为之，反不能尔。以人籁易为，天籁难学也……念彼冈头溪尾，肩挑一担，竟日往复，歌声不歇者，何其才之大也？……然山歌每以方言设喻，或以作韵，苟不谙土俗，即不知其妙……土人旧有山歌，多男女相思之辞，当系獠疍遗俗。今松口、松源各乡尚相沿不改。①

由于当时还没有清晰地界定客家族群，存在各种认识上的模糊与谬误，黄氏的观点摇摆并不难理解。

现代研究学者中，钟敬文是知识界中较早谈及此问题的人。1927 年，钟敬文重新编排出版了李调元的《粤风》。书中虽未提出“客家山歌”这一概念，但已清楚指出“《粤歌》中的作品，并不是粤土普通民俗的歌谣，乃是一部分居民，名叫‘客家’的所唱的‘山歌’”。理由是：“……这是我数年来收集歌谣的经验发觉出来的。因为它两者，不但形式、内容迫似，简直连语词、句子都有许多雷同呢……”② 他还认为可以用他的著作《客音情歌集》作为佐证。钟氏的说法对于清理当时种种模糊、混乱、错误的认识有不小的作用，但钟氏没有更进一步做详细有力的考证工作。钟敬文之后到罗香林之前的客家山歌研究者，估计大多认为客家山歌源于《诗经》，但对于客家山歌的源流考证或说明却基本缺失，即使有，也是语焉不详，明显是还没有做这方面的研究工作。

由于客家山歌渊流问题非常重要，它的解决将直接有力地推动客家族群渊源问题的解决进程，所以这个问题不仅吸引了民歌研究者，更吸引了许多客家文化研究者，并且后者还成了研究的中坚力量。历经二十世纪三十年代罗香林的开创性研究、二十世纪八十年代以来的当代研究，应该说，客家山歌源流的问题已被研究得很深入、全面、细致，但依然无法取得统一意见。承续了客家族群渊源的争论，关于客家山歌的渊源，也可对应地划出两种观点：汉民族民歌说与南方土著少数民族民歌说。这两种观点从论据与逻辑上看都不乏合理的成分。

台湾学者常惠说：“对民间歌谣的研究，要以歌谣论歌谣。”因此，未来应加强客家山歌歌谣（包括歌词与音乐）的研究，要充分发挥音乐的稳定、独特、客观等方面优势，努力找寻正确的客家山歌源流。但无论客家山歌是中原正韵，

① 罗香林编：《粤东之风》，上海书店出版社，1974 年，第 31 页。
② （清）李调元编，钟敬文整理：《粤风》，朴社出版经理部，1927 年。

还是“獠疍遗俗”，都丝毫无损于其优美、隽永的一面，都是中华民族民间音乐的一朵奇葩。

客家山歌渊源问题还涉及何时、何人、何地创立，以及受南方少数民族歌谣影响深浅程度等相关问题，这也是众说纷纭，意见无法统一。

《粤风续九》中卷一《粤风》的歌谣，被此书的创作者们称为“民歌”。它很早就被确定为今天的客家山歌。从现有资料上看，这部清代康熙二年（1663）出现的著作，是至今发现的最早书面记载客家山歌的史料，具有里程碑的意义。它的出现，虽还不能完全解决客家山歌渊源的问题，但提供了许多新的、有力的证据与线索，可以说大大推进了这个问题的研究进程。我们将在下面的讨论中，先逐一介绍各相关问题的争议情况，再结合《粤风续九》提供的新证据，进行具体讨论。

第二节　客家山歌渊源问题争议的焦点

客家山歌渊源问题争议的焦点就是客家山歌究竟是中原正韵，还是南方土人民歌？可分为两派观点：汉民族民歌说与南方土著少数民族民歌说。

一、第一种观点：汉民族民歌说

这派观点认为客家山歌是中原正韵，其源头是《诗经》、楚辞、汉乐府，并受南朝民歌、唐诗、竹枝词、南方吴歌、子夜曲等的影响而传承、演变所形成的歌谣。此派观点一直以来都是主流观点，开创者是客家学创立者罗香林。

1. 罗香林的观点

二十世纪三十年代，罗香林对客家山歌的源流问题作了开创性的研究工作。在《粤东之风》中，第一次以有力的考据，证明了客家山歌的渊源是《诗经》、汉乐府，是中原正韵的流变与继承，是汉民族的一个重要民间歌谣体系。

罗香林首先指出客家山歌源流问题的探讨始于黄遵宪，并认为黄遵宪的“獠疍遗俗”说法是错误的。因为双方的语言不同、风俗习惯不同，所以客家人不可能去学后者；客家人好歌的风尚是受其中原先人的影响，且历史上客家人饱受离乱之苦，心中郁结不平，需借唱歌来发泄情绪，天长日久，就形成了今天客家人好唱山歌的风俗。作者认为黄遵宪错误的原因是（广东）当地土人喜歌，而客家人又居住在他们的旧地或邻地，因此造成了误会。为了佐证自己的观点，罗氏根据其著作《客家史料汇编》中的研究成果，指出客家各族谱都说自己祖先原居光黄之间（即汝南），并且那里在宋之前极盛行歌唱。作者又举了苏东坡《仇池笔记·鸡唱》中的记载作为依据，与今天在客家地区还在唱的街歌作比较，认为它们是同一种歌谣，因为“鸡”与“街”在客家方言中同音，所以造成笔误[①]。

罗香林还通过比较客家山歌与清代以来客家籍诗人所作的杂诗和《竹枝词》，证明了客家歌谣与诗同为人们心声之反应，源于《诗经》的传统；运用环境律与遗传律，比较了客家山歌与客家诗不事雕琢、清新平易的风格特点，指出了后者深受前者的洗礼与影响，以及客家山歌如何具体影响客家籍诗人的诗风与意境。他还指出歌谣的确能促进文人诗歌的向上发展，从而更进一步显示了它的文艺价值。他认为这些诗人的杂诗和《竹枝词》可算得是较雅的客家山歌。另外，散见于全书中的关于客家山歌语言文字的注释、考据，都依据古代典籍，考证了其出处、原形、意义与流变，为读者展示了一幅中国语言文字演变史的缩影图景，令人信服地证明了客家山歌中“诗骚”的源头。

在罗香林的手里，客家山歌的源流问题第一次得到了比较完美的解答。由于罗香林的客家山歌研究并非一时兴起，而是有长期的研究作为支撑，并且他从客家山歌的语言（文字与音韵）、反映的民俗与教育功能、与诗歌的关系等方面，有力地证明了客家族群及文化与中原汉民族及文化是一脉相承的。对于罗氏的观点，客家人以及大多数客家山歌研究者，既从情感上认同中原正统论，又折服于罗氏的考据，并被其客家学大师的权威地位所影响，所以罗氏之后的大多数现当代研究学者，在客家山歌源流问题上基本都沿用了他的说法，即使有一些新的说法或证据，都没有跳出其既定的框架，只能算作罗氏说法的补充与修正而已。

2. 二十世纪八十年代以来的研究观点

罗香林之后至二十世纪八十年代之前，客家山歌的研究基本处于停滞阶段，二十世纪八十年代起至今，客家山歌的研究处于一个新的历史繁盛期。关于持第一种观点的一些当代客家山歌研究著作或文章的相关表述如下：

（1）张永雄《凤岗客家山歌欣赏》[②]。

作者认为：

> 客家人源自中原，客家文化源自中原文化。客家山歌作为客家文化的代表，我们能够从中发现客家文化与中原文化一脉相承的特征……在句式结构方面，客家山歌常用七言四句格式，讲求节奏与韵律，这与唐诗七绝如出一辙。

接着，作者以两组实例对比来论证自己的观点：

① 罗香林编：《粤东之风》，上海书店出版社，1974 年，第 32 页。
② 张永雄主编：《凤岗客家山歌欣赏》，大众文艺出版社，2010 年。

组一

竹枝词（刘禹锡）	**客家山歌**
杨柳青青江水平，	掌牛爱掌桂竹林，
闻郎江上踏歌声。	桂竹弯弯爱弹琴。
东边日出西边雨，	日里弹琴同妹嫐，
道是无晴却有晴。	夜里弹琴同妹眠。

组二

吴歌·月儿弯弯	**吴歌·月上**	**客家山歌**
月儿弯弯照九州，	约郎约到月上时，	约郎约到月上时，
几家欢乐几家忧。	月上山头弗见渠。	月上山头唔见你。
几家夫妻同罗帐，	咦弗知奴处山低月上得早，	唔知是涯住山低月上早，
几家飘散在他州。	咦弗知郎处山高月上得迟。	还系郎住山高月上迟。

随后作者总结：

除前者（竹枝词）文人诗的痕迹较重外，两者让人感觉十分相似，而冯梦龙的《吴歌·月儿弯弯》，基本就等同于客家山歌了……如不加说明，则客家山歌、吴歌、竹枝词很难区分它们的异同，很明显客家山歌是吸取了南方民歌的精华发展而来。

（2）钟俊昆《客家山歌文化研究》①。

关于客家山歌源流，从作者在书中引用的一首有关客家人渊源的歌，就可知他是认同第一种观点的：

客系何来？本黄裔汉胄，三代遗民，世居河洛，自晋初，战乱兵凶，衣冠南下，经唐灾，历宋劫，籍寄避荒，筚路蓝缕创勋业，溯渊源，千年称客实非客。

家乡何处？数远祖先贤，中原旧族，转徙粤闽，从宋末，居安业定，驻足梅州，复明播，继清迁，郡分边郡，瓜瓞绵延遍五洲，同根柢，四家为家就是家。

另外，在该书中，还有相关的表述：

客家山歌从自身产生的地域和文化背景来看，因为客家人本来是中原人，居

① 钟俊昆：《客家山歌文化研究》，黑龙江人民出版社，2009年。

住在黄河流域，只是在西晋末才开始数次大规模南迁的，他们受中原文化影响极深。魏晋民歌，唐诗律绝、竹枝词、民间俚歌小调等的濡染，加之他们企盼着“回师北望中原日”，励精图治，艰苦创业，这些心理欲求蓄势已久，感于哀乐，缘事而发，使得有些作品深深地烙上北方民歌遒劲刚健的风格……客家山歌的渊源，只要细究客家人晋初南下前生活的中州地域，结合中原文化的源头，便可知其“先祖”是影响中国文学千百年的《诗经》……此外，《离骚》、汉乐府、魏晋南北朝民歌以及唐诗律绝和明清俗文学思潮等均对客家山歌有影响。

（3）王耀华的论文《客家山歌音调考源》①。

客家山歌既然也属于音乐的范畴，那么能否从音乐的角度来考证其源流呢？著名民族音乐研究者王耀华教授就做了这个尝试：

在客家山歌中，征类色彩的旋律成为主流，据目前资料，它至少在三十几个县的客家民系中流行。此类旋律音调到底从何而来呢？如果我们循着客家民系历代从中原往南迁徙的路线追寻的话，可以发现，在其沿途所经省份，几乎都有此种征类色彩的山歌。在最靠近江西、福建的浙江省，根据《浙江卷》编辑委员会 1983 年 12 月编印的《中国民间歌曲集成　浙江卷》（油印本）所载资料，山歌类（含牧牛歌）的曲调共 190 首，其中征类色彩的旋律有 96 首，占二分之一强。尚有某些山歌的旋律，无论在音区、音域、音列和特性音调等方面，均与客家山歌的征类色彩旋律相接近……

……在江苏省，与客家征类色彩的山歌具有相同特点的曲调虽然数量较少，但是，像以下这一谱例，无论在音区、音域、音列和强调音级等方面，均与客家山歌的征类色彩旋律相接近……安徽省的情况与江苏相同，近似于客家征类色彩的山歌数量较少，但亦仍然存在……

如果我们把视线向西转移的话，在湖南、湖北也有与客家征类色彩山歌相接近的旋律：在《中国民间歌曲集成》全国编辑委员会编的《中国民间歌曲集成　湖北卷》中，属于以上类型的山歌，在鄂东北有 23 首，鄂东南有 19 首，鄂中南有 4 首，鄂西南有 19 首，鄂西北有 20 首。循此往北，追踪到客家先民的祖居地——河南、陕西等地，亦可发现同类型的山歌旋律。从冯亚兰教授的论文《陕南山歌结构浅析》所引用的谱例看，与客家山歌征类色彩旋律相接近的曲调，也大量存在于秦岭、巴山和汉江流域一带。在该论文所引用的 21 首谱例中，有 12 首属于征类色彩，并且在音区、音域、音列和音调特点方面与客家山歌类似。如果再进一步往大西北考察的话，可以发现，在包含有曾经与客家先民一样从中原

---

① 王耀华：《客家山歌音调考源》，《音乐研究》1992 年第 4 期。

迁移出去的成分的西北人民群众中流行的“花儿”中，亦存在大量征类色彩的旋律，虽然其音区更为宽广、高亢，音域往上扩展到高音 sol、往下延伸至中音 re，音域由 re、(fa)、sol、la、高音 do、re、sol 构成，但是旋律的核心部分是由 sol、la、do、re 结构而成，并且在旋法进行方面也表现出许多与客家山歌相类似的特点。但必须说明的是，二者之间的类似并不能断言二者之间的传承、血缘关系。综上所述，或许可作如下假设：客家山歌的征类色彩曲调有其自身的音区、音域、音列和旋法特点。这些特点源于陕西南部和河南部分地区，随着中原人民的南迁而传播南方各省，并成为客家山歌的主流。同时，亦随着中原人民西徙而流入我国西北地区，施影响于青海等地的“花儿”。这些特点存在于陕西南部和河南部分地区的上限时间，当在中原人民的南迁西徙之前，亦即在两晋南北朝的公元四世纪之前。

(4) 罗可群《广东客家文学史》①。

首先，作者赞同罗香林的汉人南迁说，然后又以例子证明“客家山歌确确实实继承了《诗经》的优良传统”，并认为客家山歌继承了楚辞、汉乐府和江南吴歌：

客家先民同样敬仰屈原，热爱楚辞。因而在某些方面，客家山歌也有受楚辞影响的痕迹。作为一种文学样式，客家山歌就像楚辞所具有的地域特点那样，以客家方言为载体，以客家地区的事物为内容。在艺术表现手法方面，也直接或间接吸收楚辞的营养。例如，楚辞中“兮”字的运用，使句子更为灵活多变，客家山歌中就有“来”“哩”等类似“兮”的虚词，或表示停顿，或表示语气。

作者又举了一首客家山歌与汉乐府的《上邪》作对比，证明客家山歌是继承了汉乐府的传统：

客家山歌受汉乐府影响也不乏其例。著名的汉乐府《上邪》，主人公直抒胸臆，表达自己对爱情的坚贞：“上邪！我欲与君相知，长命无绝衰。山无棱，江水为竭，冬雷震震夏雨雪，天地合，乃敢与君绝！”……有首客家山歌直接承继了这一表现手法：“心愿交情永唔丢，除非柑树结石榴。除非日头西边出，除非河水向上流。”除所列举的自然景物稍有变化外，这首山歌的构思、意境与《上邪》是多么相似！稍有不同的只是山歌的方言和地方特色。

① 罗可群：《广东客家文学史》，广东人民出版社，2015 年。

关于客家山歌与江南吴歌的联系，作者是这样表述的：

南迁的客家先民经过江淮一带，有许多家族也曾在那里居住过一段时间，自然也会接触到江南吴歌。江南吴歌在艺术表现手法上的最大特点，便是谐间双关语极多，这一明朗而又寓有巧思的修辞，避免了简单直露的毛病，扩大了表现的范围，加深了人们的印象。如《子夜歌》“雾露隐芙蓉，见莲（谐‘怜’）不分明”，“三更书石阙，忆子夜题碑（谐‘啼悲’）”；《读曲歌》“朝霜语白日，知我为欢消”。黄遵宪在谈客家山歌时，明确指出：“土俗好为歌，男女赠答，颇有《子夜》《读曲》遗意。”朱自清为《粤东之风》作序时也强调这些山歌“谐音双关语极多，这两种都是六朝吴声歌曲的风格”。例如“一家女儿做新娘，十家女儿看镜光。街头铜鼓冬冬打，打着中心只说琅（谐‘郎’）”，“买梨莫买蜂咬梨，心中有病无人知。因为分梨故亲切，谁知亲切转伤梨（谐‘离’）”。

最后作者总结说：

从以上列举的种种事实说明，客家山歌并不是从天上掉下来的。它是客家人生活的反映，作为一种文学样式，它继承了中国古典文学中《诗经》、楚辞、汉乐府和南朝民歌的传统。它的源头在中原地区，它随着客家先民的南迁，由黄河流域，经长江流域，再到闽赣粤边地区，不断发展，逐渐成熟。

（5）苗晶、乔建中论文《论汉族民歌近似色彩区的划分（上）》[①]。

文章认为：历史上汉族文化由此向南迁移，规模较大的，有三次（第一次是晋代的永嘉之乱，第二次是唐代的安史之乱，第三次是宋代的靖康之难），它们对民间音乐文化的发展当然起着不可避免的影响，客家音乐的产生就是一个明显的例证。但因人口变迁而影响现代民歌的分布与传播，更直接的还是明清以来，尤其是近三百年间的变动……客家原是住在晋冀一带的居民，到了秦代，被迫迁入豫、皖。至公元五世纪，他们又迁入赣闽多山的区域。其后，又屡经变乱，被迫南移，直到明代，大部分客家才在粤东北、闽西、赣东山区定居下来。他们的语言、风俗习惯与当地相异，民歌具有自己的风格特点。

（6）万建中论文《歌谣学运动的代表性成果——评钟敬文先生的客家山歌研究》[②]。

作者认为客家人好歌的习俗是受礼教约束、情感得不到抒发而产生的：

---

① 苗晶、乔建中：《论汉族民歌近似色彩区的划分（上）》，《中央音乐学院学报》1985 年第 1 期。

② 万建中：《歌谣学运动的代表性成果——评钟敬文先生的客家山歌研究》，《赣南师范学院学报》2007 年第 5 期。

他们的气质，大都简朴耐劳，很少慵惰浮夸的恶习，犹保存古代人民的风范。这些，都和他们山歌的产生及内容等有关系。客家作为汉族的一个支系，社会生活同样受到礼教的约束，在村落生活中，男女授受关系有严格的界限。怕一进入山间，情思便能得到适当释放。

接着作者又明确指出客家族群是中原移民，其民歌自然承继了《诗经》传统：

东晋以前，客家先民的居地，北起并州上党，西界司州弘农，东达扬州淮南，中至豫州新蔡、安丰。换言之，即法水之东，颇水之西，淮水之北，北达黄河以至上党都是客家先民的居地……《诗经》十五国风，则是在客家先民未经迁徙南下之前早就有了，而且其主要流行地区，正好是在客家先民的居地。可想客家先民中流行的民歌，无非就十五国风一类。

二、第二种观点：南方土著少数民族民歌说

在二十世纪二三十年代，部分研究者认为客家山歌并非中原产物，而是不折不扣的蛮夷产物，否认它是中原诗骚传统的继承者。这种早期的观点虽有合理的成分，却不免过于偏激，带有强烈的主观感情色彩。二十世纪八十年代以来，部分现当代客家山歌研究者则对此种观点作了一定程度的修正，总体而言认为客家山歌并非中原正韵，而是南方客家地区土生土长的歌谣，它的源头有多个：①占主流的本地百越和盘古蛮文化；②南方瑶、疍、畲族等少数民族歌谣文化；③春秋以来的吴楚文化。客家山歌是混合了这三种文化的产物，并在发展过程中逐渐形成了自己鲜明的特色。这种观点在客家山歌源流问题上属于少数派意见，而持这种观点的学者主要是谢重光教授及赣南客家地区的一些学者。

1. 谢重光的观点

谢重光先生在其论文《客家由来与客家文化的基本特点》[①] 中说：

那么，客家山歌的渊源何在呢？很多人喜欢把客家山歌与《诗经》联系起来，说客家是汝南的遗民，就是《周南》的嫡裔。这种说法，是先有客家人来自中原的前提，再推导出客家山歌继承了以《诗经》为代表的中原文化传统，

① 谢重光：《客家由来与客家文化的基本特点》，《寻根》2010 年第 2 期。

再进一步论证客家文化源于中原文化。还有人主要依据客家先民都是中原官宦世家、书香门第的假设前提，稍微补充一点歌谣自身的特点，认为客家山歌惯用赋、比、兴等艺术手法，而《诗经·国风》也大量运用赋、比、兴，说明客家山歌上承《诗经》，上承中原文化传统。其实，这些说法是不符合历史实际的。至于赋、比、兴等艺术手法，也不只是《国风》和客家山歌常用，那是各民族民间歌谣共同的表现形式。不能一看到《国风》用此手法，客家山歌也用此手法，就贸然断言客家山歌的这一手法源于《国风》……

作者又以客家山歌与《诗经》各自旨趣（即精神、风格）的不同，指出两者存在明显的差异：

实际上，客家山歌的精神、风格与《诗经》差别很大。《诗经》的旨趣是温柔敦厚，“诗三百，一言以蔽之，曰思无邪”。但是客家山歌却大多是直抒胸臆，发泄对情和欲的追求，向封建秩序和道德挑战。从封建卫道士的眼光来看，这正是思有邪！《诗经》多是四言句式，客家山歌却主要是七言，还有杂言句式；《诗经》用词典雅，客家山歌却不避俚俗，在语言和章法的风格上，两者的差异也是明显的。从有据可考的史实出发，我们认为，客家山歌的文化渊源，远源可忆溯到六朝时江南的民间歌谣，包括吴声的子夜歌与荆湘的竹枝词，近源则是岭南、闽粤一带的瑶、疍、畲族等少数民族歌谣……

作者更进一步指出客家人认为客家山歌源于中原的内在原因是中原情结作怪：

对于客家文化来说，属于观念层面的中原情结，是后起的，也是比较表面的，大体是明中叶后客家士绅接受儒家教化后，对于本乡本土文化的重新包装。揭开这层包装，内子里显露的是它的草根本色。这草根本色是自始就有的，也是比较稳定的，可以看作是客家文化的原生形态，而中原情结则是次生形态。两者看似矛盾，却和谐地处于一个整体中。这一点，也验证了民族和民系多元一体理论的正确……

在其后来的文章《客家山歌文化渊源新论》[①] 中，作者的观点作了一点修改，承认《国风》也是客家山歌的一个源头，但不占主导地位：

---

① 谢重光：《客家山歌文化渊源新论》，《福州大学学报（哲学社会科学版）》2007 年第 5 期。

关于客家山歌的渊源，学界长期存在争议，是一个迄今仍未到得澄清的模糊问题。以往主流的观点认为，客家山歌直接继承了《诗经》以来的中原文化传统，所以客家山歌根在中原。其实这是从中国文化研究中根深蒂固的中原中心论推导出来的虚假结论。大量材料表明，客家山歌主要有两个渊源：一是春秋战国以来吴、楚文化的传统，另一是百越和武陵蛮等南方少数民族的文化传统，而后者的作用更大。从这个意义上说，客家山歌根不在中原，而在客家……换言之，它的源头有多种，《国风》之外，吴、楚文化，盘古蛮和百越文化，特别是闽越文化，都是其重要源头。

2. 峻岫的观点

赣南客家地区的一些学者认为客家山歌并不起源于《诗经》、汉乐府，而是赣南本地的产物，其来源也是多种的。这种观点更多的是以赣南本地的传说、方志、传统客家山歌等资料为依据。峻岫在文章《也谈客家山歌的源头》[①] 中说：

认为客家山歌起于唐代，为唐人罗隐所创，可能是一种误解。考察客家山歌的源头，应该从文化人类学的角度入手。歌唱和语言一样，是人类表达情感的工具。不是什么时候由某一个人教会的。客家山歌的源头至少有三个：一个来自于山都、木客——赣南早期居民；一个来自于巫觋娱神音乐；还有一个是魏晋时期的吴楚音乐。

关于客家山歌的第二个源头，即赣南本地的巫觋娱神音乐，作者这样认为：

江西地处吴楚交界，其风俗与楚地相同。应该说赣南好巫觋的风气，不是中原人从北方带来的。道理很简单，大约在春秋时期，巫觋在中原一带失去了往日的地位。老子教人无为；孔子教人对鬼神敬而远之，“子不语怪、力、乱、神”。汉代独尊儒术、罢黜百家，至少在朝堂，巫觋失去了它的地位。赣南的巫觋风俗是从远古的苗民和春秋时期的楚人那里继承来的……赣南客家山歌中，跳觋歌占有很大的比例。在整个跳觋活动中，最主要的就是以歌舞娱鬼神，甚至直接唱山歌……由于巫觋的大量存在和巫觋驱病的经常性，一方面，娱神音乐需要从山歌中吸取音乐养料；另一方面，巫觋音乐也被山歌俚曲所吸收，甚至直接将跳觋音乐引入山歌之中。这就形成了跳觋与山歌相互吸收相互借鉴，最终合二为一的局面……跳觋音乐为了博得普遍的欢迎，而大量地采用山歌曲调进行演唱的事实。反过来，跳觋娱神音乐的流行，使得客家山歌有了实际的用途，进而强调了山歌

① 峻岫：《也谈客家山歌的源头》，钱贵成主编：《客家山歌新论》，中国戏剧出版社，2006 年。

在客家人心目中的地位，丰富了客家山歌的内容，拓展了客家山歌的主题。源于远古的跳觋活动，自然成了客家山歌的一个源头。

关于客家山歌的第三个源头，即魏晋时期的吴楚音乐，作者说：

吴歌和楚声产生的社会原因就是“永嘉之乱”大量中原人南渡。而江西正是南渡的主要通道和主要立足之地。既然吴歌杂曲并出江南，东晋以来，少有增广。那么吴歌和楚声必然对赣南一带的山歌产生影响。吴声也叫吴歌。楚声在东晋时期又叫“西曲”，统称为清商乐。吴歌和西曲没有乐谱，篇幅短小，一般为四句。今天我们所听到的客家山歌，曲调简单，篇幅短小，四句一反复，不能说与吴歌和楚声毫无关系……这两种音乐，对客家山歌都产生了影响，其影响主要是情歌类山歌和跳觋用的巫乐……乐府诗中叙事诗占有很大比例，那些春夏秋冬四时子夜歌，占有很大的篇幅。客家山歌也长于叙事，《十二月长工歌》《二十四节气农谚歌》《十月怀胎歌》以及一些劝世的歌曲“戒赌歌”“戒嫖歌”“劝郎歌”等等，都是客家人最喜欢的山歌。这些山歌多用于跳觋的场合，这与“西曲”的作用不谋而合。

3. 罗勇、龚文瑞的观点[①]

在他们的著作《客家故园》中，也认为客家山歌起源于赣南本地，其创造者是木客，书中说：

有一种说法，这批木客是赣南山歌的最早吟唱者，他们远离故土，整天砍伐森林，时刻与死神交遇，日复一复地砍伐、运载，却毫无生还故园的希望，生命低贱得如同蝼蚁。然而赣南清澈的山水抚慰了他们，赣南明净的天空抚慰了他们，他们只要活着一天就快乐一天！面对崇山峻岭，面对无边森林，面对大江急流，面对茫茫长路，他们砍伐时、拉纤时，想念故乡时，想念亲人时，终于冲破心灵的樊篱，放开了歌喉，纵情吆喝、号叫……木客们这一唱，就唱出了后来的客家山歌。

书中还以史料记载、古老的木客歌等资料作为佐证：

唐末时的《上洛山木客歌》载：“酒尽君莫沽，壶倾我当发。城市多嚣尘，还山弄明月。”有研究者认为，这是兴国山歌的雏形……宋代苏东坡的诗《八境

① 罗勇、龚文瑞：《客家故园》，江西人民出版社，2007 年。

台八首》之八："回峰乱嶂郁参差，云外高人世得知。谁向空中弄明月，山中木客解吟诗。"其中的"山中木客解吟诗"，可以理解为，那些常居山林的木客居民们与汉族发生了融合，接受了汉族文化，因此在他们的山歌中常有诗的意境。说明此时兴国山歌已深受唐宋诗词的影响而趋于成熟，并且已广为流传，以至于引起了苏东坡的好奇与注意。南宋后期，随着客家民系向赣南西南、闽西南及粤东粤北的发展，客家山歌也流传到更为广大的地区。客家山歌在流传过程中自然会带上浓厚的地方色彩，但从本质上说，都是兴国山歌的演变与发展。

三、《粤风续九》提供的新证据

那么，《粤风续九》给我们带来什么新的证据呢？由于它在某一段历史上长期湮灭，直到2000年后才重现，而且保持了原始状态，这是非常有利于研究的。另外，它诞生于清初，距清军入关仅20年，歌谣的采集地刚从南明政权手中夺过来，而且广西边陲闭塞，事物变化很缓慢。因此，我们完全可以推断，《粤风续九》一书反映的内容，实际反映着有明一代甚至元代的历史面貌。实际上，书中《沐浴歌》的解说文字中，也透露出一些相关信息：

沐浴，东粤之歌名也。浔在粤西，土旷人稀，流寓于兹者，东粤人尤多，故亦习为此歌。其辞甚似元人弹词，以三弦合之，每空中弦，以起止，盖太簇调也。又一种，句法类诗馀，如云"一笑千金难买，行来步步莲生。脸似桃花眉似柳，话语最分明"之类，俱篇长不及载。

由于此书的创作者们亲自做过田野考察，并非道听途说或胡乱推测，才能作相关描述，才能下"其辞甚似元人弹词"的判断，因此我们认为书中歌谣反映的内容可远至元代。

通过对书中记载的研究，我们可以从以下三方面来考察有关客家山歌渊源的问题。

1. 本书创作者的亲身体验及判断

由于《粤风续九》一书的创作者都是传统的文人士大夫，当他们用猎奇、赏玩以及有点俯视的态度来从事收集、整理、注解等工作时，自然不会刻意地抬高这些歌谣（包括客家山歌在内）的地位，反而基本能不预设立场、中立平和地审视歌谣本身。这些创作者还是历史的亲历者，生活在当时的社会环境中，他们的观点或判断当然是比较有价值的。我们发现，《粤风续九》一书的创作者们毫无疑问地认为卷一《粤风》（即客家山歌）是诗骚传统的继承者。不仅如此，此书的创作者们认为《瑶歌》《俍歌》《僮歌》这三部少数民族歌谣，由于其新鲜活泼、不拘泥格律的句式字词、自由奔放地表现心中所感所思等优点，与《诗经》的表现和神韵相通，可以看作是诗骚传统的直接的、最有资格的继承者！这种观点的确是非常大胆新颖的。

①最大胆的表述出自《〈僮歌〉序》，撰文者是明末的进士黄道。他是一位士大夫，深受儒家正统思想的影响，在那个时代，能提出这样的意见，实属难能可贵。他先指出诗骚之后的汉乐府、唐诗、宋词等，因为一步步地越来越讲求格律、句式、用韵、用词，导致诗歌逐渐丧失其自然、纯朴、清新、刚健与活力的一面。即使客家山歌，作者认为也受到这种趋向的较大程度的影响，人工斧凿之痕较重，所以他用了“民歌不足异也”来评论。而对书中最难懂、最不合汉族诗歌规律的《僮歌》，则不吝溢美之词，将其抬到很高的高度：

观其字则土音不必出于典籍也，韵则天籁，不必榷于礼部也，律不必沈宋，而理不必程朱也。殆非工于为词者，故其命意也，非犹夫一切词人之意撰语也，非犹夫一切词人之语。然语非谩造，似亦经千锤百炼而出者也；意非率成，似亦从惨淡经营而来者也；不宫不商，天籁所发，亦无错劣之失；无格无调，兴会所至，恰令比赋之旨。况其描物态则细入毫发，写情艳则抉精髓，即世所号工诗者莫之过也。礼失求野，意者风雅之逸响，其在兹乎？独其俗好踏歌，词类桑间，为道学先生所深疾，抑知《诗》首二南，《江汉》《汝坟》之间，既被文王之化之后，与未被文王之化之前，其诗并录。使止录其后而弗录其前，翻无以见周召能化南国之人，亦无由见南国之人能从圣人之化也。僮人者，其犹《江汉》《汝坟》未被文王之化之时乎？

②除黄道之外，书中的其他创作者也有类似意见，不过语气相对缓和一点。如程世英《题粤风四种诗》第三首说：“小窗闲览粤西风，好句应登乐府中。翻胜诗人摩汉魏，篇篇音节喜雷同。”作者认为《粤风续九》一书中的诗歌取得如同汉乐府的地位，其艺术成就胜过唐宋诗词而直追汉魏，虽比黄道的评价低一点，但也抬得很高了。而第 4、第 7 首诗则完全等同黄道的评价了：“似笑如颦意若何，春风一曲艳情多。峒岷地势遥连楚，四种何妨续九歌”；“粤西儿女韵绵蛮，燕语花间莺柳间。采作风谣难灭没，由来郑卫不曾删。”

③吴淇在全书开头的序言（即《总序》）中，就此书取名为“粤风续九”的缘故作了解释，认为它完全有资格承续屈原的《九歌》等传统诗歌：

遂分列四卷，总勒一编，颜曰“粤风续九”。按：屈平《离骚》之外有《九歌》，又有《九章》，其徒宋玉作《九辨》，其后王褒《九怀》，刘向《九叹》，王逸《九思》，皮日休《九讽》，鲜于侁《九诵》，人不皆楚，辞皆楚也。或曰：以《骚》继《诗》是已，乃以区区峒岷之歌续《骚》也，能免续貂之讥乎？曰：楚国，天下莫大焉。北起江汉，其首也；南不尽诸粤，其尾也。《诗》虽无楚风，然《汉广》《江有汜》见于二南，实居十五国之首。夫楚之首既足首列《风》，而楚之尾又何不可尾《九歌》乎？或又曰：诸歌皆男女之私也，如《骚》之光明正大何？曰：子不闻张衡之言曰“屈平以美人为君子”乎？其思以道术，报贻于时君，而惧谗邪不得以通，曷尝不要蹇修以为媒，求宓妃之所在？然则亦鄙为男女之私也哉。

④在卷一《粤风》序中，修和虽用语谦和，但其认为《粤风》（即客家山歌）承继诗骚传统的意思是明确的：

其体则七言绝句，其平侧或未尽协，而押韵必遵梁沈约氏，其义多用双关，有古《子夜》诸歌意（按：昔汉唐之世，多以绝句为乐府，此其汉唐遗响乎？）……粤人此歌，其昉于汉而盛于唐乎？……敢云采风前代而谬附十五国之后哉。

⑤在《粤风》具体歌谣的评点上，每每引用《诗经》、汉乐府、晚唐绝句等作对比解释，其含义自不待言，可看出评点者沈铸、校对者袁炯二人的意见。

⑥《粤风续九》创作者之一李洁评论说：“粤人好歌，类作七言绝句，如唐刘梦得集所谓‘竹枝词’者。”可见至少《粤风》（即客家山歌）在其心目中继承了诗骚传统，并与唐代竹枝词关系密切。而在为此书所作的《五溪峒女诗》中，他则明确将四种歌谣抬到较高地位：“桃叶舞成莺睆睨，《竹枝》歌就燕呢喃。殷勤识得曲中意，纵是仲尼不忍芟。”

2. 书中有关刘三妹传说的两篇记载

《粤风续九》中有两篇传说，记载了刘三妹的事迹。第一篇传说《歌仙刘三妹传》由孙芳桂撰文、彭楚伯作笺，显然是在当时的浔州府一带收集的口头传说。故事有具体的年代（唐代玄宗年间）、地点（浔州府七星岩）、主角（刘三妹、张伟望）、事迹（对歌、化为岩石）。值得注意的是文中出现了一些歌曲名（即《芝房烨烨》《紫凤》《桐生南岳》《蝶飞秋草》《朗陵花》《南山白石》六首），而曲名、歌词内容、意境都有介绍，并很切合当时刘张二人的身份与处境，此外还有原书注解指明出处及性质，看起来不似胡编乱造，应是实有其歌。这是关于客家山歌渊源研究的一条很重要的线索，若能从历史文献中找到这些歌曲（或相似的歌曲），再结合现有的材料，应该在很大程度上能破解客家山歌渊源的问题。从文中内容看，刘三妹、张伟望都是汉族人，他们所唱的歌应是汉族民歌。另外，文中还说他们在对歌中有时依据瑶、壮等少数民族的土音旋律作歌词，并能将意图尽情表达出来，即使是瑶、壮的善歌之人也比不上他们的水平，所以刘三妹被各族人奉为歌唱祖师。从以上内容判断，刘三妹应是客家山歌在初创或早期发展史上里程碑式的人物，客家山歌应为汉族民歌且较多地吸收了南方少数民族歌谣的精华。第二篇传说《始造歌者刘三妹遗迹》由浔州当地人士曾光国述、罗汉章阅。文中说刘三妹不知道是什么时候、什么地方的人，相传是最初创造歌谣的人，主要在两粤之间活动，熟悉当地土人（包括少数民族）的语言，遇到哪种土人，就依该种土人的语言作歌和他们对唱，该种土人从此以后都将她奉为唱歌及作歌的典范，后来与白鹤秀才对歌，化为岩石。两篇文章虽文采、详略、细节等各有所异，但主要故事情节是基本一致的，可视为同一故事传说在民间口头流传过程中发生变异后的两个版本，因此两篇传说在细节上可相互补充。

虽说刘三妹（姐）是一个标杆式的人物，但史上应有这个人存在。尽管她的故事带有神化的色彩，但这是民间口头传说的特点之一，说明她的才华、美丽让人们折服，不影响她的真实性与魅力感。两广地区大量流传着刘三妹（姐）的传说，而客家人、瑶族人、壮族人都不约而同地将她奉为民歌的创造者或标志性人物，还将其事迹反映在歌谣中。这种历史文化现象，似乎说明客家山歌与南方少数民族歌谣是同源的，至于真实情况如何，还有待更多更有力的史料面世。

3. 客家山歌与书中其他几种少数民族歌谣的比较

《粤风续九》一书中的各处内容，包括前面讨论过的两篇刘三妹传说的文章，都反映了客家山歌受到南方少数民族歌谣的影响较大，很可能后者还是前者的一个重要源头。客家山歌与少数民族歌谣的风格、类型、艺术手法等方面的异同对照，也可反映这个事实，详细的内容请见本章第四节最后一部分的介绍。

第三节 争议的第二个问题：何时何人何地创造了客家山歌

客家山歌渊源问题争议的第二个问题是何时、何人、何地创造了客家山歌。

这个问题其实如同问“语言或文字究竟是何时、何人、何地创造”一样无法解答。关于客家山歌出现的时间，很明显，作为一种民歌，其产生、成型不可能是一夜之间的事，必然经历了一个较长的历史时期，是一个渐变的过程。具体什么时候出现则众说纷纭，有唐末说、唐宋说、元明说等。大多数意见倾向于唐末出现雏型，宋元之间成型，明清为繁盛期。至于客家山歌的创造者，我们知道，将语言、文字或客家山歌的创造归于一个人身上是非常荒谬的，它们只能是人民群众经历很长的一段时间才逐渐被创造出来的。所谓创造文字的仓颉，所谓创造客家山歌的刘三妹或罗隐或其他人，都是一种标杆式的人物，可能在文字或客家山歌的创造、成型阶段作出过较大的贡献，于是人们将种种相关佚事、传说统统附会到其身上。如同过去传说孔子编《诗经》《春秋》一样，实际上只是孔子对这两部作品的定型、修订作出了重大贡献而已。再来看客家山歌创立的地点，也是无法准确确定的，只可能划出大致的范围，比如说“今天粤闽赣相连的客家聚居地区”。

客家山歌的创造时间、创造者与创造地点的问题非常复杂，因此大多数客家山歌的研究者都采取回避或笼统的态度，对这个问题没有涉及或轻轻带过。即使有些研究资料谈到了这个问题，也仅仅依据传说、明清以来的地方志等一些资料作出判断，带有很强的臆测成分，都没有具体的客家山歌史料作佐证，即使是研究者通常引用的最主要资料——明代冯梦龙的《山歌》《挂枝儿》，也只是旁证资料，虽然《山歌》《挂枝儿》中的歌谣与客家山歌有很多相通之处，但在歌词、句法形式上还存在一定差异，不能作为直接证据。所以考察《粤风续九》一书的线索或说法，还是很有必要的。

一、现当代的各种相关表述

从现当代各种著作、文章的表述来看，客家山歌研究者对客家山歌创立时间的意见较相似，大都认为是在唐宋时期。但创立的人物与地点则众说纷纭，带有明显的传说及地域特色，两广地区基本认为刘三妹是创造者（或关键人物），创造地点语焉不详；而赣南客家地区则认为罗隐是创造者，创造地就在赣南。试看以下几例：

（1）罗可群《广东客家文学史》[①]。

书中虽然没有明说客家山歌的创造者是刘三妹及罗隐，但从其引用的材料看，至少承认刘三妹所起的巨大作用：

> 目前虽然没有史料具体证明客家山歌形成的时间，但从屈大均的《广东新语》所记唐朝的“歌仙”刘三妹的故事，以及客家地区关于唐朝诗人罗隐与刘三妹对山歌的传说来看，认为客家山歌形成于唐宋不完全是无稽之谈。若以明清时期已经大量出现客家山歌来反证，也可说明唐宋时期应是客家山歌的孕育、形成阶段。

事实上，刘三妹（姐）是客家山歌创造者的说法，在两广地区很流行，比

① 罗可群：《广东客家文学史》，广东人民出版社，2015 年。

如我们在两广的客家山歌中就可以看到不少与此有关的歌曲。另外，按作者意思，客家山歌产生的年代是唐宋时期，创造的人与地点则没有交代。

（2）叶云章、黄火兴《客家山歌欣赏》①。

作者认为客家山歌形成于唐代中期，也承认刘三妹是客家山歌形成过程中的关键人物，还认为创造地应是中原和江汉地区：

从两粤关于歌仙刘三妹的传说来看，“山歌”名称起源于唐朝中期的说法，是比较可信的……客家山歌形成于唐代中期，受唐诗律绝和竹枝词的影响较大，但它的来源却在于古代民歌，比较全面地继承了《诗经》十五国风的传统风格。

客家山歌之所以会受《诗经》十五国风的深刻影响，其主要原因是客家先民原来就居住在《诗经》十五国风的主要地区——中原和江汉地区。十五国风，其中就包括了客家先民的民歌在内。后来，随着客家先民的不断向南迁徙，民歌也随之而被带去。

按书中所言，客家山歌创立于唐代中期，创造者是所谓的“客家先民”，创造的地点大约是“中原和江汉地区”。

（3）张永雄《风岗客家山歌欣赏》②。

书中引用朱自清的说法，认为客家山歌的起源不早于唐末，而创造者和创造地则没有提及：

根据中国诗歌发展脉络分析，客家山歌颇似七绝，而“唐以七绝为乐府”，因此朱自清先生的《中国歌谣》一书中断言客家山歌的起源不早于唐末。

（4）罗勇、龚文瑞《客家故园》③。

书中引述民间传说，认为兴国山歌的产生与一个人物有关，即唐末的罗隐，书中说：

（赣南传说）故事中，罗隐仿照兴国山歌的样子即兴唱了一首诗：“桌上笔头尖又尖，双手磨墨自团圆。一篇文章做得好，必定中个文状元。”而同行者武秀才则和着罗隐的诗韵脱口而出：“袋中箭头尖又尖，拉开满弓自团圆。九支飞箭射中靶，必定中个开状元。”而附近一个乡村洗衣妇听到他们的歌，便嘲弄地回应道：“胸前乳头尖又尖，双手搓乳自团圆。一胎生下两个崽，必中文武双状

① 叶云章、黄火兴：《客家山歌欣赏》，暨南大学出版社，1994年。

② 张永雄主编：《风岗客家山歌欣赏》，大众文艺出版社，2010年。

③ 罗勇、龚文瑞：《客家故园》，江西人民出版社，2007年。

元。”随后，哑口无言的罗隐甘心拜服，并留下来整理乡村的歌谣野曲，由此而诞生了客家山歌。

同一著作中，作者又说：

唐末时的《上洛山木客歌》“酒尽君莫沽，壶倾我当发。城市多嚣尘，还山弄明月”，有研究者认为，这说的是兴国山歌的雏形。说明此时兴国山歌已深受唐宋诗词的影响而趋于成熟，并且已广为流传，以至于引起了苏东坡的好奇与注意。南宋后期，随着客家民系向赣南西南、闽西南及粤东粤北的发展，客家山歌也流传到更为广大的地区。

此书有关表述来看，作者认为客家山歌产生于“木客”群体，并且这些民间流传的歌谣经过罗隐的抄写、整理、修改后，终于逐渐发展成为正式的客家山歌。至于创立的时间段，应是唐末至南宋末期，创立的地点则是今天赣南地区。

（5）峻岫《也谈客家山歌的源头》①。

在文章中，作者介绍了赣南本地广泛流传的罗隐创造客家山歌的传说，并指出其合理与不合理之处，指出罗隐只是对赣南本地流传的山歌进行了整理、改造，这些歌谣进而形成了客家山歌的第一个源头：

《兴国县志》有唐朝“太上隐者”唱山歌的记载。民间也有兴国山歌为唐末罗隐所创造的说法。兴国乃至于整个赣南关于罗隐的山歌多不胜数。有一首兴国山歌唱道：“会唱山歌歌驳歌，会织绫罗梭对梭。罗隐秀才造歌本，一句妹来一句哥。”还有的山歌唱道：“盘古开天冇歌唱，疟坏几多风流郎。罗隐修才造歌本，一句妹来一句哥。”但是把客家山歌的源头归结为一个人，这是不符合山歌发展的规律，也是不符合山歌产生的实际的。为什么会把唐代一个非客家人，捧作客家山歌的创造者呢？……（因为）罗隐多年生活在江西，即使偏远的赣南山区对他也不陌生。赣南一带本来流传的山歌野曲，多出自没有文化的山客、田夫之口，一旦经罗隐这样的文化人指点，山歌更加动听、更加上口，更加意趣横生、惹人喜欢，因此客家人把罗隐当作客家山歌的创始人。客家山歌：“会唱山歌歌驳歌，唔怕朝廷礼节多。罗隐秀才抄歌本，风流才子早登科。”正好是“齐东野人”“猥巷小子”“必以隐为称首”的印证。

作者还依据《兴国县志》、民间传说、兴国当地流传的几首客家山歌，推测

① 峻岫：《也谈客家山歌的源头》，钱贵成主编：《客家山歌新论》，中国戏剧出版社，2006 年。

客家山歌产生于赣南当地的木客，产生时间约为唐末，地点是今天的赣南地区。

二、《粤风续九》的新说法

从书中两篇刘三妹的文章以及散见于题诗、歌谣、注解等有关刘三妹的记载来看，《粤风续九》一书的创作者们很大程度上认为刘三妹不仅是客家山歌的创造者，还是两广地区各民族歌谣的创造者；至于客家山歌创造的时间，大约是唐代中期；创造地点就在浔州，即今天广西桂平一带。此将《粤风续九》一书中的相关说法摘录如下：

①《歌仙刘三妹传》："少女三妹，生于唐中宗神龙五年己酉。"又鉴于刘氏的地位，可知客家山歌形成于唐代中期，创造者是刘三妹（似还应加上张伟望），创造地点就是刘三妹生活及刘张二人对歌之处——浔州。

②《始造歌者刘三妹遗迹》："刘三妹，不知何时何许人，相传为始造歌者……尝往来两粤间，两粤蹊峒种类最繁，所过之处，咸谙其语。遇某种人，即依某种声音作歌与之唱和，某种人永奉为式焉……土人祀刘于洞中，凡作歌者，不论民与俍、僮、瑶、山子等类，歌成必先供一本，祝者藏之。"这篇文章明确记载刘三妹是两广地区各民族歌谣（包括客家山歌）的创造者，创造地点就在两广，具体地点不明，具体时间也没有交代。

③《粤风续九》卷五《杂歌》中的《沐浴歌》解说文字："沐浴，东粤之歌名也。浔在粤西，土旷人稀，流寓于兹者，东粤人尤多，故亦习为此歌。其辞甚似元人弹词，以三弦合之，每空中弦，以起止，盖太簇调也。又一种，句法类诗馀，如云'一笑千金难买，行来步步莲生。脸似桃花眉似柳，话语最分明'之类，俱篇长不及载。"文中虽然没有说明这首歌是否客家山歌，但今天的客家山歌中有《摸鱼歌》，与"沐浴"在客家方言中的发音非常相似，不排除二者就是同一事物，可能是客家山歌的早期形态。由内中解说，可推溯此曲应诞生于宋元之间，创造者是东粤人（今广东人），创造地应是东粤地区。

第四节　争议的第三个问题：受南方少数民族歌谣影响程度的深浅

持客家山歌为中原正韵的学者，基本上否认客家山歌还受到南方少数民族歌谣的影响。二十世纪八十年代之后，不管是否认同客家山歌是诗骚传统的继承，现当代研究学者几乎都承认客家山歌在一定程度上受到南方各民族（含少数民族）歌谣的影响，而客家山歌是中原歌谣与之融合后形成的一种独特的南方歌谣。至于受到的影响程度的深浅，则有所争议，产生下列三种观点：

一、第一种观点：受一定程度的影响

这种观点认为客家山歌只受到南方各民族歌谣一定程度的影响，这是现当代客家山歌研究者的主流看法。试看几例比较典型的表述，如下：

（1）陈菊芬《天籁回响：广东客家山歌》[①]：

客家文化一方面保留了中原文化主流特征，另一方面又容纳了所在地民族的文化精华。在文化艺术方面，客家山歌远承《诗经 · 国风》、汉魏六朝乐府的余韵，上接自唐以来南方民歌主要是江南吴音的脉流，旁融大量南方瑶、畲等少数民族的艺术风格和特点，兼收并蓄，不断地发展和创造，逐渐地形成了独具一格的民族民间音乐——客家山歌。

（2）叶云章、黄火兴《客家山歌欣赏》[②]：

《诗经》十五国风，其主要修辞手法是“赋、比、兴”和“迭句”四体，而客家山歌也基本上是上述四体。同时发展了“偕字寓意”的“偕音双关”体。但这种偕音双关，古代民歌中也有一些，只是比较少见而已。虽经中途在江淮一带居住很长时间，受过江南吴音山歌的影响，但其基本的特色仍是原来的传统。当时江南吴歌，是由魏晋至唐相续而来，而且是经过与“江左所传中原旧曲”混化过的。在这一段自“魏晋播迁”至唐的时期，也正是客家先民的第一次至第二次大迁徙的时期。这样，客家先民便完全有可能，把当时已经和正在衍变的民歌带进新的居地。至南宋高宗南渡时，客家先民又一次大规模南迁，由原居住地江淮闽赣及中州一带，迁至更南的地方，即今闽赣粤等地。到了这些百粤深山之后，民歌传统也被保留下来。所以，今之传统客家山歌，便成为既继承了十五国风的风格体裁，又有古代江南吴音山歌的形式格调。即歌体形式是像古江南吴音山歌的四句七言格式，风格则保留发展了十五国“赋比兴”等艺术特色，加上又受到当地南方民歌的影响，便形成了在我国民歌中独树一帜的客家山歌。我们把传统客家山歌与我国南方各地的民歌加以比较，便可以看出两者互相影响的痕迹。

---

① 陈菊芬：《天籁回响：广东客家山歌》，花城出版社，2008 年。

② 叶云章、黄火兴：《客家山歌欣赏》，暨南大学出版社，1994 年。

最后，作者总结说：

它继承了《诗经》十五国风的优良传统，受到人们喜爱的唐诗律绝和竹枝词的影响，同时又与吸取了南方各地民歌的优秀成分分不开的。

（3）王耀华论文《客家山歌音调考源》[①]：

……客家山歌的羽类色彩旋律，是客家先民迁移到长江以南以后，在与当地的原住民（包括一贯生活于此和比客家先民早到此地的人民）的文化交流中，吸收南方羽类色彩民歌因素，而与原来由中原带来的音调特点相互融合、变化、发展而来……

（4）黄火兴《谈谈客家山歌》[②]：

客家山歌，是用客家话来唱的，其韵脚也保持着许多古汉语诗韵，或称中州韵。又由于“客家人”受魏晋民歌、唐诗律绝、竹枝词等影响较深，南徙后多住山区，又受当地畲、瑶民族等的情歌影响……

二、第二种观点：受影响很深，甚至可称得上是另一大源头

持这种观点的部分学者在坚持认为客家山歌是诗骚传统的继承者的基础上，也认为它受南方各民族歌谣的影响很深，甚至可称得上是客家山歌的另一个源头。这种观点以吴永章《客家传统文化概说》[③] 一书的表述较为典型，如

客家山歌的渊源，除上承“十五国风”传统外，也从南方诸族民歌中吸取了养分……客家人南迁后，接受南方诸族民歌的影响，这是客家山歌的又一重要源头。南方诸族历来均善歌，从先秦时荆楚的《九歌》至唐代的《竹枝词》，均是例证。

---

① 王耀华：《客家山歌音调考源》，《音乐研究》1992 年第 4 期。
② 黄火兴：《谈谈客家山歌》，广东人民出版社，1979 年。
③ 吴永章：《客家传统文化概说》，广西教育出版社、广西师范大学出版社，2000 年。

三、第三种观点：南方土著少数民族的地方产物

这种观点否认客家山歌是诗骚传统的继承者，认为它本身是南方土著少数民族的地方产物，与中原诗骚传统、汉乐府等没什么关系。持这种观点的代表人物是谢重光，他在论文《客家由来与客家文化的基本特点》中说：

实际上，客家山歌的精神、风格与《诗经》差别很大。《诗经》的旨趣是温柔敦厚，“诗三百，一言以蔽之，曰思无邪”。但是客家山歌却大多是直抒胸臆，发泄对情和欲的追求，向封建秩序和道德挑战。从封建卫道士的眼光来看，这正是思有邪！《诗经》多是四言句式，客家山歌却主要是七言，还有杂言句式；《诗经》用词典雅，客家山歌却不避俚俗；在语言和章法的风格上，两者的差异也是明显的。从有据可考的史实出发，我们认为，客家山歌的文化渊源，远源可忆溯到六朝时江南的民间歌谣，包括吴声的子夜歌与荆湘的竹枝词，近源则是岭南、闽粤一带的瑶、疍、畲族等少数民族歌谣……①

四、《粤风续九》提供的新说法

从《粤风续九》的记载看，创作者们明确认为广西本地汉人（包括客家族群）与周边各少数民族存在互相交往、通婚、融合的事实，而且汉人与瑶人、疍民交往很早，关系较密切。例如书中《总序》说：“即以浔州一郡言之，居民之外，惟瑶人服化差早；至僮人之出，自元至正始也；俍人之戍，自明弘治始也。”这里指出瑶人最早归服朝廷的统治，而僮人的归化时间稍晚，俍人最晚归服朝廷，接受汉化。又如李洁《百粤蛮风诗》说“土俍主客一胞生”等。从书中歌谣本身进行比较判断，民歌（即客家山歌）与瑶歌、疍歌关系较近，与俍、僮歌谣关系较远，试看下面四例：

（1）《〈瑶歌〉序》：“歌与民歌俱七言，颇相类。其不同者，民歌有韵，瑶歌不用韵；民歌体绝句，瑶歌或三句，或至十馀句；民歌意多双关，瑶歌专重比兴，其布格命意有迥出于民歌之外者，虽文人捉笔，不能过也。”

（2）从《瑶歌》歌词看，谣歌与客家山歌很相似，例如这首瑶歌，若不加说明将其放于客家山歌中，也不显突兀：“三表读书治天地，三妹唱价博少年。黄蜂细小螫人痛，油麻细少炒仁香。鸭儿细细着水面，表绿细小爱连娘。”

（3）《〈俍歌〉序》中，作者也将俍歌与民歌比较，指出其异同：“民歌七言

① 谢重光：《客家由来与客家文化的基本特点》，《寻根》2010 年第 2 期。

四句，俍歌五言八句；民歌押韵必遵沈韵，俍歌用古韵；民歌押韵必平声，俍歌平侧互押；民歌一韵到底，俍歌用两韵且隔越跳叶；民歌押韵在每句尾，俍歌于第二句腰或膝藏一韵，而末句则出韵自咏；民歌四句唱时缩作三句（末二句一气连唱），俍歌唱时迭作十二句（迭法见后）；民歌直述己意者一开一阖，双关两意者，一主一客而止，而俍之为歌，曲折婉转，喃喃呢呢，间有一二佳语，颇类六朝情艳，但其中土字土语，十常八九不译而翻之，不能晓。”

（4）《俍歌》歌谣有些句子几乎与客家山歌一样，如“望东南西北，花色一般红”，“恐同年不意，妹欧气难陪”。有些句子甚至还出现在客家山歌或客家人的语言中，如“旧钱便好使，旧米好做糍”，“各想心各愁，心头如马践”。

总体而言，从书中记载，我们看到客家山歌受到南方少数民族歌谣的影响较大，至于后者是否成为前者的一个重要源头，则不得而知。

下卷　《粤风续九》注译

简要说明

在忠实于《粤风续九》原书的基础上，尽量按现代习惯进行排布、注释，一些不清晰或不妥当的地方，改用现代通行的做法，主要如下：

（1）对于原书中模糊不清处，统一用“□”在原文中标示出来。

（2）原书采用由右至左的竖式排版法，重排时一律改为现代通行的从左至右的横排法。

（3）对与正文混排在一起的原书注解、评点，我们用与正文不同的字体来标记，以使其在保持原貌的基础上更好地区分开来。

（4）对原书中的“猺、狼、獞、蛋”等不适当的字词，在正文中一律按现代做法相应改为“瑶、俍、僮、疍”等，由于俍僮人是现在壮族的前身，所以在注释翻译中则使用“壮”字代替。

（5）适当保留异体字。

总 序

吴淇

（原缺前半叶）

…… 所激升降随之，非人力所能为者，古今不知凡几矣。中间止两大会：其一断自周辙未东以前，孟子所云“王者之迹”是也；其一断自汉唐以后，杜甫所云“汉道盛于斯”是也。此两大会者，如巴巫之峡，屹然对峙，其中定有江水汹涌怒起，天摧声般地折，极诡怪之奇观；而后两峡之气始接，而势愈壮，则《骚》之襟乎？两会之间，亦若是而已。虽然《诗》之教温厚，《骚》之体哀怨，以《骚》继《诗》，不疑远乎？抑知《离骚》之文，依托五经，而与《诗》义尤切。《小弁》①合亲亲之道，《离骚》尽爱君之诚，其体虽异，其情则一。李白云“诗人嗟不见哀怨起骚人”，则《骚》之继《诗》也，无疑也。但《骚》之情欝②矣，欝之极，将至灭情；《骚》之性抑矣，抑之甚，将至毁性；固可变而不可常者也，是以后人不得不更创体裁。河梁③开五言之宗，栢梁④肇七言之派，晋魏以降，作者殊列矣。后之诗人，虽祖述三百，而必兼骚人哀怨之旨，苟非熟读《骚》，卒不得称名士。

故曰：书焚而《史记》成，《诗》亡而《离骚》作也。又奚由而知《骚》之作必于楚哉？曰：以天下之势与楚国之势权而知之也。楚与东周，相为终始者也。周之有楚，制之则存，灭之则亡。是以齐胜楚而周复尊，晋胜楚而周仅存，秦胜楚而周遂亡。故与东周终始者必楚，此天下之势也。

楚都荆州，其山川则有衡岳之壮丽，其物华则有椒兰菌桂之陆离；其人则有左史倚相⑤，能读三坟九丘之书；其俗则有鬻拳、伍贝⑥，喜作矫枉过中之事；其庙堂之上，则君子小人参错而处。异日者周鼎将迁，鄢郢之王气先尽。有人焉抱左史之才，忧谗畏讥，甘蹈怀沙⑦，託⑧王孙之芳草，摅⑨公子之幽思，定在洞庭之滨、潇湘之浦矣。此楚国之势也。故其删诗，十五国之风皆存，而独于楚若悬而有待焉。明知百年之后，雄文将抒，有不待删定而自克与日月争光者，《离骚》之作，天盖⑩假手屈平以补楚风之阙耳。故曰：以《诗》亡而知《骚》作，以天下之势与楚国之势权之，而知《骚》作于楚也。

粤西轸翼荆州之野，楚之馀也。虽僻处南陲，然而江山所钟、流风所激，岂无有猎其美稗⑪、拾其芳草者乎？第⑫战国以前，弗与中国通。秦始皇开百粤之地，以为桂林、象郡，其服者仅编户之民耳；而雕题凿齿之伦，负固者犹故也。即以浔州一郡言之，居民之外，惟瑶人服化差早；至僮人之出，自元至正始也；

俍人之戍，自明弘治始也。当其闭迹巉岩，老死与民不相往来，似尚不知有秦者，其不变化于今之流俗可知已。

吾意昔年怀瑾握瑜[13]之馀波，犹存深山穷谷之中者。间尝作士浔江，讼息事简，居多馀闲，友人示余以所辑粤风四种，种种各臻其妙，遣词搆思[14]，迥出寻常词人意表。益信深山穷谷之中，抱瑾握瑜之馀波犹在云。遂分列四卷，总勒一编，颜[15]曰“粤风续九”。按：屈平《离骚》之外有《九歌》，又有《九章》，其徒宋玉作《九辨》，其后王褒《九怀》，刘向《九叹》，王逸《九思》，皮日休《九讽》，鲜于侁[16]《九诵》，人不皆楚，辞皆楚也。或曰：以《骚》继《诗》是已，乃以区区峒岻之歌续《骚》也，能免续貂之讥乎？曰：楚国，天下莫大焉。北起江汉，其首也；南不尽诸粤，其尾也。《诗》虽无楚风，然《汉广》《江有汜》见于二南，实居十五国之首。夫楚之首既足首列《风》，而楚之尾又何不可尾《九歌》乎？或又曰：诸歌皆男女之私也，如《骚》之光明正大何？曰：子不闻张衡之言曰“屈平以美人为君子”乎？其思以道术，报贻于时君，而惧谗邪不得以通，曷[17]尝不要蹇修以为媒，求宓妃之所在？然则亦鄙为男女之私也哉！

康熙元年日缠南箕之初度[18]，睢阳吴淇伯其甫题。

注释

①小弁：即《诗经·小雅·小弁》一诗。

②欝：同“郁”，有郁结、苦闷、抑郁等义，又常见有“郁郁葱葱”一词，形容草木茂盛的样子。

③河梁：即指西汉李陵所作的《与苏武》组诗中的其中一首：“携手上河梁，游子暮何之？……行人难久留，各言长相思。”为后世视其为开五言诗的先河。

④栢梁：即“柏梁体”，西汉武帝时出现的一种七言联句诗，后世视为七言诗的祖宗。栢，同“柏”，音 bǎi，有时念 bó，如“柏树”一词。

⑤左史倚相：即春秋时楚国的王孙圉，被视为楚之国宝。

⑥鬻拳、伍贝：鬻拳，春秋时楚官，以用兵器诤谏楚文王后自削足服罪、拒楚文王之军入城、安葬文王后自杀等偏激的行为闻名；伍贝，即伍子胥，以其一夜白发、伐楚鞭尸、挖眼悬城门见证吴国败亡等事迹为人所熟知。

⑦怀沙：即屈原的诗《怀沙》，一般认为是屈氏绝命之辞。宋代朱熹谓“言怀抱沙石以自沉也”。

⑧託：同“托”，依靠、寄托。

⑨摅：音 shū，散布、抒发。

⑩葢：同“盖”，大概。

⑪稗：音 bài，稗草，一种稻田里的杂草。

⑫第：古同“第”，有兄弟、次序、但、且等多种意思，这里应解作“但”；它与“茅”字的异体字非常相似，须小心分辨。

⑬怀瑾握瑜：语出屈原《怀沙》。“瑾”“瑜”都是玉名，用以比喻品德或行为的纯洁高尚。

⑭搆：同“构”，这里是“构思”之意。

⑮颜：门框上的横匾，又指横批、总题目，此作动词。

⑯侁：音 shēn，众多的样子。

⑰曷：音 hé，什么。

⑱日缠南箕之初度：缠，同“躔”，指日月五星运行时经过天空某个区域；南箕，星宿名字；初度指刚刚位于某区域。

译文

……中间只有两次大的汇合：第一次汇合截止于周王室尚未东迁之前（即西周时期，或称《诗经》与《周易》的时代），也就是孟子所说的王者行迹的时代；第二次汇合截止于汉唐之后（即西汉至五代之前），也就是杜甫所说的汉道盛行的时代。这两大汇合，如同巴巫二峡，巍然相对，其中必有江水汹涌怒起，天摧地折般的气势，且极尽诡异险怪的瑰丽景象；之后，两峡的灵气与气势开始融合在一起，并且其声势越来越大，那么这就是《离骚》的胸襟吧？两大汇合时代中的间隔时期，也是这样的风格气势。虽然《诗经》的教化是温柔敦厚的，《离骚》的体气是哀伤幽怨的，那么以《离骚》承续《诗经》的传统，难道不疑惑因关系疏远而承续不了吗？还是明白《离骚》的文字，依托五经，并与《诗经》中的文字含义尤其切合。《诗经》中《小弁》一诗符合珍爱亲人的天道，《离骚》则尽显臣子爱戴君主的忠诚，它们的体裁风格虽不同，但它们的感情是一致的。李白说，诗人如不明白哀怨的诗风起源于《离骚》是令人叹息的。由此可见，《离骚》承继《诗经》的传统是毫无疑问的。但是《离骚》情致是忧郁的，而忧郁到了极致，就等于灭情；《离骚》的本质是压抑的，而压抑到极致，就等于毁掉其本质。因此，诗风的传统可以变化而不会一成不变，于是后人不得不更新并创造新的诗歌体裁，河梁诗成为五言诗的诗宗，柏梁台诗开启了七言诗的流派，魏晋以来，诗人因其独特创新从而（在文学传统中）占有一席之地。后世的诗人，虽然追溯诗歌的渊源为《诗经》，但（其中）又必然融合了《离骚》哀怨的宗旨与意蕴，诗人若不熟读《离骚》，最终不能称为名士。

因此说：古书被秦始皇焚毁却催生了《史记》，《诗经》沉寂后却产生了《离骚》。那么，我们又有什么理由知道《离骚》之类的作品必定产生在楚国呢？理由是：根据当时天下大势以及楚国势力声威而得知的。楚国与东周，两者为一同始终的关系。东周相对于楚国，楚国若受制衡则东周能存续下去，若楚国被灭则东周必亡。所以齐国战胜楚国而东周又被各诸侯国敬重；晋国战胜楚国而东周影响力大降，仅能存续而已；到了秦国战胜楚国，东周于是就覆亡了。所以与东周为共同存亡的必定是楚国，这是天下的大势。

楚国建都荆州，有南岳衡山的壮丽，其出产丰富，有椒兰菌桂等形形色色各种物品；人才中则有左史倚相，能读三坟九丘之类的古老典籍；民间有鬻拳、伍子胥等杰出人物，行事喜欢过激，不能恰如其分；朝廷里头，却是君子小人错杂。后来周王室的大鼎（代表天下统治权）即将迁移，而楚都的王者之气势首先衰竭。有楚人屈原身负左史倚相一样的才华，忧惧朝廷中小人的陷害，甘愿践行《怀沙》中的高洁志向，假借香草美人的形象，抒发自己深沉的感情，这确实发生在洞庭、潇湘的岸边。这是楚国的大势。所以孔子删定《诗经》，十五国风都保留下来，唯独楚国悬而未决，似乎等待着什么一样。分明是知道百年之后，将有伟大的诗歌文章出现，有不等删定而自可与日月争光辉的作品，《离骚》，大概是上天借屈原之手来补楚风的阙漏吧。所以说，因《诗经》阙载而知道《离骚》必定产生，以天下大势与楚国大势来衡量，则知道《离骚》必定产生于楚国。

粤西地处荆州的边缘，是楚国的边角地方。虽然地处偏僻的南方边陲，但在山川灵气积聚、千年诗风流传的激发下，难道会没有获得其灵草或拾得其芳草的事情（意指必有汇聚天地灵气与诗骚传统精华的诗歌产生）？但战国以前，粤西不与中原相往来。秦始皇开拓百越之地，将此地设为桂林、象郡，臣服归化的本地蛮夷仅仅是那些正式编入户籍的人而已；而额头刻字画图、凿去门牙的那类野蛮人，依靠险固的地势抗拒朝廷，则依然如以前一样，不服归化。就以浔州郡来说吧，除正式编户外，只有瑶人归服王化较早；等到壮人出来与外界往来，是从元代至正年间开始的；而俍人奉朝廷命从军守边，则是从明代弘治年间才开始的。在他们隐身于崇山峻岭的时期，至死都绝不与编民相交往，似乎还不知有秦朝的存在，他们不被当今的世俗风气影响而发生变化的状况就可想而知了。

我认为具备当年美好、纯洁品德的风尚还在深山穷谷中延绵不绝。我在某段时间曾为官浔州，民间争讼和官府事务较少，有较多的空闲时间，友人给我看了他们所收集的四种粤地歌谣，每一种都达到了奇妙的境地，用词构思，大大出乎平常词人意料之外。由此我更加相信深山穷谷之中，怀抱当年美好、纯洁品德的风尚还在延绵不绝。于是将它们分别收录，形成四卷，总汇为一集，命名为“粤风续九”。按：屈原除《离骚》之外还有《九歌》《九章》，他的门徒宋玉写了《九辨》，之后有王褒的《九怀》、刘向的《九叹》、王逸的《九思》、皮日休的《九讽》，鲜于侁的《九诵》等文，他们并非都是楚人，但其文字却都是楚语风格。有人说，以《离骚》承继《诗经》的传统是说得通的，但它们（指四种粤地歌谣）作为小小峒岷（泛指岭南人氏）的山歌来承继《离骚》的传统，哪能避免被人讽刺是狗尾续貂之举呢？我认为，楚国是当时天下最大的诸侯国。北起江汉平原，这是楚国之首；南边包拢百越，望不到尽头，这是楚国之尾。《诗经》中虽无楚风，但《汉广》《江有汜》等诗存在于《周南》与《召南》中，实际上是居于十五国风之首。既然楚国之首的诗歌已在十五国风中列为首位，那么楚国之尾的诗歌又为何不能排在《九歌》之后呢？又有人说：这些诗歌都是咏唱男女之间的情爱，怎么能和《离骚》所咏唱的光明正大的内容相比呢？答：您难道没听过张衡的观点说“屈原以香草美人的形象比喻君子及其德行”吗？屈原的《离骚》以天道与治国策略为思想，希望奉献朝廷以报效当时的楚王，然而却忧惧小人堵塞言路，又何尝不邀请古贤人蹇修为他作媒，以求得接近神女宓妃？这难道也能鄙视它只是咏唱男女的情爱吗！

康熙元年，正值太阳向南运行刚刚到达南箕星宿的位置（即刚由夏至秋的时间），睢阳吴淇伯其甫题序。

百粤蛮风诗

李洁[1]

译者按：《百粤蛮风诗》共有3组，这是第一组。每组诗分别有30首，都是咏叹诗，介绍岭南的风土人情，列举具有典型岭南特征的事物，务求细致无遗地展现本地社会状况。诗中真实地透露了岭南的社会历史情况，有珍贵的史料价值。一方水土养一方人。岭南歌谣是这片土地既特殊又普通的产物，了解产生它的土壤，才有可能真正认识土壤中长出的花儿与枝叶。

（一）

百粤蛮风蛮到天，经年岚[1]气浃旬烟。阴晴变换为寒暑，架上衣裳葛[2]共棉。

注释

①岚：山林中的雾气。

②葛：即葛衣，夏天穿的衣服。

译文

此地常年雾气重，很潮湿。阴天就是冬天，晴天时就是夏天，衣架上常年挂着葛衣和棉衣。

（二）

百粤蛮风蛮到雨，家家都是水帘府。三春[1]常撼鬪[2]龙钟[3]，十月犹闻惊蛰皷[4]。

注释

①三春：即农历正月孟春、二月仲春、三月季春。

②鬪：同“斗”。

③龙钟：指因地上湿滑而难行。

④皷：古同“鼓”。“惊蛰皷”即指春雷。

① 原书题“古江州李洁，瀼叟氏”。

译文

此地雨水多，三春时节就经常大雨滂沱，地上湿滑难行，农历十月了还像春天一样打雷。

（三）

百粤蛮风蛮到雪，游人旅客曾称说。千秋[1]瑞色[2]偶飘来，狂吠无端空自啮。

注释

①千秋：千年，喻时间很长。

②瑞色：瑞雪。

译文

此地几乎千年不下雪，难得下场雪时，狗因奇怪而向天狂吠狂咬。

（四）

百粤蛮风蛮到地，滩如怒詈[1]峰如醉。平陂千里没人烟，水砦[2]山巢鳞次比。

注释

①詈：音 lì，责骂、骂。

②砦：同“寨”，营垒。

译文

此地穷山恶水，广大的平原缓坡地区却没什么人烟，但（山区险要处）到处是水寨山寨（即土著人都退守山区了）。

（五）

百粤蛮风蛮到人，男怀孩子媍[1]抱薪。皮鞵[2]蔴[3]帕斯文客，圆鉡[4]排簪富室嫔。

注释

①媍：古同“妇”。妇女、女人。

②鞵：同“鞋”，本指生革做的鞋，后来泛指一般的鞋。

③蔴：同“麻”。

④錍：即“钏”，手镯。

译文

此地男人带小孩，女人去做事。男人穿生皮做的鞋、戴麻布帽就是斯文人，女人手戴圆手镯、头发插上发簪就是有钱的妇人。

（六）

百粤蛮风蛮到士，袖中灰匣槟蒌[1]匭[2]。相逢几箇[3]说文章，小试从来阙《孟子》。

注释

①蒌：音 lóu，即蒌蒿，草木名，菊科艾属，多年生草木。
②匭：同“簋”，音 guǐ，盛黍稷的器具，又有匣子、小箱子之意。
③箇：同“个”，意义用法与今“个”字相同。

译文

此地的读书人也不甚开化，衣袖中藏着放有蒌蒿和槟榔的小匣子。几个人相遇时大谈文章，但府县举行的科举考试中从来没有《孟子》的内容。

（七）

百粤蛮风蛮到官，荒衙頽[1]署不知寒。日愁厮辈多颠呓[2]，时虑卑流[3]尚饕[4]餐。

注释

①頽：同“颓”，颓丧、颓败。
②呓：音 yì，说梦话。
③卑流：原指低下处的水流，这里指下属，贬义。
④饕：音 tāo，贪得无厌。

译文

此地官衙很是破败，长官常对着那些颠三倒四、不切实际的属官发愁，还要时常担心下属中那些不守规矩的人会贪得无厌。

（八）

百粤蛮风蛮到役，不愁笞杖不愁革。阿公心黑手能玄，牌子面红口犯赤。

译文

此地的差役不怕杖责也不怕革职，心黑手辣，顶撞上官或呵斥百姓时面红口赤（讥其脸皮厚、死不认错，且仗势欺压平民）。

（九）

百粤蛮风蛮到兵，土俍主客①一胞生。起营祷缚无刀汉，截路丛搜有檐伻②。

注释

①土俍主客：土，土人；俍，俍人；主，指早期南迁的汉人；客，指较晚南迁而入客籍的汉人。这里泛指各族人，也指出他们相互通婚的历史事实。

②伻：音 pēng，使者、使令。按文意看，疑为“枰”（音 píng，树名、棋盘）之误，“檐枰”指木扁担。

译文

这里的兵卒由各族人等混杂组成，兵卒有任务开拔时就祈祷最好面对没什么武装的敌人并抓获之，路上拦截和到树林草丛中搜捕时拿着木扁担（即讽刺其是杂牌军，且怕死畏战、装备低劣）。

（十）

百粤蛮风蛮到花，梅桃频发未堪夸。木棉合抱犹开落，何况苍筠不吐葩。

译文

此地梅花、桃花竞相开放不值得奇怪，还有木棉树高大粗壮，先花后叶，刚开放就要凋落了，更不用说那些深绿色的竹子不开花。

（十一）

百粤蛮风蛮到树，偏教树树惹霜雾。不奇榕樾①绕千间，铁力②名呼真似铸。

注释

①樾：音 yuè，树荫。

②铁力：即铁梨木，又名铁力木，一种坚硬的优质热带树材。

译 文

每棵树的枝叶上都缀满了露水，不要惊奇榕树（枝叶覆盖的范围极大）可环绕千间房屋，叫作铁力木的树真像铁铸般坚硬。

（十二）

百粤蛮风蛮到蕉[①]，丝窗不见影摇摇。老妇采干儿攀实，岁岁移苗种圃垚[②]。

注 释

①蕉：指香蕉及大蕉，非观赏用的芭蕉。

②垚：音 yáo，高土堆。

译 文

房子的纱窗边见不到蕉叶在摇曳，只看见老妇截取蕉树干（用以织丝），以及儿童来采摘蕉实，并且年年分苗栽种在果园的土高之处（因蕉树要求通风排水好）。

（十三）

百粤蛮风蛮到路，水无驿站陆无铺。远过傍[①]邑百千□，近望前村三五渡。

注 释

①傍：附近、旁边。

译 文

此地道路很差很荒凉，河流岸边没有驿站，大路旁边没有店铺。邻近的城邑离得百千里那么远，眼前望过去只有一些村落和几个渡口。

（十四）

百粤蛮风蛮到病，风寒暑湿无真症。空传尧叟勒方碑[①]，惯惹魃魈[②]而送命。

注 释

①尧叟勒方碑：指北宋陈尧叟，任职广西时编写《集验方》，并在交通要道上刻碑，教化当地人要信医拒巫。

②魃：音 bá，旱鬼；魈，音 xiāo，山鬼。“魃魈”泛指鬼怪。

译文

此地风寒暑湿各种疑难病症难以确定，（人们信巫拒医）枉费陈尧叟刻碑教化，人们还常认为沾惹上鬼怪才会送了命。

（十五）

百粤蛮风蛮到虫，非关蚊蚋倂[1]蛇螽[2]。胡然一种乌蝱[3]子，飘忽轻粘痒后恫。

注释

①倂：同“并”，以及。

②螽：音 zhōng，蝗类。

②蝱：同“虻”，音 méng，一种吸血小飞虫。

译文

这里蛇虫鼠蚁极多，不仅有蚊蚋蛇蝗等，更讨厌一种吸血小飞虻，轻飘飘忽然粘在身上，搞得人又痒又怕，不胜其烦。

（十六）

百粤蛮风蛮到银，圆分蛋壳碎鱼鳞。偶成方锭底无孔，火偪[1]纹如染色纶[2]。

注释

①偪：音 fù，又高又厚或饱满的样子。“火偪”指银钱的火焰图案布满银子上。

②纶，指青丝绶带。

译文

这里的银钱圆圆的像蛋壳中间对半切开，而散碎的银钱像鱼鳞一样。有极少量铸成方锭状，底部却没有穿绳孔，银钱上布满火焰一样的图案，好像染了颜色的青丝绶带。

（十七）

百粤蛮风蛮到字，草真隶篆从无视。讹差添省自忘惭，反指同文为异类。

译文

这里的人对于文字想怎么写就怎么写，从来不管什么草楷隶篆等的区别。对于写错字、胡乱增添或减少笔画还不感惭愧，反而振振有词地指责正字是异类。

（十八）

百粤蛮风蛮到名，派行姓字欠分明。人呼儿女爹妈应，翁唤姻朋媳诺声。

译文

这里的人乱取名，也没有严格的排行次序。人家喊儿女的名字，他们的爹妈却来应声，公公叫亲友的名字，媳妇却来应答（讥其很混乱、闹笑话）。

（十九）

百粤蛮风蛮到菜，叶能遮荫茎能擂①。虀羹②何必味滋长，馋口无涎牙欲碎。

注释

①擂：古同“擂”，研磨、捶打物体之义。

②虀：古同“齑”，音 jī，切碎的咸菜。“虀羹”指蔬菜切碎煮成带汤汁的样子。

译文

这里的菜长得很高大，叶片大得能遮阴，茎秆粗壮得能作研磨捶打的棒槌。蔬菜切碎放点盐煮成汤羹，不考虑如何调节口味，人们照样吃得很有滋味。

（二十）

百粤蛮风蛮到庖①，糁糟笋蓏②蒻③蕉包。祖传少用薪和水，筋用牙挦④毛用炮。

注释

①庖：音 páo，本指厨房，这里指烹饪。

②蓏：音 luǒ，瓜类的果实。

③蒻：音 ruò，草名，本指嫩的香蒲，这里指鲜嫩的蕉叶。

④挦：音 xián，拉扯、拔取。

译文

这里的烹饪还很不讲究，糯米混合笋瓜用嫩蕉叶包裹（即类似粽子或糍粑的食物）。宰杀禽畜沿用传统方法，较少使用柴火与水，去筋就用牙来咬，去毛就用火来烧净。

（二十一）

百粤蛮风蛮到猪，小时白兔大如驴。一年两发豝[①]过十，更有便饶饲草淤。

注释

①豝：音 bā，母猪，或说是两岁猪。

译文

这里的猪小时好像白兔那么小，长大后像驴一样大，一年生两胎，小猪过十只，因猪粪便太多，把附近草都淤塞了。

（二十二）

百粤蛮风蛮到马，毛无纯白与纯赭。铁鞍皮韉[①]挂铜铃，离地尺馀宜[②]上下。

注释

①韉：应为“韂”字，指马鞍与马身之间的充垫物。

②宜：古同“宜”，适合、应该。

译文

这里几乎没有纯白与纯红的马，铁做的马鞍，皮做的鞍垫，还挂上铜铃，离地只有一尺多点，便于上下马。

（二十三）

百粤蛮风蛮到鸟，绵蛮多听名禽少。近山曾说可知音，解得乡谈各自晓。

译文

这里的鸟很少中原的出名品种，大多是不知名的南方蛮鸟。山区里的人说可以听懂鸟叫声，用方言土语来解释就只有各人知道自己说什么了。

(二十四)

百粤蛮风蛮到船，竿如人字底如川。主人倒坐于梢上，舟子中舱爨[1]且眠。

注 释

①爨：音 cuàn，指烧火做饭。

译 文

这里的船撑竿像人字形（即划桨），船底像川字形。划船人倒坐在船头划船，船中舱是烧火做饭和睡觉的地方。

(二十五)

百粤蛮风蛮到疍[1]，倏[2]然蚁聚飘蜂散。一藤姻族满江河，窃发无从稽籍贯。

注 释

①疍：即疍民，南方一个水上族群，又俗称“船佬”“艇家佬”。

②倏：音 shū，迅速、极快。

译 文

这里的疍民聚散极快，且数量多。他们基本都有姻亲关系，在官府的视线之外发展起来，无从考究其籍贯由来。

(二十六)

百粤蛮风蛮到僧，经文音字总无征[1]。袈裟袖里笼酥炙，豢[2]酿[3]争夸内助能。

注 释

①征：音 zhēng，证明、求取、应验。

②豢：音 huàn，指饲养家畜。

③酿：酿酒。

译 文

这里的僧人不钻研经文，袈裟衣袖里藏着小吃，还争相夸耀自己的妻子能饲养家畜又能酿酒，很是能干。

（二十七）

百粤蛮风蛮到蛊[1]，杀人不用操刀斧。任君明达亦怀疑，强勉吞来归便吐。

注释

①蛊：音 gǔ，一种通过毒虫（蛇）来害人的邪术。

译文

这里的蛊术杀人不用刀斧，任凭你多开明通达也心生疑惧，勉强吞下去回到家就赶快呕吐出来。

（二十八）

百粤蛮风蛮到臭，肠间气透腋间窦。人来门外报先传，人去门前尚逗留。

译文

这里的人有狐臭之类的浓重异味，肠肚里的臭气通过腋下散发出来。人还在门外气味先来通报，人走了，气味还在门前散不尽。

（二十九）

百粤蛮风蛮到节，空过灯月风花雪。藉言社埽[1]送寒衣，灰骨何知徒补啜。

注释

①埽：古同“扫”，这里应是“祭扫”之意。

译文

这里的人过节也很粗野，白白浪费了上元灯节、中秋节等良辰美景的风花雪月。节庆时令借口说祭扫先人，为其送上寒衣，却不知先人的骨骸散落何处，只是徒劳地补哭一场而已。

（三十）

百粤蛮风蛮到婚，歌调腔合当媒言。浪分大小村期定[1]，但得怀胎了债冤。

注释

①浪分大小村期定：因为不清楚以歌定情的具体程序，所以这句话的意思未能明确。“浪分”似是客家话“浪奔”的音译，即指无媒妁之约的私奔、私合；“大小”似是白话或客家话所说的“大细”，这里分指年龄较大的年轻人与年龄尚小的少年人；“村期定”即私下定好约会之期。整句话的语序似是“大小浪分定村期”。

译文

这里的婚配还很野蛮，全凭歌唱的和谐悦耳来充当选择对象的媒人话语。各种年龄的年轻人与心仪的人私订终身、私下交合，只等得女方怀了孕才正式结合，了却冤家情债。

百粤蛮风诗

吴雯清①

（一）

百粤蛮风蛮到天，四时皆夏古云然。昏昏群不知寒暑，麻葛单衫总是棉。

译文

此地自古以来四季都是夏天，人们浑然不知有所谓寒暑，单薄的麻葛衣衫就当是棉衣了。

（二）

百粤蛮风蛮到雨，倾盘泻户鱼游釜。败茅垂滴透床头，湿草鸣虫俱动股。

译文

这里常倾盆大雨，搞得大锅都盛满了水，鱼都能在里面游。雨水从屋顶的茅草缝漏下来，湿透了床头，雨后湿草里的各种虫都在用力地鸣叫。

（三）

百粤蛮风蛮到雪，未开柳絮空飞洁。风花带月一般同，高士山中斯卧缺。

译文

这里下雪也很奇怪，不及形成雪花，只飘落小雪雨点。此地与中原一样有所谓的风花雪月，只是这里没有高洁之人在山中隐居。

（四）

百粤蛮风蛮到地，连冈断岭难容骑。插天峭壁半腰村，水面民居邻洽比。

译文

此地峰峦连绵且险峻，骑马难以通行，峭峰高耸入云，半山腰却分布着村

① 原书题“古歙吴雯清，方涟氏”。

落，江河水面到处散布着民居（指疍民的船只）。

（五）

百粤蛮风蛮到人，茹毛饮血不堪嗔。夜陪狗彘鸡豚宿，早咬槟榔血溅唇。

译文

这里的人还野蛮地茹毛饮血，让你不屑去指责。夜晚和狗、猪、鸡等一起睡觉，一早起来就嚼槟榔，满口血红。

（六）

百粤蛮风蛮到士，不衫不履摇于市。秦皇焚后岂无书，白首穷年死章句。

译文

这里的士子常不着长衫、不穿鞋，招摇过市。秦始皇焚书过后怎会没有书籍（及读书人），他们长年苦读，直到两鬓斑白还在寻觅书中章句的真意（讥其死读书到老）。

（七）

百粤蛮风蛮到官，升堂无事一身宽。清风入户袖犹窄，明月留人杯未寒。

译文

这里的官吏升堂却无甚事务，落到一身轻松。常穿闲暇时的衣服在清风中赏月饮酒，直至深夜（指其事少轻松，以至于到疏懒的地步）。

（八）

百粤蛮风蛮到役，钝头无恥[①]真难格。听来鴃舌[②]是蛮禽，呼之无灵是木石。

注释

①恥：同“耻”。

②鴃舌：指伯劳的叫声，形容语言难懂。

译文

这里的衙役笨头笨脑、不知羞耻，真难约束和纠正。听他们的话就像听蛮鸟的叫声，不知所云，喊他们时却好像木石，半天无反应。

（九）

百粤蛮风蛮到兵，老疲穉[1]弱见人惊。弯弓未睹[2]射雕手，阵获传开鸡犬生。

注释

①穉：同“稚”，音 zhì，幼小。

②睹：看见。

译文

这里的士兵都是老弱残兵，见人遇事就一惊一乍的。从未见有高明的弓箭手，战场上（或练兵场上）有所斩获（或取得一定成绩），就马上传开，相关人等就像鸡犬升天一般地得意（讥其既无能无知却又洋洋自得）。

（十）

百粤蛮风蛮到花，时时开落又萌芽。桂香不向秋天发，桃李居然冬日花。

译文

这里的花常开常落，常发新芽。桂花不限只在秋天开放，桃花、李花居然在冬日开花。

（十一）

百粤蛮风蛮到树，瓜藤茄干高于堵。丝蓉枝上起层楼，红荔丛中乐场圃。

译文

这里的树也稀奇，菜瓜的藤、茄子的枝干比围墙还高。丝瓜、木芙蓉在架上还向上生长枝条，像筑楼一样，鲜红的荔枝令整个果园充满了欢乐喜庆。

（十二）

百粤蛮风蛮到蕉，村民不耐雨潇潇。截根为来称佳味，摘得如拳鼓腹骄。

译文

这里村民不解雨打蕉叶的情致，只将蕉树的根截下当作美味食用，又摘得硕大的香蕉将肚皮撑胀而心满意得。

（十三）

百粤蛮风蛮到路，千山万水俱无数。舟行唯问水之湾，陆行应怪舆图[1]悮[2]。

注 释

①舆图：即地图。

②悮：同“误”，误导。

译 文

这里千山万水，道路极复杂，行船时只问某某湾，陆上行走就只能怪地图误导。

（十四）

百粤蛮风蛮到病，饥寒冷热无从正[1]。由来此地乐材多，偏信巫师一符令。

注 释

①正：此处意思同“症”，指确诊症状。

译 文

这里饥寒冷热各种各样的症状，难以确诊。虽此地自古以来盛产药材，人们却偏偏信巫师的符令。

（十五）

百粤蛮风蛮到虫，奇奇怪怪坐中逢。寘[1]身久卧槐安国[2]，侧听偏赋阿房宫[3]。

注 释

①寘：同“置”。

②槐安国：唐代李公佐《南柯太守传》中的虚构之国，这里代指梦境。

③赋阿房宫：唐代杜牧有《阿房宫赋》，意在以古劝今，这里是带有调侃口吻，指鸣虫聒噪不已。

译 文

这里的虫林林总总、奇奇怪怪，人们静坐时虫子在身上乱窜。人们正在睡梦中畅游太虚，旁边的鸣虫聒噪不已。

（十六）

百粤蛮风蛮到银，溯盅[1]不用剪刀频。遗君十万扬州去，鹤笑君腰那得伸。

注释

①溯盅：意思未明，似指一种容器。广府话与客家话都有这个“溯”音，如“漱口杯”叫作“溯口盅（或溯口杯）”。

译文

这里用溯盅来称量银两，而不用剪刀将银剪碎分开。若给你十万银两去扬州潇洒，白鹤也会笑问（这么沉重的银两）你的腰伸得直吗（讥其还停留在实银使用阶段，极为不方便，不懂银票的好处）。

（十七）

百粤蛮风蛮到字，鬼马夜哭[1]应增泪。上下相牵卡路分，奺妎[2]称为姊妹次。

注释

①鬼马夜哭：传仓颉创造文字时引起鬼神夜哭。

②奺妎：客家话中音 tai xi，分别指“姊”“妹”。

译文

这里的人乱写乱用文字，鬼马夜哭时也会多些眼泪吧。写“上下”时连在一起（变成了“卡”），“卡”字却中间分开（变成了“上下”），写“姊”“妹”时又写为“奺”“妎”。

（十八）

百粤蛮风蛮到名，法传帝相并扶真[1]。若教鬼薄单查点，个个呼来各样声。

注释

①此句似应讲这里的人起名字的特点。“法传帝相并扶真”可能是粤人名字常用字“发、全、娣、相、富、珍”的近似音。若用客家方言来念，二者几乎完全相同。

译文

这里的人取名字也是粗蛮，常用“发、全、娣、相”以及“富、珍”等字。如果死了到地府查点鬼簿，每个人名字喊起来都是这些字眼的声音（讥其取名粗蛮，太多重复的名字，即使鬼卒也搞得头昏脑涨）。

（十九）

百粤蛮风蛮到菜，嫩时不喫[①]老方啐。古人所贵咬菜根，错认譬言[②]为此谓[③]。

注释

①喫：同“吃”。

②譬言：意为比喻。

③此谓：意为这就是说。

译文

这里的人吃菜也很怪异，嫩的时候不吃，菜老了才吃。古人视为珍贵的东西他们当菜根一样乱嚼（行事真是颠三倒四），就像把“譬言”错当作“此谓”那样。

（二十）

百粤蛮风蛮到庖，腥荤臭腐错为声[①]。葱[②]根八角般般用，又取禾虫与蒜交。

注释

①错为声：声音交错，指赞好的叫声此起彼落。

②葱：同“葱”。

译文

这里的人饮食很野蛮，腥荤臭腐、死蛇烂拐（田鸡、蛤蟆）都当作美食。葱头、八角每种菜式都用（喜香、辣、麻等重口味），又将田里的虫子与蒜头一起烹饪（喜吃异物）。

（二十一）

百粤蛮风蛮到猪，头肥腹大曳泥徐。负涂尽是营州[①]白，二母应盈养老闾。

注释

①营州：古地名，今辽宁朝阳，这里代指边疆。

译文

这里的猪肥头大肚，拖曳着身子，在泥巴中慢慢地走来走去。这些在泥巴中的大白猪，都是本地的猪种，母猪产仔很多，两头所出就足以维持老年人的生计。

（二十二）

百粤蛮风蛮到马，牵来谁是駉駉[①]者。当年伯乐未经过，空群不及蛮之野[②]。

注释

①駉駉：音 jiōng jiōng，形容马肥壮。

②后两句语出韩愈《送温处士赴河阳军序》“伯乐一过冀北之野，而马群遂空”，这里指因没有伯乐，再好的马儿也被埋没了。

译文

这里的马也处于蛮荒状态，牵过来看看哪个是千里马。可惜当年伯乐未来过此地，选拔的眼光投不到此种蛮荒之地。

（二十三）

百粤蛮风蛮到鸟，日弄新声难遍晓。家家爱听山呼[①]儿，对对鹧鸪啼不了。

注释

①山呼：岭南鸟名，又名山胡、珊瑚。

译文

这里的鸟天天翻鸣新声，无法都听懂。家家都爱听山呼鸟的婉转叫声，一双双的鹧鸪相互鸣唱不断。

（二十四）

百粤蛮风蛮到船，低垂首尾往来牵。顺流莲坐舟中客[①]，上水肩篙脚并巅[②]。

注释

①舟中客：指船夫。

②脚并巅：形容逆水时手脚一同划船的姿势。

译文

这里船头船尾都较低，泊岸或离岸时船夫常下水推拉牵引（以免碰坏船）。顺流时船夫如莲花般稳稳坐着，上水（即逆流）时肩膀扛着撑蒿，划船时手脚并用。

（二十五）

百粤蛮风蛮到疍，小舟连类如鱼贯。分明不是采珠人，举纲得鲜逢米换。

译文

疍民的小船相连，如鱼儿那样一条接一条。很明显他们不是从事采珍珠的人，他们在江河中打了鱼就到岸上换取米粮。

（二十六）

百粤蛮风蛮到僧，茹荤饮酒佛高称。出门桡皷音犹别，归向妻孥①醉饱矜。

注释

①孥：音 nú，泛指子女。

译文

这里的僧人一边高声念佛，一边吃荤饮酒。出门做法事时敲锣打鼓之声如同离别曲（不愿离家），归来时酒醉饭饱，神气地面对妻儿，洋洋得意。

（二十七）

百粤蛮风蛮到蛊，毒潜饮食归人腑。请君举箸热方尝，纵有金蚕何足数。

译文

蛊毒暗藏在食物中，随饮食进入内脏。奉劝你只食用热食（不食用生冷之物），纵使土人施放所谓最毒的金蚕蛊，都不值一提，又能奈你何！

（二十八）

百粤蛮风蛮到臭，十人九腋无风透。道逢揜[1]鼻不堪过，入户气先人且后。

注释

①揜：同“掩”，掩盖。

译文

这里的人有体臭，大多数人的腋下无风也会散发臭味。路上遇到则捂着鼻子不敢经过，他们入屋时人未到气味先到。

（二十九）

百粤蛮风蛮到节，良辰美景无人悦。清明浇饭野喷头，先日中元迎鬼醊[1]。

注释

①醊：音 zhuì，有连续祭祀、祭奠、洒酒于地祭祀等意。

译文

这里过节也野蛮，无人懂得欣赏良辰美景。清明时节洒饭于无主（无人祭拜）的坟墓前，中元节的头一日（即农行七月十四）举行接鬼回家的祭祀。

（三十）

百粤蛮风蛮到婚，解衫抛带各温存。唱予和汝歌词里，小妹随郎过别村。

译文

这里的人婚配还很野蛮，情人们私下幽会、野合。在山歌里你唱我和，女子跟着情郎跑到人家那里去。

题粤风四种诗

何絜[1]

（一）

紫凤芝房[1]曲未终，钧天[2]遗响已凌空。绣衣年少[3]归何处，千载还思续粤风。

注释

①紫凤芝房：即《紫凤》《芝房烨烨》二曲，参见孙芳桂的《歌仙刘三妹传》一文。

②钧天：指神话中天帝所居之处。

③绣衣年少：分别指刘三妹、张伟望。

译文

《紫凤》和《芝房烨烨》的曲韵并未断绝，上天遗留的曲韵仿佛又回荡在空中。那对翩翩的玉人如今在哪儿？千年之后还在想着接续南粤之风谣。

（二）

南山白石[1]自堪夸，宝带轻绡[2]逐断霞。莫抱琵琶歌别调，一生只唱朗陵花[3]。

注释

①南山白石：即《南山白石》，曲名。

②宝带轻绡：分别以衣饰指张伟望、刘三妹二人。

③朗陵花：指《朗陵花》，刘三妹传说中提到的古曲名。

译文

《南山白石》此曲值得夸赞，（回想起当年）宝带轻绡在晚霞中飞扬。不要再抱着琵琶弹唱其他的曲调了，从今以后只唱《朗陵花》吧。

---

① 原书题“京江何絜，雍南。”

（三）

秋草何能荐绣茵①，春风应折柳条新。叮咛此日将笄②女，黾③勉常思化石人。

注释

①绣茵：指绣床或女子的卧榻。

②笄：音 jī，发簪。常见有“及笄”一词，古代指女子成年。

③黾：音 mǐn，勤勉、努力之意。

译文

秋草怎能垫在绣榻上，应撷取春风中飘荡的新柳枝条。嘱咐今日将要成年嫁人的女子，要勤勉努力，常常思及当年已经化为石头的那对玉人。

（四）

英台①结彩发清音，一曲能坚金石心。传说贞魂都化蝶，遗祠千古祀江浔。

注释

①英台：祝英台，这里代指刘三妹，即认为刘氏是祝英台之山歌继承者。

译文

祝英台身系彩绸放声歌唱，歌声清越婉转，越唱情意越似金坚。人们说坚贞的灵魂都化成了彩蝶，现在浔江边上还留有庙祠，千年来供人们祭祀、怀念。

（五）

南徐有女自磨笄①，传与词人讽粤西。试取舆图飜覆②看，山名应好作诗题。

注释

①南徐有磨笄山，山名源于刘宋时期南徐名士戴禺之女在此磨笄并立誓不嫁的典故。“有女”应指戴禺之女。大概要劝谕粤西人民讲究贞节，从一而终。

②飜覆：即反复。飜，同“翻”。

译 文

南徐有个女子很坚贞，在磨笄山立誓不嫁，词人以此事迹来讽喻粤西的民众。不妨拿粤西的山川地图反复查看，将南山、白石山作为诗题传诵四方。

按：南山、白石山即代指刘三妹的事迹。

（六）

生平爱读相如传，怪不求凰未嫁前。何事一歌相订后，野花还揷满头鲜[①]。

注 释

①野花：既有字面意义，也暗喻卓文君。揷，同“插”。

译 文

我生平爱读司马相如的传记，每每责怪他为何不在卓文君未嫁前去追求她。为何由一首歌（即《凤求凰》）相订终生后，卓文君的发髻上还插满了美丽的野花（后两句意指：为何作为野花的卓文君还能如此光鲜，其风流韵事竟传颂千古）。

（七）

桃花片片逐垂杨[①]，急调高声写怨长。莫爱江头芳草色，熏风吹过荔枝香。

注 释

①此句既是写景，又以“桃花”“垂杨”两意象暗喻男女相互爱慕、追求。

译 文

片片桃花散落风中，仿佛在追逐垂杨柳，急促的音调、激越的歌声充满了愁怨。不要留恋江岸的芳草，和暖的春风吹过荔枝树，已散发出诱人的甜香。

（八）

百粤花萦[①]畫轂[②]来，风流共羡出群才。一从褰幙[③]听歌后，应唱桃夭与摽梅[④]。

注 释

①萦：音 yíng，缠绕。

②畫轂：同“画毂”，音 huà gǔ，古代有以图画装饰的车轮毂，代指美丽的车子。

③褰幙：褰，音 qiān，指古时的套裤，或提起衣服之意；幙，同“幕”，音 mù，指垂挂的帘幔。“褰幙”指美丽的山歌之车。

④桃夭与摽梅：指《诗经》中的《桃夭》《摽有梅》二诗。

译文

百粤鲜花缠绕着美丽的车子，羡慕啊，古时的遗风流韵在此地催生出众多的人才。一旦追随这美丽的车，听了它流淌出来的歌声后，从此只应唱《桃夭》与《摽有梅》这类风雅的歌谣了。

(九)

循良[①]旧日颂吴公，恰有名贤喜志同（谓方涟、惟克诸君子）。一卷风谣删订后，紫泉飞出水瀜瀜[②]（志载浔有紫泉，循良涖[③]任则水出）。

注释

①循良：指奉公守法、善良有操守的人，多指官吏。

②瀜：音 róng，形容水又深又大的样子。

③涖：同“莅”，音 lì，驾临、统治之意。

译文

应称颂当年的循良吴公，又欣喜刚好遇上数位志同道合的名士（原书注：指方涟、惟克等各位君子）。删订好这个集子的歌谣后，浔州紫泉的水飞泻出来了（原书注：《浔州府志》记载：浔州有紫泉，循良治理浔州时就会有水出来）。

按：这种说法源于古代天人感应理论，又不乏文人雅士之间互相吹捧之意。

(十)

纷纷士女踏歌时，象管[①]横吹白纻词[②]。龙[③]吠雀穿归圣化，应须珍重为题诗。

注释

①象管：一般指笛子，这里泛指乐器。

②白纻词：舞曲的歌词。这里代指浔州当地素朴优美的歌谣。白纻，原为乐府吴舞曲名，《新唐书》载“清乐三十二曲中有《白纻》，吴舞也”，后作为舞曲

流传，又称“白纻辞”或“白纻歌”，历代诗人皆有作品流传。纻，同“苎”，音 zhù，一种植物名，即苎麻。

③尨：音 máng，指多毛的狗。

译文

士子少女纷纷出来踏歌之时节，笙箫笛管在吹奏着素朴优美的歌。狗在欢吠，燕雀在穿梭，都在欢欣中归附了圣人的教化，因此，应该郑重为这些歌谣作诗题记。

按：这首诗肯定了本地歌谣及踏歌都是继承了《诗经》的传统，是受孔圣人教化与认可的正统行为。

题粤风四种诗

程世英[①]

（一）

风流千载说歌仙，缥缈山头调黯然。白鹤少年同化石，七星岩畔月娟娟。

译文

当年歌仙刘三妹的风韵流传了千年，歌声早已消散在缥缈的山峰。白鹤乡的少年张伟望与她一同化作了石人，七星岩畔只剩下一轮皎月。

（二）

粤江江上万花开，日听花间唱几回。恐逐纷纷蝴蝶去，又如山伯祝英台。

译文

浔江两岸盛开着纷繁的各式花儿，每日里在花丛中聆听、唱和歌谣。恐怕要追随那一群群的蝴蝶而去，就像当年的梁山伯和祝英台那样。

（三）

小窗闲览粤西风[①]，好句应登乐府中。翻胜诗人摩汉魏，篇篇音节喜雷同。

注释

①窓：同“窗”。

译文

闲来在小窗边翻阅粤西歌谣集，这些歌词写得多好啊，完全可以收录在《乐府诗集》里。这些歌谣比诗人所作诗句更胜一筹，功力直追汉魏时代的诗风，每首歌词都符合韵律。

---

① 原书题“黄山程世英，千一”。

（四）

似笑如颦意若何，春风一曲艳情多。峒岷地势遥连楚，四种何妨续九歌！

译文

似展颜欢笑又似皱眉忧愁，歌中的意韵究竟如何？春风里高歌一曲，饱含着绵绵的情意。岭南土著地区山势水脉与楚地遥遥相连，这四种歌谣怎不可以接续《九歌》！

（五）

采莲曲与竹枝词，唱向吴侬便得知。最是粤音难骤解，蝶飞秋草和歌时。

译文

这里的歌谣在我听来的确承继了《采莲曲》《竹枝词》一类的传统。只是粤地的方言口音难以一下子明白，当年歌仙唱《蝶飞秋草》来应和张氏时是怎样一种情景。

按：后两句指当年刘三妹、张伟望所唱的《蝶飞秋草》《朗陵花》等曲子，由于粤地口音难懂及流传中有变化、散佚，具体情况已难以弄清了。

（六）

含情宛转各知音，解得歌中一片心。若使相如过此地，求凰不假绿绮琴。

译文

歌声中传递着含蓄的情意，情人们都懂得歌曲中的心思。如果当年司马相如曾经过此地，那向文君求爱就不用借助绿绮琴了。

（七）

粤西儿女韵绵蛮，燕语花间莺柳间。采作风谣难灭没，由来郑卫不曾删。

译文

粤西男女所唱的歌谣十分悦耳，如同燕子和黄莺在花丛、杨柳间鸣唱。地方风谣的采录传统难以湮灭，看来《郑风》《卫风》似从来都不曾删改。

按：后两句表示这些歌谣承续《诗经》的传统，并且保留了类似《郑风》《卫风》中“花间艳语”式的歌谣。

（八）

不必相思倩蹇修①，倡予和汝各绸缪②。看来四种歌词杂，总羡当年女姓刘。

注释

①蹇修：相传为伏羲氏之臣，后代指媒人，常以神媒的形象出现在屈原的诗中。

②绸缪：常见有“未雨绸缪”一词，这里表示情意绵绵之意。

译文

彼此思念不必劳烦媒人来作媒，这里的男女我唱你和，表达自己的绵绵情意。看起来这四种粤歌混在一起（各有不同），心中常常追慕当年的刘三妹。

按：后两句意指四种粤歌各有不同，理解起来较有难度，所以敬羡刘三妹能通晓这里的各种歌谣。

（九）

从来白雪①炎方少，却逐民歌到粤西。岂复国中愁寡和，曲终携手便双栖。

注释

①白雪：这里是一语双关，既可指平常的白雪，说炎热的地方自古以来就很少见白雪；又指古代名曲《白雪》，它与《阳春》一样，代表高雅的音乐或歌谣，意思说粤西湿热之地缺少高雅音乐。

译文

自古以来炎热的岭南就缺少如《白雪》那样的高雅歌谣，如今我却追随民歌来到了粤西。难道还会担心国中缺少应和者吗？看呀，这里的男女唱和之后，就携手双宿双飞了。

（十）

歌仍紫凤情偏丽，曲学芝房调不孤。字字都经笺释后，端然一幅粤西图。

译文

这些歌词承继了《紫凤》偏重艳情的传统，曲调学习《芝房烨烨》旋律多变又和谐的特点。一字一句经笺注、解释后，呈现给我们的正是一幅粤西人情风物图。

百粤蛮风诗

陈丹[1]

（一）

百粤蛮风蛮到天，可中夏日始如燃。夜深更亦如秋冷，冬至麻衣不事棉。

译文

夏日正午开始好像火烧一般的炎热，到了深夜时又变得如秋天般寒凉，即使到了冬至时节，这里也只穿麻衣，不需穿棉衣。

（二）

百粤蛮风蛮到雨，未春雷吼如鸣鼓。大则注兮小则丝，正月连绵只过午。

译文

这里未到春分时节，打雷就像打鼓般响亮。下大雨就像倾盘倒水，下小雨就像细丝般绵绵不绝，正月时连绵的雨水过了中午就停止了。

（三）

百粤蛮风蛮到雪，岚云俱有独斯缺。若非子舆[1]旧曾言，老叟不知为玉屑。

注释

①子舆：人名，或指孟子，或指《庄子》中虚构的人物，具体未详，这里似应指以前的贤人。

译文

这里雾、云都有，只缺了雪。若不是当初贤人点化，这里的人即使是老者也不知那是什么，而（只会）把它当成玉的碎片。

① 原书题“古淮阴陈丹，槐庵氏”。

（四）

百粤蛮风蛮到地，四时遍地平铺翠。空山有洞可撑船，绝壁难登恨无翅。

译文

这里四季都是遍地青翠，山中有流水溶洞可以撑船，只恨没有翅膀，悬崖峭壁难以攀登。

（五）

百粤蛮风蛮到人，晓来谁辨女男身。芒鞋箬笠群挑担，入县输租市卖薪。

译文

这里人的一大早时难以分辨男女，都是穿芒鞋、戴竹叶帽，一群人挑着担子到县里交租税或到市场卖柴。

（六）

百粤蛮风蛮到士，读书不识朱夫子。短衫三尺欲过脐，革履无声见十指。

译文

这里的读书人，虽说读书却不知有朱熹，身穿快到肚脐眼的三尺短衫，脚上穿着生皮做的鞋，露出十个脚趾，走起路来无声无息。

（七）

百粤蛮风蛮到官，无尊卑下总冯驩①。素餐不愧原无事，勉尽杯中且自宽。

注释

①冯驩：春秋时孟尝君的门客，举止无尊卑且要求多。驩，同“欢”。

译文

这里的官吏都好像冯欢一样无尊卑之分，本身公事也很少，他们不劳而食却毫无愧色，将酒一杯杯喝尽以自我排遣。

（八）

百粤蛮风蛮到役，视官如同远来客。前舆后拥任喧哗，口嚼槟榔脚躐屐①。

注释

①躐：音 liè，指踩、践踏等。屐，音 jī，指木鞋。

译文

这里的衙役将上官看作是远方来客（即认为自己才是主人），出巡时围着车前轿后一窝蜂似的吵吵嚷嚷，口里嚼着槟榔，脚穿着木鞋。

（九）

百粤蛮风蛮到兵，将爷之号甚峥嵘。出师未见挽弓手，振旅人人笑满篇[①]。

注释

①篇：又作"籯"，音 yíng，指笼箱之类的竹器。

译文

这里的兵将名号很有气势，很是吓人，可出师时却难找个善射之人，而整队班师时个个笑得合不拢嘴（讥其贪生怕死、兵孱将弱）。

（十）

百粤蛮风蛮到花，扶桑[①]五色灿云霞。美人红映茉莉白，日日临风鬪丽华。

注释

①扶桑：花名，即朱槿。

译文

这里的朱槿花如云霞般五彩灿烂，火红的美人蕉映衬着洁白的茉莉花，日日在枝头上争芳斗艳。

（十一）

百粤蛮风蛮到树，控根天上垂枝柱。芙蓉草本欲遮天，荔子不受中原土。

译文

这里的（水榕）树，树根往天上长，枝条却垂下来长了树干。芙蓉本是草本植物，却长得如树木般高大茂盛，似乎要遮盖天空；荔枝树只能生长在此，不适应中原的水土气候。

（十二）

百粤蛮风蛮到蕉，亭亭几丈执天乔。今年有子充饥腹，明岁成丝织素绡。

译文

这里的香蕉树茁壮生长，耸立起几丈高。今年有果实可充饥，明年蕉叶、蕉干可抽出丝来织成白丝。

（十三）

百粤蛮风蛮到路，百千十里无真数。远端但计若干天，近水几湾陆几舖[①]。

注释

①舖：同“铺”。

译文

这里计算路程，都没个若干千里、百里或十里的准确数。较远的路程只用多少天来计算，而较近的路程则以多少个水湾、多少个驿站来计算。

（十四）

百粤蛮风蛮到病，不知医药唯知祟。幸而获愈鬼神灵，一旦无常嗟命竟。

译文

这里的人有病不知寻医问药，只知道鬼神巫术。侥幸获得痊愈就认为是鬼神显灵，一旦死去了旁人也只会嗟叹死者阳寿已尽（或宿命如此）。

（十五）

百粤蛮风蛮到虫，千形万状种难穷。尤堪恨者无如蚁，只有牙签蛀未通。

译文

这里的蛇虫鼠蚁林林总总、形形色色，难以全部描述。最为可恨的是白蚁，只有牙签未曾被它们蛀蚀。

（十六）

百粤蛮风蛮到银，大窝如椀[①] 溯如国。分来全不烦刀剪，只恐风吹化作尘。

注 释

①椀：同“碗”。

按：因第二句的关键词意思未明，省略解释。

（十七）

百粤蛮风蛮到字，兑免买卖互相易。彳从反犬仔从人，茂[①]外增加账亦异。

注 释

①茂：同“贸”，买卖之意。

译 文

这里文字使用混乱，“兑”与“免”“买”与“卖”等字互相混用。还有“彳”从“反犬”（犭）部首、“仔”从“人”部首等，这种混乱的情况导致买卖的账目也出现错误。

（十八）

百粤蛮风蛮到名，亚扶特社帝[①]皆生。相联更有哥降闷，三字唯呼两字声。

注 释

①帝：疑应为“娣”，客家女子常用此字命名，且客家话“帝”“娣”同音。

译 文

这里的人起名字喜用“亚”“扶”“特”“社”“娣”“生”等字，且常与“哥”字连用，另外，这里称呼人名习惯三个字只喊两个字。

按：这种命名的情况在广东是很常见的，而且习惯称呼男子名字后带“哥”，如“亚哥”“扶哥”等。缩称人名的习俗，在今惠州、东莞等地也较常见，如“胡志成”喊为“胡成”，“莫炳华”喊为“莫炳”等，以称呼顺口作为缩称的标准。

（十九）

百粤蛮风蛮到菜，般般俱早如熏焙。可怜等到长成草，买喜其多食喜耐。

译文

这里的菜相比中原，样样都很早就上市了，好像用烟熏火烤催生出来一样；可惜菜嫩时却不食，等到菜都长成草那样了才上市，而购买者却喜欢它又多又耐吃。

（二十）

百粤蛮风蛮到庖，饭蒸鱼肉使焦殽。草苗树叶俱称菜，稚子时时探鸟巢。

译文

这里的烹饪也很粗蛮，米饭用蒸，鱼与肉则用煎烤，草苗、树叶都当作菜，儿童还常常去捉鸟、掏鸟蛋。

（二十一）

百粤蛮风蛮到猪，天生肥腯[①]不须稰[②]。脂膏三寸无滋味，不及蓴[③]羹一小鱼。

注释

①腯：音 tǔ，肥壮之义。

②稰：音 xǔ，指祭神用的精米。

③蓴：同“莼”，音 chún，指莼菜、水葵之类的水生植物。

译文

这里的猪天生就又肥又壮，不需米粮来喂养，但肥油（脂肪）有三寸那么厚，猪肉没什么味道，还比不上用小鱼和水菜做成的汤羹。

（二十二）

百粤蛮风蛮到马，热来就荫茄[①]之下。身曾馀岁不胜鞍，反笑鞭长未忍打。

注释

①茄：音 jiā,，荷茎；又读 qié，指茄子；这里应属于第一种意义。

译文

这里的马不耐驱使，一热就躲到树荫下。马的身体已发育好，年龄足够了，却还不能骑，反而讥笑主人的鞭子太长了不忍抽打它。

（二十三）

百粤蛮风蛮到鸟，枝头啼动窗间晓。奇声异羽不知名，未见白雕秦吉了[①]。

注释

①秦吉了：鸟名，即鹩哥，又称八哥。

译文

清晨，鸟儿在窗外的枝头鸣叫，叫声奇特，羽毛古怪，不知鸟名是什么，只是看不到中原常见的白雕和鹩哥。

（二十四）

百粤蛮风蛮到船，钉稀板薄不须坚。竹穰[①]补漏藤缠缝，一截江干自在眠。

注释

①穰：音 ráng，禾茎、庄稼杆之意。

译文

这里的船用钉很少，板材又薄，显然是不考虑坚固耐用。（一旦须修补时）用竹片、禾秆来补漏洞，用树藤来缠绕裂缝，船像一截木头一样浮在江上，人在船上优哉地睡觉。

（二十五）

百粤蛮风蛮到疍，家浮江上时登岸。分明一样打鱼人，特立夷名称怪诞。

译文

这里的疍民在江河上安家，又不时上岸来（活动）。明明与其他的打渔人一样，却要别出心裁地给自己的群体起个怪名字。

（二十六）

百粤蛮风蛮到僧，居然佛殿也燃灯。有妻不向门敲月[①]，半夜钟声总未曾。

注释

①门敲月：活用唐代贾岛“僧推（敲）月下门”的典故。

译文

这里的僧人很粗蛮，在佛殿上居然也点灯。僧人有妻子，早早就安睡了，哪会有“僧推（敲）月下门”的雅事（指反复思考的工夫），更不曾半夜敲钟做晨课。

（二十七）

百粤蛮风蛮到蛊，其家梁上无尘土。毋餐冷物及问之，下者无能反受苦。

译文

这里有下蛊术的野蛮风俗，下蛊者的家里房梁上一点尘土都没有。在他家里，千万不能吃生冷食物，并且要问清楚（或大声呵斥戳穿他的把戏），那些蛊术低下的人（不仅不能害人）反而被其蛊术所害。

（二十八）

百粤蛮风蛮到臭，腋间有气出诸袖。十人有五不堪闻，我一闻之便疾走。

译文

这里的人身体有恶臭，那臭气从腋下散出，穿过衣袖。十个人中有五个臭不可闻，我一闻到就快快逃开。

（二十九）

百粤蛮风蛮到节，花灯初五十三灭。盂兰前日胜于年，重五中秋等闲阅。

译文

这里的节日很奇特，花灯初五才挂上去，十三就取下来了。盂兰盆节的前一日比过年还隆重，端午节、中秋节等传统节日却过得很随意。

（三十）

百粤蛮风蛮到婚，娶亲大半忌真元①。声歌洽处曾相订，只待儿生始过门。

注释

①真元：本意指本性、元气，这里应指处女。

译文

这里的婚俗野蛮，娶妻大多数忌讳处女。对歌和谐时就已订下终身（双宿双栖），只等生下小孩后才正式娶到家里来。

歌仙刘三妹传

上谷孙芳桂枝馨甫　撰

雪园彭楚伯士报甫　笺

歌仙名三妹，其先汉刘晨[1]之苗裔，流寓贵州（今浔州府贵县，非贵州布政司）西山水南村。父尚义，生三女，长大妹，次二妹，皆善歌，早适有家，而歌不传。少女三妹，生于唐中宗神龙五年己酉（按唐中宗神龙三年即改元景龙，云神龙五年误，宜作景龙三年）。甫七岁，即好笔墨，聪明敏捷，时呼为女神童。年十二，通经史，善为歌。父老奇之，试之，顷刻立就。十五艳姿初成，歌名益盛（声以色重），千里之内，闻风而来，或一日，或二日，率不能和而去。十六，其父纳邑人林氏聘，来和歌者仍终日填门，虽与酧[2]答不拒，而守礼甚严也。十七，将于归。

有邕州（即今南宁府）白鹤乡少年张伟望者，美丰容，读书，解音律，造门来访，言谈举止，皆合歌节，乡人敬之（"敬"字描粤人重歌，性情如化工），筑台西山之侧，令两人登台为三日歌。台阶三重，干以紫檀，幕以彩段，百宝流苏，周乎四角。三妹服畯室龙鳞之轻绡，色乱□霞，头作两丫鬟，丝发散垂至腰，曳双缕之宝带，蹑九凤之纹履，双眸盼然，掩映九华扇影之间。少年着乌纱、摇衣、绣衣，执节而立于右。是日风清日丽，山明水绿，粤民及瑶僮诸种人围而观之，男女数百层，咸望以为仙矣。两人对揖，三让，少年乃歌《芝房烨烨》之曲（取灵芝无根之意以美刘也），三妹答以《紫凤》之歌（紫凤属离方，取其文彩以报张也），观之人莫不叹绝。少年复歌《桐生南岳》（张还以凤比刘，以桐自比，待其来栖之意）。三妹以《蝶飞秋草》和之（恨其相逢之晚，己已受聘，若蝶不及春花而秋草也）。少年忽作变调（四歌皆原本古相和之曲，调兼清平，时所尚也。至是，张忽变用楚调，而三妹所歌之《南山》则清商调也），曰《朗陵花》（张家朗陵，盛称其乡上之美，欲刘从之以归也），词甚哀切。三妹则歌《南山白石》（白石山在贵之西南，"白"取其不淄，"石"取其不怜明己之节甚贞；"南山"取其不移，言己之钟情则甚深也，为后化石张本），益悲激，若不任其声者，观之人皆为唏嘘[3]（伤其志也）。

自此迭唱迭和，番更不穷，不沿旧辞，不夙构（日唱数百歌，随口而成，不烦思）。时依瑶诸种人声音为歌词，各如其意之所欲出，虽彼之专家弗逮也（遇某种人即为某种人歌，至今诸种人皆奉为师）。于是观者益多，人人忘归矣。三妹因请于众，曰："此台尚低，人声喧杂，山有台，愿登之为众人歌七日。"遂易前服，作淡妆，少年皓衣玄裳，登山偶坐而歌。山高词不复辨，声更清邈，如听钧天之响矣。至七日，望之俨然，弗闻歌声。众命二童子上省，还报曰两人化石矣（西山上为七星岩，下有七星塘，后人游塘上，每值清夜，仿佛犹闻有唱和之声焉）！共登山验之，遂以为两人仙去，相与罗拜，时玄宗开元十三年乙丑正月中旬也。至今粤人会歌（粤俗会歌，各以其类聚，常至数百人），盛于上元，盖其遗云。

野史氏[4]曰："粤之秀，其尽钟于女子乎？白有绿珠，容有玉环[5]，皆名列正史，传之天下，可为盛矣。然绿珠之传也，以石崇；玉环之传也，以玄宗；而三妹独无所附，以声自振起，彼男子绣衣者，反附之以传焉。虽其名止两粤，粤人家好歌，世世俎而豆[6]之不衰，又不徒虚名之传也夫。"

又曰："粤之闺秀以知音著于粤者不独三妹，前此祝英台（见后）、龙师之女（相传□□□□□□□），后此千金（俍人□□□与万两相唱和，有歌词传于后）、比品（僮人事未详）、娄十娘（□□所私者）之属，北方之人独知有英台者，以元人同窗传奇耳。同窗读书之说，盖为贤者讳（英台与山伯亦以歌合，其事不雅驯，故传奇家以读书代之。然粤人即'唱歌'为'读书'。瑶歌云'读书便是刘三妹'，可征矣）。英台家藤江，遗祠岿然江浔。余屡过，得其实，云英台将笄，结彩临江而歌，会者千百人，唯山伯能和之，而父母已纳马氏之聘矣。两人夹江互相和，不寝不食，以至于死而化为蝴蝶。三妹之事亦与相类，特无传其奇者，致不得如英台之传播中州，使妇人孺子皆识其名，惜哉！"

注释

①刘晨：又名刘晨华，西汉景帝之子中山靖王刘胜的后裔。
②酧：同"酬"。
③唏嘘：音 xī xū，表示叹息、感慨、伤心的语气词。
④野史氏：模仿《史记》的体例作评，实指撰文者本人。
⑤白：指白州，今广西博白。容，指容州，今广西容县。
⑥俎：音 zǔ，祭祀时盛牛羊祭品的礼器。豆，盛食物的器皿，形似高脚盆。

译文

歌仙刘三妹，其先祖是汉代刘晨的后裔，流落寄居于贵州（**原书注：今天的浔州府贵县，不是贵州布政司**）西山水南村。其父崇尚信义道德，生有三个女儿，大女名大妹，二女名二妹，都善于唱歌，早就嫁了人，她们所唱的歌没有流传下来。小女刘三妹，生于唐中宗神龙五年己酉年（**原书注：按唐中宗神龙三年就改年号为景龙，因此说神龙五年有误，应为景龙三年**）。才满七岁，就喜好读书写字，聪明敏捷，当时被称为女神童。年满十二岁，就通晓经史，擅长作歌唱歌。当地的父老感到惊异，特地试探她，三妹马上就能写出歌词。十五岁时美丽的姿容刚刚长成，擅长作歌唱歌的名声更加响亮（原书注：名声因美貌而更为彰显），方圆千里的爱歌人士，慕名而来，有的人与三妹对歌一日，有的对歌两日，都因不能接着对唱下去而不得不离开。十六岁时，其父接受了当地林氏的娶亲聘礼，而来与三妹对歌的人仍然络绎不绝，三妹虽不拒绝与他们对歌，但谨守礼仪。十七岁时，即将正式嫁去林家。

邕州（原书注：就是今天的南宁府）白鹤乡有位青年名叫张伟望，长得英俊潇洒，是读书人，并且懂音律，上门拜访三妹，言谈举止都符合歌曲的节拍韵律，赢得当地人的敬重（原书注："敬"字描述出粤人重视歌谣的风俗，性情天成），于是在西山的旁边搭建了一个对歌台，要让两人登台对歌三日。对歌台的台阶有三层，用紫檀木做围栏，以彩缎做帘幕，众多的珠宝、五彩羽毛及流苏，遍布四边角落。刘三妹穿着高领的绣着龙纹的轻便丝绢衣服，（衣服）的颜色纷纷然如漫天彩霞，头发结成两个丫髻（表示尚是未出阁的室女身份），发如青丝般自然散落垂至腰间，束着双层镂花、镶嵌宝石的腰带，脚穿绣着九条凤凰纹样的鞋子，双眼光彩游动、充满神气，身影在多重华丽护扇的光影之间闪动。少年张伟望头戴黑色的纱帽，身穿飘逸的长袍和绣着花纹的短衣，手拿着击节板站立在右边。对歌当日，风清日朗，山明水秀，粤民及瑶族人、壮族人等各色人物，围着歌台观看他们对歌。男女观众数百层，都望着他们的丰采以为是仙人。两人互相行了礼，三次相让。张伟望首先唱了《芝房烨烨》的歌曲（原书注：用灵芝无根即不食人间烟火之意来赞美刘三妹），刘三妹唱了一首《紫凤》之歌来应和（原书注：紫凤属于离方即南方，对应男子，用紫凤美丽花纹的含意来回赠张氏的赞美），观众没有一个不感叹叫绝的。张伟望又唱一曲《桐生南岳》（原书注：张氏将刘三妹比作凤，将梧桐树比作自己，意为等待凤栖息在梧桐树上）。刘三妹以《蝶飞秋草》来和他（原书注：只恨相逢太晚，自己已受了别人的聘礼，就好像蝴蝶不在春花开放时飞来，如今已变秋草，花已凋谢了）。张伟望忽然改变了歌调（原书注：前面四首歌都是古时候的互相唱和之歌，歌曲糅合了清调、平调，是当时的风尚。至此，张伟望忽然转用楚调，而刘三妹所唱的《南山白石》则用了清商调），唱了一首《朗陵花》（原书注：张伟望家在朗陵，他极力渲染其家乡之美，希望刘三妹能跟随他一起回家），歌词十分哀愁悲切，刘三妹则唱《南山白石》以应和（原书注：白石山在贵县西南，"白"字以其不是黑色之意比喻清白，"石"字则指张氏不体谅自己谨守礼节意志之坚定；"南山"则取其坚定不移之意，说明自己对张氏的倾慕之情很深，为后面的化为石人埋下伏笔），歌调更加的悲切、激越，好像不能承载、驾驭自己的声音似的，观众们都为之感伤不已（原书注：感伤刘氏既深情不移又清白守礼之坚定与痛苦）。

从这里起又再叠唱叠和，歌曲变化不尽，且不沿用唱过的歌曲，新歌也不用早早预先构思好（原书注：日唱数百首歌，歌曲随口而出，不假思索地）。有时依据瑶、壮等各种人的土音旋律作歌词，每首歌都按刘、张二人的意图尽情表达出来，即使是瑶、壮的善歌之人也比不上他们的水平（**原书注：碰到哪种土人就按其自身的口音旋律作词歌唱，直到今天，刘三妹都被各族人奉为歌唱祖师**）。于是观众更多，人人都不愿离去。刘三妹因此向观众请求说："这个歌台还较低，后面的人看听不清，而且人声喧哗杂乱，山上有平台，希望可登上去为大家唱足七天。"于是刘三妹换下了原先的服装，又只化了个淡淡的妆，而张伟望穿着白色上衣、黑色下衣裙，一起登山，相对坐着而对歌。由于山高，歌词不再听得很清楚，只是歌声更加清逸、高远，如同聆听上天的音响一般。到了第七天，人们从山下望上去，只见刘张二人端庄凝重，但却听不到歌声了。于是众人让两个小孩上去察看，小孩返回报告说两人都化为石头了（**原书注：西山的山顶是七星岩，山下有七星湖，后人游赏湖上，每到风清月朗的夜晚，好像还能听到二人唱和之声**）！众人一起登上山顶查看，都以为两人成仙而去，于是围着石人一起参拜，当时是唐玄宗开元十三年乙丑年正月中旬。到今天粤人会歌（**原书注：粤地有会歌风俗，各以其族类或群体聚集，每次会歌常有数百人之多**），以上元节为最盛，大概就是当年这个风俗的遗留吧。

撰者说："粤地的精华，难道全都偏爱女子吗？白州有西晋的绿珠，容州有唐代的杨玉环，都名入正史，名声天下传播，可谓名噪一时。然而绿珠的名气大，是因为石崇的原因；玉环的名气大，是因为唐玄宗的原因。但刘三妹没有依附他人的名气，而是以自己的风华取得响亮的名声，那些穿绣衣的男子反而是因为依附她的名声才得以为人所知。虽然刘三妹的名声只在两粤地区流传，但粤人有喜爱唱歌的风俗，世世代代祭拜刘氏不绝，可见粤人对刘三妹的怀念，并非仅仅口头传颂其虚名而已。"

撰者又说："粤地女子以通晓音律名动粤地的，不仅仅有刘三妹，在她之前的有祝英台（**原书注：见后面**）、龙师之女（**原书注：相传……**）等人；在她后面有千金（**原书注：伥人……与万两相互唱和，有歌词传于后世**）、比品（**原书注：僮人事不详**）、娄十娘（**原书注：……所私下往来者**）等人。北方人仅仅知道祝英台的名声，是因为元朝人的同窗传奇中作了记载。而同窗读书的说法，大概是为贤者遮掩（**原书注：祝英台与梁山伯也因为对歌而结合，此事不太高雅，所以写传奇的作者用'读书'的说法来代替。然而粤人口中的'读书'就是指'唱歌'。瑶歌唱道'读书便是刘三妹'，可以作为佐证**）。祝英台的家在藤江边上，遗留下来的庙祠还耸立在江边。我数次到过那里，收录得流传下来的真实故事：据说祝英台将要成年时，隆重地在江边与人对歌，当时参加会歌的人成百上千，只有梁山伯有能力与她相唱和，但祝英台的父母已收纳了马氏人家的娶亲聘礼。祝梁二人隔着江水互相唱和，不眠不食，一直到死且化为蝴蝶。刘三妹的事迹也与此相类似，却偏偏没有传播其传奇的人，使刘三妹的名声不像祝英台的名声那样传遍中原，使得妇孺都知道她的名字，真可惜啊！"

始造歌者刘三妹遗迹

怀城曾光国　述
南徐罗汉章　阅

刘三妹，不知何时何许人，相传为始造歌者。生而聪慧，解音律，游戏得道。尝往来两粤间，两粤蹊峒[①]种类最繁，所过之处，咸谙其语。遇某种人，即依某种声音作歌与之唱和，某种人永奉为式焉。同时又有白鹤秀才者，亦善歌，相遇于邑之西山，相与登山而歌。粤西之民与裔[②]，不远数百里，皆裹粮从之。歌处名七星岩，后有如人两石，涌出岩巅，宛相对立。一男形，曰秀才石；一女形，曰妇人石，妇人石云即刘之化身也。每风月夜，隐隐闻歌唱之声。自此居人善歌者益多，或至废业。堪舆家谓于地弗利，椎破其口，遂止。邑之南山有洞，亦刘唱歌处，其岩亦以白鹤名。土人祀刘于洞中，凡作歌者，不论民与俍、僮、瑶、山子等类，歌成必先供一本，祝者藏之。有求歌者，就而录焉，不得携出。渐积遂至数箧[③]，兵后荡然矣。南山之南又五里许，亦有洞曰刘三妹洞，呼之辄[④]应云。曾生曰："刘三妹之名，邑志不载，而石人之说，因详也。予尝从邑侯杨公（闽人，讳必祯，字谈公）游西山，杨公以佚事讯予，予举以对。杨公遂口占一绝云：'风流逸响未曾阑，仿佛清歌出碧峦。可惜歌声今已绝，月明空照两峰寒。'其感人亦深矣哉。"

注释

①蹊峒：本指湘川贵交界地区的土著人，如五溪蛮、峒蛮等，这里应代指当地的土著人。

②民与裔：民，指纳入官府户籍正式居民；裔，这里不作"后裔"解，而用其最初意义"衣服的边缘"的延伸意义"边远地区"，代指边远地区的土人。

③箧：音 qiè，小箱子。

④辄：音 zhé，总是、立即。

译文

刘三妹，不知道是什么时候什么地方的人，相传是最初创造歌谣的人。天生聪慧，懂音律，游戏人间而得道成仙。曾经往来两粤之间，两粤地区土人种类最多，三妹所到之处，都能熟悉当地土人的语言。刘三妹遇到哪种土人，就依该种土人的语音作歌和他们对唱，该种土人从此之后都将她奉为唱歌及作歌的典范。

当时，还有一个白鹤乡秀才，也很擅长唱歌。两人在贵县的西山相遇，并一起登山对歌。粤西人，即使是居住在几百里之外的人，都带着干粮来看他们对唱。对歌的地方叫作七星岩，后来有像人形的两块石头，突出在山峰上凌风而立，好像彼此面对面站立着的样子。一块石头似男子身形，叫秀才石；另一块石头似女子身形，叫妇人石，据说妇人石就是刘三妹的化身。每当风清月朗的夜晚，隐隐约约似乎还能听到唱歌的声音。从此以后，贵县当地人擅长唱歌的人就更多了，有的人甚至为此而荒废了正业。风水先生认为石人对当地的风水不利，于是当地人用铁椎凿破石人的口，于是石人唱歌的声音就再没有了。贵县的南山有一山洞，也是刘三妹唱歌的地方，其山峰也以“白鹤”命名。土人在洞中祭祀刘三妹，但凡写歌的人，不论居民与俍、壮、瑶、山子等各族人，歌书写好后必定先到这里上供一本，由庙祝收藏起来。来洞里求取歌谣的人，只能照着歌书抄录，不得带出洞去。历年累积，歌书装满了几个小箱子，历经战火之后全部都不存在了。南山的南面约五里多，也有一山洞叫刘三妹洞，据说在洞中一叫刘三妹的名字就有回应。曾生说：“刘三妹的名字，县志并没有记载，因而我对石人的说法进行了详细叙述。我曾跟随县令杨公（**原书注：福建人，名必祯，字谈公**）游赏西山，杨公向我问起这些散佚的事情，我将事情详细禀告。于是杨公马上口吟了一首七绝：‘风流逸响未曾阑，仿佛清歌出碧峦。可惜歌声今已绝，月明空照两峰寒’，这也令人深有感慨啊。”

卷之一　粤风[1]

睢阳修和惟克甫　辑
蠡台沈铸陶庵甫　评
西陵袁炯孔鉴甫　校

《粤风》序

古太史司采风之职，十五国之风皆采之民间者。其时王泽未竭，闾闺刺草之民，皆知学问，故作之者有其词，歌之者有其音，君子于是观洽忽[①]焉。自周辙转东，輶轩[②]之使不四出，而风谣遂绝。骚赋而后，兴废万端，类出于学士大夫之手，作者之体裁日变，而歌者之声音日移矣。此上古之遗响所以绝、不传于今人也。余有犹子，从军粤西，因发南游之兴而未果。会有友人之官浔州，乃随而南。于花朝自夏口买舟水行，迄荷月始入浔境。浔地卑湿，又值严暑，是夕舟泊荒渚，营营白鸟僟[③]啮人寐，重被而卧孤蓬之上。忽有歌声自丛竹中出，和者数人，只闻其声，不晓其字。讯之舟子，佥曰此土人之歌也。方知土人重歌，虽村夫野妇皆能之，至男婚女嫁，喘[④]用此雁帑[⑤]云。异日至浔，购得若干首，渐积遂多。其体则七言绝句，其平侧或未尽协，而押韵必遵梁沈约氏[⑥]，其义多用双关，有古《子夜》诸歌意（按：昔汉唐之世，多以绝句为乐府，此其汉唐遗响乎?）。然粤西地近南交，百蛮杂处之区，人尽鴃舌，胡为中州失之而反得于兹土也！自古诗变而为乐府，乐府变而为诗馀，诗馀变而为北曲，复变而为南歌。中州之人，厌常喜新，歌者争逐曲歌而上古遗响扫地尽矣。

浔州，古百粤地，春秋以前不与中国通人烟，故风不列十五国。秦始皇取百粤之地为桂林郡、象郡，未几而复阻塞。汉以后始成郡县，奉教化。粤人此歌，其昉[⑦]于汉而盛于唐乎？余于是多粤人之能守而不变也，使春秋之前即通声化，古音何致沦亡至此哉！其歌夙无刊本，口传口，间有抄本，多土音土字，及传写

---

① 原书于“卷之一”目录下注：“即民歌也，总专同目。”按：《粤风》指“民歌”，据钟敬文、罗香林等学者的研究，即今所谓客家山歌。

之讹。余拨[8]其尤者若干首，正其差讹，土字易之，土音稍为释之，评其指趣，目之曰粤风，编成一帙[9]，时取自娱。或与一二友朋，共展戏谑而已，敢云采风前代而谬附十五国之后哉！西南边徼[10]，自湖南及川广滇黔，处处有歌，随其风土，歌词不同，歌声亦异，弗历其地，不能备收。有好事君子游其地者，倣[11]余意而广为搜罗，亦风雅中一大快事云。

康熙元年岁在壬寅摄提贝于孟陬睢阳云卧道人修和惟克甫题。

注释

①洽忽：这里作“得失”解。洽，指沾湿、湿润、融洽等意；忽，有不重视、疏忽、忽然等意。

②輶轩：代指采集民间歌谣、收集民情的专门官员。輶，音 yóu，指古代一种轻便的车子；轩，指古代官员、贵族乘坐的车子。

③儳：音 jī，有精谨、深练于事、近等意，这里当指“贴近”之意。

④耑：同“专”，独有、专门之意。

⑤帑：音 tǎng，指国家收藏钱财的仓库，原泛指钱财。

⑥梁沈约氏：指六朝时梁朝的沈约，提倡声律，著有《四声韵谱》一书。

⑦昉：音 fǎng，指太阳刚出来、开始之意。

⑧拨：音 bō，去掉、除去之意。

⑨帙：音 zhì，原指包书的书套，或书籍的量词，这里可译为集、册。

⑩徼：音 jiǎo，边界、边疆之意。

⑪倣：同“仿”，音 fǎng，仿效之意。

译文

古代的太史令兼司采风一职，十五国风都是从民间采集而来的歌谣。那时候周王的恩泽与教化还没有衰竭，闺阁中的女子、蛮荒之地的人都懂得些学问，所以作歌的人懂得用准确的词句，唱歌的人懂得准确运用音律，于是君子可以从中考察朝政的得失。自从周平王东迁以来，朝廷的采风官吏不再出来，所以风谣的收集记载就中断了。在《离骚》、汉赋之后，各种各样文体（及歌谣）兴起又沉寂了，这些文体及歌谣出自文人士大夫之手，创作者的写作体裁经常变化，而歌唱者的声韵音律也经常变化。这就是上古歌谣湮灭、没有流传到今天的原因。我有侄子，跟随军队到了粤西，让我产生南游的兴致，但却一直未能实现。刚好碰上有朋友到浔州做官，我于是追随他来到南方。三月花朝时节从夏口雇船南下，直到六月荷花盛开时节才进入浔州境内。浔州地势低下，空气潮湿，又碰上盛夏酷暑时节，当晚船泊在荒野水湾，白色的水鸟在近旁叽叽喳喳叫个不停，似乎要将人从梦中咬醒，盖着被子躺在船上，像躺在一朵孤零零的莲蓬上面。忽然有歌声从竹林里飘出来，应和的人有几个，只听得见他们的声音，却不知道他们唱的什么词。向众船家打听，都说这是当地土人的歌。我才知道当地土人崇尚唱歌，即使是山村男女都能开口唱歌，甚至男女婚嫁的大事，据说也专门以歌唱来作媒人和聘礼。改天到了浔州，搜买得一些歌曲，且随着时间推移，歌曲渐渐积累得较多了。这些歌曲的体裁是七言绝句，平仄有时不完全符合声律，但押韵却必定符合梁朝沈约关于声律的规定，并且歌词大多采用一语双关的艺术手法，具有古代《子夜》等歌谣的意韵（**原书注：按：往昔汉唐时代，乐府歌谣大多采用绝句的形式，难道浔州此地的歌谣是汉唐歌谣的遗响**）。然而粤西地理上接近南方的交州，是百蛮杂处的地区，当地人的方言很难听懂，中原已丧失的汉唐歌谣传统为何反而在此地得以流传呢！自古以来，诗演变成乐府，乐府演变为词，词演变为北曲，北曲又再演变为南歌。中原人士，厌弃旧的事物而喜爱新的事物，作歌者与唱歌者都争相追逐北曲和南歌，而上古遗留的歌谣几乎湮灭了。

浔州，自古以来就是百粤之地，春秋时期以前不与中原往来，所以其歌谣不列入十五国风中。秦始皇收取百粤之地，设立桂林、象郡，但不久又被隔断了与中原的交往。汉代开始才正式成为中央政府管辖下的郡县，接受中原的教化。这些粤人的歌谣，莫非兴起于汉代而到了唐代发展为全盛阶段？我因此赞赏粤人能坚持汉唐的歌谣传统而不被时势风尚所改变，假若此地春秋之前就通行中原正声的教化，那么古代的歌谣传统怎会沉沦衰亡到这种程度！此地的歌谣一向没有刊刻，都是民间口口相传，偶有手抄本，也大多采用此地的方言土字，还存在各种传抄转录的错误。我删除其中错误比较严重的少量歌曲，纠正其中的差错，将方言字改为中原字，对方言读音略略作解释，并评点歌曲的主题用意与趣味，命名为《粤风》，编辑成一个集子，时时拿来自娱自乐，有时又与一两个朋友，一同观赏玩味而已，哪敢说像前代一样在民间采风并狂妄地附在十五国风之后！西南边陲地区，从湖南到四川、两广、云南、贵州，处处都有歌谣，随着每个地方风土人情的不同，歌词也不同，声韵音律也有差别，不亲身到过这些地方，不能全部了解并收录其歌谣。有喜好新鲜事的士子游历这些地方，仿效我的用意而大范围收集歌谣，这也是风雅事物中的一大快乐之举啊！

蝴蝶思花

思想妹，蝴蝶思想也为花。蝴蝶思花不思草，兄思情妹不思家。

（“蝴蝶”句妙甚，“何物蛮崽”[①]解，此即六朝人执笔作艳语，亦不过。“思花”句“思”字着得奇妙，只得蝴蝶性情之微[②]，若换作“恋花”便浅[③]。）

注释

①何物蛮崽：按字面意思为“什么东西蛮小子”，但与上下文意不合，此句存疑。

②只得蝴蝶性情之微：表现出蝴蝶性情的微妙意韵。

③浅：浅白平淡。

译文

对我的情妹朝思暮想啊，蝴蝶朝思暮想也是为了花儿。蝴蝶思恋花儿不恋草，哥哥我思恋情妹不思恋家呀。

（原书注：“蝴蝶”这一句歌词好妙，可作“何物蛮崽”来解释，即使六朝文人所写的艳词艳语，也没有超过它的水平。“思花”一词的“思”字用得很奇妙，将蝴蝶性情的微妙之处尽显无遗，假若将“思花”一词换成“恋花”，意境就平浅无味了。）

相思曲

妹相思，不作风流到几时！只见风吹花落地，不见风吹花上枝。

（竟是一首晚唐好艳句[①]！所谓惊心动魄、一字千金，不谓其清艳[②]至此。）

注释

①艳句：指晚唐至五代时期风行一时的诗词作品，一般描写男女情爱、闺房之乐，有些诗词描写较为露骨，格调低下。这种情况与现今所见的传统客家山歌有许多相似之处，只是后者没有闺阁气息，代之以刚健清新甚至是粗俗的乡野气息。

②清艳：清秀而艳丽之意。

译文

情妹思念情哥啊，我俩不趁年轻尽情享受相爱的甜蜜还要等到何时！从来只看到风把花儿吹落到地上，哪曾见过风把花儿吹上枝头的呀（后两句形容美好的年华易逝不复再来）。

（原书注：这首歌竟然像是一首晚唐的美妙艳句！这就是我们所说的“惊心动魄”“一字千金”，想不到它竟然如此清秀艳丽。）

旧日藕

旧日藕，罗带穿钱旧日铜[①]。妹是旧人讲旧话，新人讲话不相同。

（古《塘上行》[②]及《弃妾》《下山》[③]诸篇尚无此孤绝，字字凄怨。）

注释

①铜：谐音“同”，指同年（即恋人）之意。

②《塘上行》：三国时曹丕之妻甄宓作所乐府古辞，通篇表达了弃妇的忧郁愁苦，也直诉对丈夫贪新嫌旧的不满，如“想见君颜色，感结伤心脾。念君常苦悲，夜夜不能寐。莫以豪贤故，弃捐素所爱？莫以鱼肉贱，弃捐葱与薤”等。

③《弃妾》《下山》：即唐代乔知之的两首诗作《弃妾篇》与《下山逢故夫》，都是表达弃妇对丈夫贪新嫌旧的怨怒。前首有诗句“容谢君应去，情移会有离”，后首有诗句“羞将憔悴日，提笼逢故夫”。

译文

（阿妹像是）往日的莲藕（不再新鲜粉嫩），丝绢串起铜钱，只是铜钱已是旧铜钱了（即恋人也成了旧情人）。阿妹是旧恋人，自然所讲的话是旧话（惹阿哥讨厌），新恋人讲的话，阿哥自然听起来不同。

（原书注：《塘上行》以及《弃妾篇》《下山逢故夫》等多篇古诗都没有这首歌那么孤幽凄绝，每个字都写出了凄怨。）

日出

日头出在那边山，抽眼[①]上天看朵云。有银买得穿绒缴[②]，单遮侬两[③]莫遮人。

注释

①抽眼：形容不经意地斜斜抬头快速瞄一眼的动作；很难找到其他词来对应，类似于陶渊明“采菊东篱下，悠然见南山”中的“见”字，那种不经意、恬淡的意境活脱脱呈现出来。

②繖：同“伞”。“绒繖”类似锦绸伞，比较高级精雅。

③侬两：即我俩。这种吴人语词在流传至今的传统客家山歌里已消失，代之以“涯俩”等词，为何仍存有吴语原因未明。

译文

太阳出在山的那边（热辣辣的），抽眼看一下天上云彩啊（快来给我遮阴吧）。阿哥赚得钱来买把锦绸伞，只遮我俩不许遮别人（末句意指阿哥要专恋妹一个，不许花心。尽显娇憨之态）。

又

日头出在海中心①，细笔写书字字真②。细笔写书成大字，写去几多买纸银。（似言恩深已断，寄书无用，枉费纸笔耳，正是情深。）

注释

①日头出在海中心：典型的比兴手法，一轮红日在海面升起，其意象表示自己对爱人真心一片，既真挚又热烈，并且富有画面感。

②细笔写书字字真：此句用双关手法，“字字真”既说字写得认真清晰，又意寓每个字都是真情实意。

译文

日头出在海中心（照出恋人红心一片），细细笔儿写字，纸上字字清晰、真实。细笔写着写着，字越来越多，越写越大（唯恐恋人看不清、不明白我的情意），写了多少纸，用去了多少笔墨钱啊。

（原书注：好像说深情恩义已断绝，写信也无用，白白浪费了纸笔钱罢了，说得是一片真情。）

日落

日落西时日落西，沙牛[①]引儿坠坠归[②]。沙牛引儿入栏里，已娘[③]引弟入罗帏[④]。

注释

①沙牛：即黄牛，并非昆虫蚁狮。

②坠坠归：摇摇摆摆地回家。

③已娘：应是某方言词，似是年轻女子的代称，具体未明。这个词在流传至今的传统客家山歌里已消失。

④罗帏：代指闺房。

译文

日头落在西边的时分啊，阿哥牵着黄牛摇摇摆摆地回家。阿哥牵着黄牛入到牛栏里面，阿妹啊，（快来）牵着阿哥进到阿妹的闺房里。

山蕉叶

山蕉叶，比[①]像园蕉叶样开。你是男儿办识字[②]，亏我女儿白口才[③]。

（此女子自夸聪慧之词，山蕉比己[④]，园蕉比郎。女子卖弄聪明变自嫣然有致。）

注释

①比：从上下文看，疑为客语“你”的拟音字，现在客家山歌中写成“愚”等相近音字。第二句说男子像果园里的蕉树有人细心呵护，引出第三句男子有文化，从而为末句夸自己作更好的对比。

②办识字：客语方言，意受过教育、有文化。

③白口才：客语方言，意指没受教育没文化，全凭天生的一点口头小聪明。

④山蕉：山地野生蕉树，寓意女子像山野蕉树一样自生自灭，无人理，无人爱。

译文

（阿妹啊）像山中的野蕉叶，（阿哥啊）你像园圃中的蕉叶那么尽情地舒展。阿哥你是男子有书读，有文化，亏得阿妹我身为女子没书读，没文化呀。

（原书注：这是女子自夸自己聪明慧达的歌词，山蕉用以比喻女子自己，园蕉用以比喻情郎或男子。女子显摆自身天生聪慧的情景活灵活现。）

高山种田

谁说高山不种田，谁说路远不偷莲①。高山种田食白米，路远偷莲花正鲜。

（自是情深语，情之所之，谁谓人远。）

注释

①莲：通“连”，即连情，一语双关，客家山歌里最常见的字词。另有“怜”字，其音义用法都同“莲”字，也是常见字。

译文

哪个说高山上不能种田？哪个说路途远就不能私下连情？高山上种田（同样能）吃上白米，路途遥远私下连情，花儿还更显得娇鲜（末句意指感情更显得珍贵、真挚）。

（原书注：这自然是用情深重的话语，在感情的作用下，哪个会说恋人离自己远不远的。）

隔水

娘①在一岸也无远，弟在一岸也无遥。两岸火烟相对出，独隔青龙水一条。

（盈盈一水，似欲画出，平平淡淡但说相对耳，却含几许相望难堪②之意。）

注释

①娘：即阿妹，下句的“弟”字即阿哥。流传至今的传统客家山歌里“娘、弟”已基本消失，代之以常见的“妹、哥”。

②难堪：指相思折磨得人很难受。

译文

阿妹在河岸这边也不遥远，阿哥在河岸那边也不遥远。在河水两岸，我俩生火做饭的烟气彼此相呼应而冒出，仅仅隔着一条如青龙的河水呀。

（原书注：浪光粼粼的一条河水，好像用笔画出来一样，看似平淡只说隔河水相对，实质上却包含着一些相望不可近、相思难忍的痛苦之意。）

妹金龙

自叹十已妹金龙[①]，有意怜娘无福冲。正要将心去妹屋，今时人口利如锋。

（土人谓“见”曰“冲”。即《郑风·将仲子》[②]三章之旨。）

注释

①自叹十已妹金龙：客家山歌中有《十叹妹》《十劝妹》之类的歌曲，指无数次暗自哀叹。“妹金龙”指阿妹像金龙一样，既矜贵又神龙见首不见尾般难以相见。

②《郑风·将仲子》：《诗经》中的一首经典爱情诗，以女子的身份表达了既盼望与恋人相见，又怕父母兄长责怪及旁人的闲言闲语的矛盾心情。而本诗则以男子身份表达了同样的心境，与前者有异曲同工之妙。

译文

暗自一次次哀叹我的阿妹像金龙一样矜持高贵难以接近，阿哥有意与妹连情但又没有福分相见。正要硬起头皮去阿妹的家时，世人的闲言闲语却如刀子一样锋利让人担忧。

（原书注：土人将“见”字说成“冲”字。这首歌与《诗经·郑风·将仲子》中反复三次咏叹的意旨相同。）

高山放石

高山放石落底埔[①]，只见水流石没容。今夜得娘同相会，不得成双人笑侬。

（不得成双被人耻笑，风俗尔尔。“笑”字亦自下得妙。）

注释

①埇：音 yǒng，本义是道上加土。这里疑为“涌”的通假字，即指河流。

译文

高山滚下石头直落到了山下面的河流，只能看见水流过，却不见石头的踪影。今夜有幸得以与妹相会，若我俩不能双双对对，那么别人就会笑我。

（原书注：不能够结成对则会被旁人所耻笑，应是这里的风俗罢了。“笑”这个字也用得较为巧妙。）

又

高山放石落底卑[①]，只见水流石不移。蜘蛛结网娘门口，扰路夹寻妹相思。

（用意曲得妙。）

注释

① 卑：音 bēi，疑是“陂”的通假字，本指低下的地方，这里特指溪流。

译文

高山上滚下石头，直落到山下的溪流里，只能看到水流过，石头却没有移动。蜘蛛在阿妹家的门口里结网，阻拦道路硬要找寻阿妹以慰阿哥相思之苦。

（原书注：用意委婉曲折，却又巧妙。）

妹同庚

妹同庚[①]，同弟一年一月生。同弟一年一个月，大门同出路同行。

（直叙同庚同里，一字不他及，最妙。同庚同里见得便当同衾同梦，无所不同耳。意中之言，言外之意，最痴却最慧，最直捷却最婉转，当令妹展脱不得。）

注释

①同庚：即年龄相同，旧时客家男子有结同庚的风俗，即一群同年出生的男子举行结拜兄弟的仪式。这里借指男子愿与恋人同生共死之意。

译文

阿妹同阿哥是同一年同一个月出生。阿哥同阿妹是同一个月同一年的呀，我俩是同出一个大门、同走一条大路的呀。

（原书注：这首歌直接说同年共乡里，一个字都不提其他，最为巧妙。同年共乡里，二人相见便应是同眠共枕，那么自然就再没有什么不一起经历的了。含意中的话，话之外的含意，最为痴缠却又最为聪慧，最直接却又最为婉转，这一切肯定让阿妹无法脱身。）

又

妹金银[①]，见娘端正动兄心。眼似芙蓉眉似月，胜过南海佛观音。

注释

①妹金银：比喻阿妹好像金银一般矜贵且光彩夺目。

译文

阿妹好像金银一样又矜贵又光彩夺目，看见阿妹的模样端正大方，阿哥不禁心意摇荡、爱慕不已。阿妹眼睛好像芙蓉般又大又有光彩，眉毛好像一弯新月那么动人，胜过南海观音菩萨的相貌啊！

又

妹鸳鸯，小弟一心专想娘。红豆将来吞过肚，相思暗断我心肠。

译文

想与阿妹结成一对鸳鸯，阿哥一条心专门想着我的情妹。红豆拿来吞下肚里去，相思之苦令我心肠欲断。

又

妹金钩，谁说灯心不惹油。谁说已娘不作笑，少年正好□[①]风流。

(是为欢尝及时意。)

注 释

①原书此字残缺，疑应为“做”字。

译 文

阿妹好像金钩一样（惹人惦记，勾走了阿哥的心），哪个说油灯的灯芯不吃油？哪个说我的情妹不会戏谑欢笑？人当少年时就要尽情欢愉。

(原书注：这首歌是说要及时行乐之意。)

又

妹珍珠，偷莲在世要同居[①]。妹有真心兄有意，结成东海一双鱼。

(拈出“真心”字妙，心之所同，何不可成。)

注 释

①同居：与今天“同居”之意有区别，这里泛指相守，可以是未结婚的相守，也可以是正式结婚后的相守。

译 文

阿妹好像珍珠一样（既美好又高贵），我俩私下连情，在世上要相守、不离不弃。阿妹若有真心，阿哥就定有真意，我俩结合成为东海的一对鱼儿吧。

(原书注：似信手拈来的“真心”一词运用得很巧妙，既然心已相同，那又有什么不能成事的呢！)

又

妹娇娥，怜兄一个莫怜多。已娘莫学鲤鱼子[①]，那河又过别条河。

(莫作等闲情语看，正襟而谈，提出男女居室[②]的正理来，此《粤风》之可以通于正《风》者也。)

注释

①鲤鱼子：即鲤鱼，因其喜欢四处游动，有贪吃、勤食的习性，在客家山歌中常用来代指用情不专的人或事，具明显的贬义色彩。

②居室：不是现在所说的家庭住房，而是指男女相处相守之道。

译文

阿妹长得美丽又娇嫩，希望妹呀只与阿哥一个相恋，不要花心贪多，再与他人相恋。我的情妹妹不要学鲤鱼那样，刚才还在这条河游动，转眼又跑到另一条河去了。

（原书注：不要将这首歌词当作一般的私情话语来看待，此歌一本正经地谈话规劝，提出了男女相处相守的正经道理，所以说《粤风》与《诗经·国风》是一脉相承的。）

又

妹金龙，日思夜想路难通。寄歌又没亲人送，寄书又怕人开封。

（初首只叙同庚同里，二首方云动心，三首方云自己想着，四首料他必从，五首成就，六首又恐生心怜别人，七首别后又欲叮咛致书，步骤一些不乱。）

译文

我的阿妹像金龙一样矜持高贵难以接近，我日思夜想但又道路难通（不能赶到妹身边）。想要给妹寄首情歌却没有亲近的人来递送，想要给妹写信又怕旁人拆开偷看（惹人笑话）。

[原书注：第一首《妹同庚》只说同庚同里（即同年龄共乡里），第二首说两人动心，第三首说自己相思之苦，第四首料想阿妹肯定会顺从了，第五首则说成就了好事、结成了对，第六首又怕阿妹花心去贪恋别人，第七首两人分别后阿哥又想叮嘱寄信，这七首歌的步骤很有条理，一点都不紊乱。]

塘上

嫩鸭行游塘栅上，娇娥尚细不曾知。天旱蜘蛛结夜网，想晴只在暗中丝[①]。

（深于相思者，正在少不知愁之人。此首最有意味。）

注释

①想晴只在暗中丝：其中的“晴”“丝”，都是双关语，分指“情”“思”；此诗意指被爱慕的女子好像嫩鸭一样年纪还小，还不懂得男女之间的情爱，自然不知道相爱的忧愁滋味，令爱慕者只好在一旁暗自感叹了。

译文

嫩小的鸭儿在池塘水栅边游来游去，美丽的阿妹年纪还小，还不懂得情爱。天气干旱，蜘蛛在夜间织网，只想趁着晴天在暗夜里吐丝（意指阿哥只能在暗中思慕阿妹了）。

（原书注：被人深深思慕的人，却正是处在年少不知愁滋味的年岁。这首歌的意蕴最为悠长、令人回味。）

又

弟金银，直怜小妹莫怜人。不信你看屋簷[①]水，点点滴还旧日痕。

注释

①簷：同“檐”。

译文

阿哥像金银一样又矜贵又耀眼，希望阿哥只与小妹一人连情，不要贪恋别人。若然不信，阿哥你看看屋檐的滴水，一点一滴都还是落在往日的痕迹处。

又

落一织篱[①]兄无二，喫斋[②]不忏[③]弟无思。在人面前又话我，在我面前又话人。（人情反复说得切。）

注释

①落一织篱：落一，意义未明。织篱，耕织篱下，指相扶相守之意。
②喫斋：即吃斋。
③忏：音 chàn，悔悟、后悔之意。

译文

哥啊你信誓旦旦说无二心，甘愿与我相扶相守（男耕女织）过一生，妹我啊即使跟你一辈子吃斋挨苦也无其他想法（或怨言）。但怎么你在别的女子面前说我如何如何不堪，在我面前又说别的女子的坏话！

（原书注：这首歌将人情的反复说得很通透。）

梁山伯

古时有个梁山伯，尝共英台在学堂。同学读书同结愿，夜间同宿象牙床。

（直叙其事，不加议论，颇得古意。其冗然而起①，截然而住，大似前人咏史诗。）

注释

①冗然而起：闲淡地拈出起首句。指首句"古时有个梁山伯"平淡无奇，好像大白话一样，与猛然的收结句，一同营造出史诗韵味。

译文

古时候有个梁山伯，曾经与祝英台一同在学堂读书。一同学习、读书，一同结下情义，夜晚一同睡在象牙床上。

（原书注：直接叙述梁祝的故事，不加上自己的意见，这首歌很切合古诗的意趣。它闲淡地拈出起首句，又猛然地收束，很像古人咏史诗的韵味。）

大石

大石拦江遇著弟，下塘掘藕遇著莲。见兄行过桃源洞，正是逢仙不识仙。

（讥其当面错过，半讥半谑。）

译文

像巨大的石头拦在江中一样，阿妹遇着了阿哥，阿哥下到塘里挖莲藕，却碰到莲花（即阿妹）。看见阿哥行走经过桃源洞口（而不知），真正是与神仙相逢却不识得神仙啊。

（原书注：讥讽男子当面错过女子的情意，这首歌有半是讥讽半是戏谑的意味。）

按：这首歌以女子作主角，表达了女子刻意处处与意中男子相遇见面，但男子却木然无觉，让女子甚为气恼又好笑。

又

掘藕同归不识路[1]，本是偷莲行得差。蝙蚁运泥逼弟屋，寻条私路凑郎家。

注释

①不识路：指找不到私下连情的办法或合适的机会。

译文

我俩挖莲藕后一同归来却找不到连情的时机，本来就是私下连情，路子行得艰难。蝙蝠、蚂蚁口里衔泥悄悄走近阿哥的家，盼望找到一条隐蔽的路子（或办法）来到情郎的家里呀。

又

瑶人灯草[1]出墟买，妹便有心顾盼郎。买碗娘儿得九□[2]，怅得[3]添兄成一床。

（“怅得”犹言“怎得”。）

注释

①灯草：一种草本植物，其茎心可做成菜油灯的灯芯。此句“灯草”呼应下句“有心”。

②买碗娘儿得九□：此句的“娘儿”意思不明，似乎是指客家娘酒煮的汤圆。数字“十”通常代表完美、遂愿之意，这里说“九□”意指不遂愿，没有与郎相见相亲。

③怅得：客家方言音译，现在一般写成“样得”，意为如何、怎么。

译 文

到墟市上去买瑶人的灯芯草，阿妹心有所属，左顾右盼，希望得见郎面。买碗黄酒煮的汤圆却只得九□，怎得遂了我的愿，与阿哥同床共枕啊！

（原书注：“怅得”就是说“怎得”之意。）

又

担水河边不洗埕[①]，因何埕底有泥尘。个月没冲郎一遍，因何小妹不怜人。

（绝不自己隐讳，反报怨郎顾之疏，何等直率，胜今之假惺惺者多矣。此语最近人情，有许多婉转，正是教郎厚己之意源源而来，当常而见也。当与“微子之故，使我不能粲兮”[②]参看。）

注 释

①埕：音 chéng，指小口的盛酒器具，瓦器的一种。

②出自《郑风·狡童》：“维子之故，使我不能餐兮。”“粲”，同“餐”，指米饭、吃饭。

译 文

河边担水却不用来洗埕，为什么埕的底部有了泥尘？阿妹一个月没有来见情郎一面了呀，为什么阿妹的心太狠，不知怜惜人。

［原书注：绝不自己暗地隐藏起来，反而埋怨情郎不大将自己放在心上，是多么直白坦率，远胜过当今那些假情假意、惺惺作态的人啊。这首歌词最是贴近人情世故，中间有许多委婉之处，话语间涌动着浓浓的希望引导情郎厚待自己的意思，（要求情郎）应当经常来见面。这首歌曲应该与《郑风·狡童》中的诗句“维子之故，使我不能餐兮（意即：因为你的原因啊，令我吃不下饭）”的意思对照着理解。］

实不丟

实不丟，生柴不丟死柴枝[①]。宁可丟人不丟妹，丟妹亦不到今时。

（“生柴”虽村[②]语却甚佳。）

注释

①生柴不丢死柴枝：以“生柴”比喻早期还生涩的感情，“死柴枝”既表达砍下的柴枝干枯好用如何舍得丢弃之意，又可表达死后同枯之类的誓言。

②村：原书此字模糊。“村语”指乡野之语。

译文

肯定不会丢弃阿妹，砍来的生柴尚且不会丢弃，何况已干透的好柴。宁愿在人前丢尽我的脸面也不丢弃阿妹，如果要丢弃阿妹也不会等到今天啊。

（原书注：“生柴”虽说是乡野的粗俗话语，却用得很贴切、巧妙。）

按：从歌词内容看，这首歌与第二首都属于有婚约或已婚男女的偷情歌。

又

实不丢，丢妹要等石生花。石若生花弟就丢，就丢我情归顾家①。

（首篇婉转，此篇决断。）

注释

①就丢我情归顾家：意为丢下了我的情妹回转去照料（我们的）家庭。实际上还是表达绝不丢弃的决心。此诗类似晚唐至五代的无名氏词《菩萨蛮》“……白日参辰现，北斗回南面。休即未能休，且待三更见日头”的格调。

译文

肯定不会丢弃阿妹，若要丢弃阿妹除非石头生出花朵。石头若是生出花朵阿哥就愿丢弃阿妹，就愿我的情妹归去照料家里。

（原书注：第一篇《实不丢》表达婉转，这一篇表达决断。）

山上青青叶

山上青青是嫩叶，水底青青是嫩苔。面前有个娇娥妹，宽行①两步等兄来。

（首二句固是兴然②，却是绐③之也。彼美前行，恐赶之不及，先绐之曰“你看山上云云”，彼必抬头一看，缓行一步；又绐之曰“水底云云”，彼必低头一看，又缓行一步，而后来者赶上矣。）

注释

①宽行：缓行。

②固是兴然：固然是比兴手法。

③绐：音 dài，哄骗之意。

译文

山上青青翠翠的是柔嫩的树草叶子，水底下青青翠翠的是柔嫩的水草。前面有个美丽的阿妹哟，请你慢走几步等阿哥赶上来呀。

（原书注：前面两句固然是运用了比兴手法，却还有哄骗女子的用意。那个美人在前面走着，男子生怕追不上，先哄骗她说“你看山上什么的”，她必抬头一看，则放慢了一步；男子又哄骗她说“水底什么的”，她必然低头一看，又放慢了一步，然后男子就从后面赶上来了。）

妹花颜

妹花颜，高声唱歌莫要喧。莫要胡言乱说话，不明不白弟难还。

（定要说得明白方还，此际最拿得定。）

译文

阿妹好像花朵一样娇艳，放声高歌时不要胡乱喧哗。不要胡言乱语说错话，以免引起误会，不明不白扯上了暧昧关系，让阿哥难以开口唱和啊。

（原书注：一定要说得清清楚楚，才敢放歌唱和，这种时候最需要头脑清醒、拿得定主意。）

又

妹花颜，要喫槟榔也不难。槟榔尚在海南县，石灰泥灶[1]不曾剜[2]。

（此乃调谑之词，妹妹有此花颜，自当与你槟榔吃，只是不肯从我，槟榔尚在海南未曾买得，石灰已泥灶上剜不下来，你若从我便肯与你吃。）

注 释

①灶：音 zào，即土灶、泥灶、火灶。

②剜：音 wān，用刀挖取。

译 文

阿妹好像花朵一样娇艳，（本来）想要吃槟榔也不困难。只是槟榔还在海南县尚未买回来，（即使买回来了也还在）石灰泥灶里煨着，尚不能挖出来给妹吃哟。

（原书注：这首歌是调笑戏谑的话语，妹妹有如此美好的容颜，自然应当奉上槟榔给妹吃，只是妹妹你不肯顺从我，槟榔在海南县尚未买回来，即使有槟榔也在石灰泥灶上煨着，假若妹妹顺从了我，就能挖出来给妹吃。）

妹相思

妹相思，妹有真心弟也知。蜘蛛结网三江口，水推不断是真丝①。

（每每要真心，最是彼桑间濮上②，但渔色而已，未必要真心也，较此下矣。）

注 释

①真丝：即："真思"，一语双关，既指事物，也喻情意。这两句歌词在瑶歌里也同样出现。

②桑间濮上：代指淫靡风气盛行的地方，又指男女幽会。

译 文

阿妹在思恋着阿哥，阿妹的真心阿哥也知道。蜘蛛在三江口吐丝结网，河水流动却推不断这真情的丝网哟。

（原书注：总是要付出真心的。即使是《诗经》所言"桑间濮上"的男女幽会之情景，也不过是相互的肉体吸引罢了，不一定就需要付出真心，两者相较，后者格调就显得不如这首歌了。）

又

妹去跟人作木匠[①]，问娘工夫成不成。妹有真心妹就说，莫作鲢鱼不出声。

（但真心亦未可据口说。）

注释

①作木匠：具体含意未明，似是调笑、淫秽之语，今天所见的传统客家山歌中有类似的歌曲。

译文

想让阿妹跟人家去做风流之事，我问阿妹这等好事能不能遂了阿哥的愿。阿妹若有真心就请阿妹讲出来，不要学鲢鱼一样不作声。

（原书注：即使有真心也不能单凭空口说，还要付之行动。）

黄菊花

科举秀才取红豆，相思及早办前程。黄菊花开九月九，枝枝花叶有娘名[①]。

（第四语冷艳可思。）

译文

赶考科场的秀才怀揣着红豆，心中思恋着情妹，还是要尽早地奔赴前程。等到重阳九月九黄菊花开之时，每一片花叶都写上了阿妹的名字。

（原书注：第四句的话语有清冷绝艳、让人回味的情致。）

按：九月九黄菊开时，既是重阳登高怀远之日，又是秋闱大试之时，意指用金榜题名来回报恋人的相思与爱意。

杂歌

富贵荣华且莫求，人凭年少作风流。金玉满堂闲富贵，留个声名着后头。

译文

富贵荣华不要刻意地去追求，做人只要凭着年轻的本钱就能去做风流的事。金玉堆满屋子、一身富贵也要视若等闲事，不如留下个风流的名声给后世。

又

撑繖去盖凉亭住[①]，作过风流人知音。兄担红豆北京卖[②]，相思路远弟[③]来寻。

（第二句有娇憨自喜之意。）

注释

①撑繖去盖凉亭住：撑开雨伞去盖凉亭（自然四面风流动，用比兴手法喻义追求风流情意、及时行乐）。

②此句意指：阿哥满怀相思之情意去了北京。

③弟：疑为客家话“娣”字的误写。“娣”字是客家女子名字中常用之字，“娣”与“弟”两字通用，客家女子中有大量的类似名字，如“看娣（弟）”“望娣（弟）”“招娣（弟）”“来娣（弟）”，表达了客家人盼望男丁的愿望。又如姐姐下面的弟弟，在客家话中就叫“老弟”。

译文

用撑开的雨伞去盖个凉亭来住，做过风流事的人啊，才能知晓歌中的真谛（或者说相爱的甜蜜）。阿哥担了一担红豆赶往北京去卖，阿妹思恋阿哥，不怕山长水远来寻找我的情哥哥呀！

（原书注：第二句有娇羞憨直又充满喜悦的意味。）

又

壁上插针妹藏口，深房织布妹藏机。灯草小姑把纸卷[①]，问妹留心到几时。

注释

①灯草小姑把纸卷：即“小姑把纸卷灯草”的倒装句。卷好的灯芯（心）会留下收好备用，这里一语双关，所以才会有下句的“留心到几时”的说法。

译文

就如同针插入墙壁上那样，阿妹紧闭着口，就像躲在房子里面织布那样，阿妹深深收藏起心思。小妹妹呀把纸卷成了灯草，阿哥要问阿妹还要把心思留藏在心中多久啊。

又

真是不怜[①]妹早说，莫作乌云盖日边。请媒又怕媒人讲，不如依两暗偷莲。

注释

①怜：此字及末句的“莲”，都是指“连”字，连情之意，一语双关。

译文

若是无心与我连情，请阿妹你早早说清楚，不要脸色阴沉得像乌云盖住天边的日头。阿哥想请媒人去说媒，又怕媒人说三道四，还不如我俩私下偷偷连情。

又

路上冲娘问一言，面生难近妹身边。塘基栽竹望成筍[①]，下塘栽藕望成莲。
（第二句曲尽惊喜徘徊之态。）

注释

①筍：同“笋”。

译文

路上遇见阿妹问候一句，阿哥的面生与妹不熟悉，难以接近阿妹。池塘边上栽上竹子，希望长出竹笋（即意指有好结果），池塘里面栽下莲藕，希望长出莲花（“莲”指连情）。

（原书注：第二句曲折委婉地说出了惊喜、徘徊不定的情态）。

又

石上牵牛没脚迹，井水偷担人怎知。开门耕布闭门织，报娘千万好藏机。

（颇有深心妙用。）

译文

在石板路上牵着牛走过，不会留下脚印，偷担了井水，旁人如何能得知。（光明正大）打开门来搭织机的经纬线，却关上门来暗暗仔细织好，告诉我的情妹啊，一定要小心收藏起我们的情思（不要让旁人发觉了）。

（原书注：此歌词显得男子很有城府心机，词中运用的比喻手法也较巧妙。）

又

南风吹过北风番①，新龙来占旧龙潭。看娘一似细莞席②，借兄荐③睡一时间。

（莫作渔色人口吻看。）

注释

①番：更替、轮流之意。

②莞席：莞草织成的席子。

③荐：垫。

译文

南风吹过后，就到北风上场了，新来的龙占据了原来的龙的潭穴。看起来阿妹的身体又软又细像莞草席子一般，可否暂借阿哥垫在床上睡上一睡？

（原书注：不要把这首歌的内容，视为那些净盯着女子肉体的男子的话语来看待。）

又

兄今嘱报妹相思，千万报娘莫说离。也能占个名头大，就是丢兄人也疑。

（言我与你相处声名已彰，纵丢开，人终是疑，不如不丢开也，有何恤[①]于人言意。）

注释

①恤：担忧、忧虑。

译文

阿哥如今叮嘱（送信人）一定告诉阿妹我的相思情意，一定要记得告诉阿妹不要考虑分手。如果不分手，阿妹还能得到个（重情不二的）好名声，不然就是丢弃了阿哥，旁人也会思疑（阿妹是水性杨花）。

（原书注：这首歌说我和你相处之事早已名声在外，即使你丢弃了我，人总是难免会思疑，还不如不分手，那就不用担忧别人的闲言闲语了。）

又

上岭邀娘上到顶，落岭邀娘落到冲[①]。报娘千万莫吃水，吃了生心不念侬。

（水是何物，吃了生心，落想妙有别趣。）

注释

①冲：即河涌。首二句所说的上山下水，有点“上刀山、下火海”的意味。

译文

若要上山就请阿妹与我一同上到山顶，若要下山就请阿妹与我一同下到河里去。告诉阿妹千万不要吃河里的生水，若吃了生水就会花心移情，不再思念我。

（原书注：水是什么东西，吃了竟然会花心移情，设想既巧妙，别有一番生趣。）

又

怅无唱[①]，蜘蛛结网怅无丝。花不年年在树上，娘不年年作女儿。

（若惜若怜，自令闻者低徊欲动。）

注释

①怅无唱：惆怅无唱和之人。这首诗深得《诗经·摽有梅》的意韵，两者都是表达着急想找心上人的诗歌。

译文

我心怀惆怅啊，没有与我相唱和的人，蜘蛛想要结网却惆怅无法吐丝。花儿不会年年都在树上（不落下），阿妹我不会年年都是青春少女啊。

（原书注：既好似自我惋惜，又好似自我怜爱，自然会让听到这首歌的人低头徘徊，蠢蠢欲动，起了追求之心。）

上步水

担水便担上步[①]水，莫担下步水有砂。连情便连大屋妹[②]，连人亲妇是残花。（此义颇切。）

注释

①步：即“埗”，又作“埠”。“上步”即水的上游堤边。

②大屋妹：客家俗语，“大屋”是“高门大屋（姓）”之意，泛指有权势的望族、贵族，但用在乡村显然言过其实，这里应指正当人家。

译文

挑水（吃）就要到上游去挑，不要挑下游的水，因为水会有砂。与妹子相恋就要去恋正当人家的妹子，若是去恋别人的媳妇，那不过是残花败柳。

（原书注：这首歌的意旨很切合伦理道德的要求。）

离一身

远处唱歌没有离，近处唱歌离一身[①]。愿兄为水妹为土，和来捏作一个人[②]。（首二句即《西厢》“隔花阴人远天涯近”，“离一身”三字尤妙甚。）

注释

①离一身：即隔开一个人的距离。当然，也可以有另一重隐蔽的意思：“离

一身”是“泥一身”的谐音，相互调笑二人唱和野合，搞得一身泥。

②末二句：极似元代赵孟頫的妻子管道升所作的《我侬词》：“……把一块泥，捏一个你，塑一个我，将咱两个一起打破，用水调和，再捏一个你，塑一个我，我泥中有你，你泥中有我……”

译文

隔着较远的地方相互唱和，也没有半点分隔的感觉，相互走近来唱和就更是只隔开一个人的距离（首二句既说分隔不会影响恋人的爱意，又遗憾走得再贴近始终还是两个人，恨不能融为一体）。祈愿阿哥是水妹是泥土，一同混合来重捏成一个人啊！

［原书注：前面两句就是形容《西厢记》“隔花阴人远天涯近”（此句意为：两人即使只隔了一重花树，也觉得非常遥远，倒是天涯的距离还比两人的距离近）的意思，“离一身”三个字尤其用得巧妙。］

竹根生笋

竹根生笋各自出，兄在一边妹一边。衫袖遮口微微笑，谁知侬两暗偷莲[②]。

（喜极之词，小令有“转过雕阑”[①]一阕，正与此相似。）

注释

①转过雕阑：全句是“恰转过雕阑数曲，行不到百步其馀”，出自元杂剧《抱妆盒》剧四。清人褚人获在其著作《坚瓠集》中引了《清江引》中的句子“转过雕阑正见他，斜倚定荼蘼架。佯羞整凤钗，不说昨宵话。笑吟吟掐将花片儿打”，正与本歌谣的意趣相通。

②暗偷莲：即暗中偷偷地连了情，也呼应了首句——竹笋各自生长，但泥下面的根是相连的。

译文

竹子根头在不同位置各自生长出竹笋，阿哥在这一边，阿妹在那边。用衣服的袖子遮掩住，嘴角微微发笑，哎，哪个人知道我俩私下连了情。

（原书注：恋人十分喜欢之下所唱的歌词，有一首有“转过雕阑”一句的小令，其意趣正与这首歌相同。）

江水白涟涟

一条江水白涟涟，两个鲢鱼在两边。鲢鱼没鳞正好喫，小弟单身正好怜。
（妙在冲口直出，绝不嗫嚅其词。）

译文

一条河水波光粼粼地流淌着，两条鲢鱼各在河的一边。鲢鱼没有鳞片吃起来不费事，阿哥打着单身正好与妹连情。

（原书注：这首歌词巧妙之处在于脱口就直接说出来，一点都不支支吾吾。）

好马行

好马行街身不动，有意偷莲不用媒。好田不用多安种，好喫槟榔不用灰。
（三句皆比，只第二句是正意，又是一格。）

译文

一匹好的马走在路上只是马蹄动，上半身却不动（显得端正大方、有法度），有意私下连情是不用请媒人的。上好的田地不用多撒谷种，好吃的槟榔不需要用石灰来煨的。

（原书注：这首歌其中的三句都是运用比兴手法，只有第二句是正面意思，这是《民歌》中又一种歌词布局的艺术手法。）

纱窓月

揭起珠帘放凤①飞，纱窓门外月蛾眉。阴影石榴不结子，虚花枉杀少年时。
（似是将入手，复逸去，悔其不下死手，孤负②好月之意。）

注释

①凤：此处可有多种解释：青春年华、美好的祈愿、对自由与婚姻的追求、女子心中的哀愁。这里按字面直译为“凤凰”。

②孤负：辜负。

译文

揭起珠帘把凤凰放飞出去，轻纱蒙住的窗子外，天空一弯新月如蛾眉般美丽。老是处于阴影、晒不到太阳的石榴是不会结果的，只是徒然开出无果的花儿，枉费了青春年少的大好时光啊。

（原书注：这首歌好像是说即将连情成功，却又错失，女子心中懊悔自己不够决断，辜负了美好的月色。）

白石山

为情每日弟心孤，白石山高隔路途。娘在深房高枕睡，问娘得梦见兄无。

（白石山，山尽白石，在郡南五十里，仙书二十洞天。写情竟婉秀可观。）

译文

阿哥为了恋情每天心中倍感孤凄，高高的白石山阻隔了通向阿妹的道路。阿妹在深深的闺房里舒服地高枕安睡，试问阿妹啊，有没有曾在梦中见到阿哥？

（原书注：白石山上遍布着白色的石头，在浔州南面五十里的地方，就是仙人所说的天下第二十洞天福地。这首歌描绘恋情竟然可以这样委婉秀雅，值得欣赏。）

照梳头

今朝行过妹门头，见娘照镜正梳头。怎得兄成洗面布，共娘相识挂心头。

（二句可画一幅美人图，当此际者，那不销魂。）

译文

今天早上行过阿妹家的大门口，看得阿妹正在照着镜子梳着头。如何才能够让阿哥成为阿妹的洗面布，与阿妹相识，让阿妹记挂心头。

（原书注：根据第二句歌词可以画出一幅美人梳妆图，面对这种情况的男子，哪里会不心摇意荡啊！）

卷之二　瑶歌

雪园彭楚伯士报甫　重辑
京口何　挈雍南甫　订正
新安程世英千一甫　评阅

《瑶歌》序

百粤地介西南，秦时始入版舆，山川僻险，与居民杂处者种类实繁。余家世濠上[①]，先高祖游宦桂林，遂留。亦惟居民是与，居民之外，不能悉也，即居民亦不能悉也。盖桂属诸瑶、僮残狠好盗，居民畏之，不与相通云。前岁客朗宁[②]，朗宁瑶、僮相与居民近，其歌绵蛮婉转，于舟次闻之，虽赏其声，未谙其义，未之奇也。今秋复游浔江，偶读中州修惟克所辑《民歌》及《俍歌》，辄叹风雅久坠而乃得之鴃舌之氓与雕题之裔[③]乎？夫《民歌》之美，不足异焉，不图《俍歌》何为亦至于斯也。彼《瑶歌》《僮歌》未遇有心人如惟克者采而译之耳，宁谁不及《俍歌》哉！僮人居深山邃谷中，去郡城远，不能遽得。得瑶人歌若干首。按瑶人亦盘古氏苗裔，归化最先，诸种散处粤西诸郡。有板瑶者，妇人黄蜡泥发，以木板为髻，形似今之扇面平置顶上，覆以绣帕，缀以琉璃珠，累累若璎珞[④]然。有箭瑶者，妇人横箭于顶，黄蜡泥发，分作数绺，左右盘结箭上，亦以绣帕覆之，出入丛林间，频侧其首，如穿花蛱蝶，翩翩可怜。头一月一梳，宵寐无反侧。此等种类，不啻[⑤]十数。至于浔郡诸瑶，虽言语啁哳[⑥]，而服饰与居民不甚大异，亦与居民婚姻往来，其耕田亦输赋。亦应徭者，熟瑶也。间有输赋而不应徭者，生瑶也。更有一种号山子，不赋不徭，吹山而食，食尽复徙。其人喜猎，伏弩博虎，涂毒于箭簇上，中之立毙，亦其类也。其风俗最尚踏歌，浓妆绮服，越阡度陌，男女杂遝[⑦]，深林丛竹间，一唱百和，云为之不流，名曰“会阆[⑧]”。自腊[⑨]事毕，至明春之花朝，皆会阆之期也。馀节亦间举，惟元宵与中秋夕为盛。歌与民歌俱七言，颇相类。其不同者，民歌有韵，瑶歌不用韵；民歌体绝句，瑶歌或三句，或至十馀句；民歌意多双关，瑶歌专重比兴，其布格命意有迥出于民歌之外者，虽文人捉笔，不能过也。余乃渐辑成帙，歌中土语什三，略为笺[10]译，以附于《粤风》之后，《俍歌》之前，曰“瑶歌”。若僮歌则尚有所待云。

濠水赵龙文云章甫题。

注释

①濠上：即濠水边上，今安徽凤阳县境内。

②朗宁：古朗宁郡或邕州郡，即今天的南宁。

③鴃舌之氓与雕题之裔：语言难懂和断发文身的人，泛指土著、野蛮人。鴃舌，比喻语言难懂；氓，音 méng，本指外来的百姓，后泛指老百姓。雕题，在额头上纹画图案文字。

④璎珞：音 yīng luò，两者都是玉石名称，这里指用璎珠串成的装饰物。

⑤啻：音 chì，仅仅、只有。

⑥啁哳：，音 zhāo zhā，形容声音杂乱难听。与白居易《琵琶行》：“岂无山歌与村笛？呕哑啁哳难为听”中的“啁哳”一词应相同。

⑦杂遝：众多之意。

⑧阆：音 làng，高大、空旷的样子。这里疑为“郎（láng，意为郎君、青年男子）”之误写或假借。

⑨牆：同“墙”。这里疑为“穑（sè，意为收割庄稼）”之误写。

⑩笺：音 jiān，一种注释的形式。

译文

百粤地区处于西南边疆，秦代时才开始纳入中原王朝的版图，河流山川偏僻而险要，与入籍编户居民错杂而居的土人可谓形形色色。我的家族本来世居濠水岸边，祖父到桂林做官，并留了下来。即使定居在此地了，但也只是与编户居民来往，居民之外的各式土人，就不能尽知其情况了，即使本地的编户居民也是不能尽知其情况的。大概是因为广西当地的各种瑶人、壮人性情凶狠、喜欢抢盗，编户居民害怕他们，所以不与他们交往。前年客居朗宁，朗宁的瑶、壮等土人居住地与当地编户居民挨得较近，他们的歌谣动听婉转，我曾在码头聆听过，虽然赞赏其声韵旋律，却未能了解歌谣的意思，所以尚未感到它们的新奇。今年秋天又再次游览浔江，偶然读到中原修和所编辑的《民歌》以及《俍歌》，便感叹文人雅事已湮灭很久了，难道却会在野蛮人中得以流传？《民歌》的优美，不足为奇，想不到《俍歌》也可以达到这种优美的程度。那瑶歌、壮歌只是未遇到如修和这样的有心人收集并翻译过来罢了，哪会比不上俍歌之优美呢！僮人居住在深山幽谷中，离郡县城区较远，所以僮歌不能一下子收集到。现在采集到瑶人的一些歌谣。按：瑶人也是盘古的后代，最先归服王化，各种瑶人分支散处在粤西各地。有一支叫板瑶，妇女用黄蜡涂抹头发，以木板为发簪，形状好似现在的扇面平放在头顶上，上面还用绣帕覆盖，以琉璃珠点缀，一颗压一颗的，好像璎珞一般。又有一个分支叫箭瑶，妇女的头顶上横插着一支箭，用黄蜡涂抹头发并分作几小条，左右对称地盘结在箭上，也用绣帕覆盖，出入丛林间，不时要倾侧一下头，好像穿花蝴蝶一样，轻盈地飞来飞去。她们一个月才洗梳一次头，夜晚睡觉也不转身。这些瑶人的分支，不仅仅有十来种。说到浔州本地的各种瑶人，虽然语言难听，但他们的服饰与编户居民无多大差别，与编户居民通婚，耕田也交纳赋税。也出徭役的瑶人，称为熟瑶。有交纳赋税但不出徭役的瑶人，称为生瑶。还有一种瑶人，称为山子，不交纳赋税也不出徭役，在山林中靠砍伐来维持生计，饮食耗尽后就又搬到其他林区去。山子喜爱打猎，埋伏下弓弩与老虎搏斗，将毒药涂在箭头上，中箭的猎物马上毙命，他们也是瑶人的分支。瑶人的风俗最崇尚踏歌，化着浓妆，穿着华丽的衣服，从各条田间小道穿插而来，男女众多，幽深的树林与竹林中，一人起唱，百人应和，其热闹与精彩之处，连天上的云彩也被吸引而不流动了，这种踏歌活动名叫“会阆”。从秋季庄稼收割之后一直到第二年初春的花朝节，都是会阆之期。其余的节日，有时也会举行，只有元宵节和中秋节的黄昏最为隆重。瑶歌与民歌一样都是七言形式，两者有较多相似之处。不同之处在于，民歌有押韵而瑶歌不押韵，民歌体裁使用绝句，而瑶歌体裁有的三句，有的甚至十几句；民歌字词的含意多使用双关，而瑶歌却侧重比兴手法，其布局、命意，都有远超出民歌水平的，即使是文人来撰写，也无法超过它的水平。我于是渐渐地收集，汇成一个小集子，歌中字词十个中约有三个是瑶人方言，我已略微作了笺注解释，附接在《粤风》之后、《俍歌》之前，命名为“瑶歌”。至于《僮歌》结集，却还要等待某些工作的完成。

濠州赵龙文之章题。

歌

石头大，牛大陷到石头边。牛大陷到石头面，念娘不到娘身边。

（瑶人呼“鱼”为“牛”；“石大”，“大”字如字；“牛大”，“大”字解作“游”字；“陷”是“不”。言己虽相念之切，不得到身边，犹鱼之游只在水中，不得到石边也。无甚深奥，然比义却切，当可思。）

译文

石头大，鱼游水中却不到石头边。鱼游水中却不到石头这面来，想念妹啊却不得接近妹身边。

（原书注：瑶人将“鱼”喊作“牛”；“石大”这个词，“大”字就解释为“大”的意思；“牛大”这个词，“大”字解释为“游动”；“陷”字是“不、不要”的意思。这首歌词是说自己虽然很想念，却无法亲近阿妹的身边，就像一条鱼只能游在水中间，不能游到岸边的石头边上。意思没什么深奥的，然而比兴之含义用得却较贴切，应可让人感叹。）

又

大岸年儿[①]出庚水，呵岸年儿出呵花。年儿出到呵花树，娘屯出到尔傍娇。

（“大岸”是“隔岸”；“年儿”未详；“庚”是“年庚”；“水”是“小”；“呵岸”是“对岸”；“呵花”是“好花”；“屯”是“村”。大意谓□[②]岸厢出名花，一岸厢出美人，所以此唱中生出你十分娇娆也。美女名花是一是二，两两相形，具见欣羡无已之意。）

注释

①年儿：具体意思未明，疑为“莲儿”，音相同，放在句中意思也算通顺，也符合比兴手法。首三句都含“年儿”一词，先重章复沓尽写花之娇美。

②□：原书此处模糊，按上下文意似应为“一”字。

译文

隔岸的莲儿探出娇嫩的花苞，对岸的莲儿开出了美丽的花。莲儿伸展出如玉树般亭亭玉立的花呀，妹妹的村里哟，出了娇艳依人的你啊！

（原书注：“大岸”是“隔岸”的意思；“年儿”的意思不明；“庚”是“年庚、同年”的意思；“水”是“小、娇嫩”的意思；“呵岸”是“对岸”的意思；“呵花”是“好花”的意思；“屯”是“村庄”的意思。这首歌的大概意思是说河岸的这边伸展出鲜艳的花儿，河岸的那一边出落了美人，因此在这个歌唱中更显得阿妹你十分的娇媚妖娆啊。美女、名花分别是第一个、第二个，二者相互映衬，将无尽的欣赏、喜悦、羡慕的意思生动地表现出来。）

又

先断定，断定表大娘陷大。表大便到木横底，娘大便到木横枝。

（“断定”是□□□□□□□□□[1]；“陷”是“不”。最是木之多横枝者，取其能遮蔽，期其同来一处意。分明是说“表来娘亦来”，却云“表来娘不来”，“不来”是反语。横枝掩映处，姗姗欲来，写得幽绝。）

注释

①断定是□□□□□□□□□：原书此处有九个字模糊不清。按下文相关瑶歌的介绍，“断定”应指“插青卜道以断来者”之意。

译文

先把道路截住，路截好了哥来妹不来。哥来了就到树枝掩映的地方相候，妹若来了自然会到树荫下相见。

（原书注：“断定”是……之意；“陷”是“不”的意思。树木横生枝丫之处，最能利用它能提供遮蔽作用，希望能一同到这个地方来的意思。明明歌词是说“如果阿哥来则阿妹也会来”，却说成“哥来阿妹却不来”，“不来”一词是反语。树木斜斜伸展出的枝丫，互相掩映之处，情妹姗姗来迟，语句描绘得清幽绝艳。）

又

不奈命，不奈朝廷陷共村。不奈朝廷陷共巷，十分共巷隔重篱。陷隔重篱十二檐，十分卖话也难通。

（“陷”是“不”；“卖”是“有”。人不得而怨命者有之，今乃以“不共村、巷”之故，两云“不奈朝廷”，何处说起？然其至妙无加处正在此，极不相干却极迂诞恍惚可思，假令文士捉笔，何处著想？此即《诗》“室通人远”[①]之意。《诗》不过借“室通”以形“人远”，此却又从“人远”处用“不共村”，“不共”若隔于“重篱”、隔于“重檐”，一层一层翻成“室远”，盖“室远”则人更远矣。于此，悟诗家百尺竿头进步法[②]。）

注释

①“室通人远”：这里引用了《诗经·郑风》“其室则迩，其人甚远”句，意为与佳人在空间距离上隔得很近，但实际离佳人身边很远，表达出一种哥有心、妹无意的单相思之苦。

②百尺竿头进步法：“百尺竿头”原指学问、成绩等达到很高程度后继续努力，争取更大进步。这里指一个接一个意象地运用、意义一层接一层地推进的诗歌创作手法。

译文

不埋怨命不好，不埋怨朝廷不让我们同处一条村子。不埋怨朝廷不让我们同处一条巷子，即使我们的家在同一条巷子里，也会被重重墙篱所阻隔。即使不隔着重重墙篱，也会被重重的屋檐（即房屋）所阻隔，满腔的心里话啊还是难以向你倾诉。

（原书注：“陷”是“不”的意思；“卖”是“有”的意思。不如意时则埋怨命运的人是常有的，如今这首歌却说因为“不同处一条村、一条巷”的缘故，两次说“不埋怨朝廷”，这是从何说起呢？然而它的巧妙到了无以复加的地方正在此处，看似完全没有联系又却极为迂回怪异，其心情激荡不定可以想象，假使让文人来操笔，该从什么地方着手设想呢？原来这就是《诗经》里说的“室通人远”的意思。《诗经》只不过借用“室通”来表达“人远”，这里却从“人远”说起“不共村”，“不共”好像阻隔于“重篱”，又阻隔于“重檐”，一层接一层推进，最终演变成“室远”，大概因“室远”则距离佳人更远。通过这首歌，可以领悟诗人所说的百尺竿头层层推进的艺术手法）。

又

思娘猛，行路也思睡也思。行路思娘留半路，睡也思娘留半床。

（实有此景，亏他写得出。“留半路”“留半床”时，更有多少胡思乱想在。每爱《会真记》[①]中“斜月侵盈幽辉”[②]，“半床”句读此如或见之。若单说“留半床”便浅于言情，妙在以“留半路”常说。）

注释

①《会真记》：又名“莺莺传”，即后世《西厢记》的原本，唐代诗人元稹的作品，描写张生与崔莺莺的爱情故事。

②斜月侵盈幽辉：语出《会真记》，原文是“是夕旬有八日也，斜月晶莹，幽辉半床”，描写张生与崔莺莺交合的情形。

译文

多么思念阿妹啊，走路时思念，睡觉时也思念。走路时留下半边路，幻想着阿妹在身旁，睡觉时留下半边床，想象着阿妹在枕边。

[原书注：想来在现实中确实有歌词所说的情形，亏他能够描写出来。“留半路”“留半床”之际，更会有许多胡思乱想。读书时总是欣赏《会真记》中“斜月侵盈幽辉”的隐约描写的笔法意境，而这首歌的“半床”一句歌词，让人读到时好像看到“斜月侵盈幽辉”所描绘的情景。如果仅仅说“留半床”则流于言说私情或情爱的浅薄，巧妙之处在于以“留半路”成对运用（那么“留半床”就成了意义推进后的更深一层的说法，消除了言情的成分，递进了情深思念的程度）。]

又

白马儿，白马端正也难骑。娘骑马头表骑尾，马辔[①]尖尖妹陷比。

（“陷比”即“怎骑”。语意奇险，有乐府遗意。马之驮人在脊梁着鞍处，头与尾非受骑之所。辔尖难骑，欲其就到中间凑成双跨之乐也。然一人骑首一人骑尾，两人俱骑不得。今只云“马辔尖尖妹陷比”，看得自己是现在的大才子。《书》所谓“先有了一半，肯也”。“马辔”上著“尖尖”二字，妙谑。诸歌中最妙者，其思路俱从旁入、俱从曲入，绝不用正面。）

注释

①马辔：本指驭马的嚼子和缰绳，这里应指马鞍的前后翘起部位。

译文

白马啊白马，白马走得平稳、立得正也不好骑。阿妹若骑马头，阿哥就骑马尾，但马鞍边缘尖突起来，阿妹你怎么骑坐啊？

（原书注："陷比"是"如何骑、怎么骑"的意思。这首歌词用语奇险、出人意表，有汉乐府的风味。马驮人的地方在马背脊梁的马鞍处，马鞍的前面与后部都不是能骑的地方。马鞍的前后翘起部位难骑，希望她移到中间来凑成两人同骑之乐。一人骑马鞍前面，另一个人骑马鞍后面，这情形分明是两个人都骑不成。但如今诗歌里却只说"马辔两头起翘阿妹骑不得"，看得出男子把自己当作大才子。《尚书》所说的"先有了一半，意味着首肯了"。"马辔"上面用了"尖尖"二字，既巧妙又不乏戏谑。这首歌词最巧妙的地方就是它的语句、思路都从侧旁入手，曲折委婉，绝不使用正面直叙的方式。）

又

风过树头风过急，水过波门水过乡。表过娘村回去急，陷都宽心博少年。

（"陷都"是"不得"；"宽心"是"细工夫"；"博"犹"赌赛"。"不奈命"是缦调，妙在委曲而脉络一些不乱；此歌是急调，妙在直径而声气一些不促。）

译 文

风吹过树梢，吹得很快，水流过水门桥洞，水流过了村野。阿哥赶去阿妹的村子啊起得急，不能慢条斯理地磨时间呀，少年我要赌一赌我的命运（即看能否得女子垂青或相见）。

（原书注："陷都"是"不得、不能够"的意思；"宽心"是"细工夫"；"博"相当于"赌博、拼一把"的意思。"不奈命"那首歌徐缓，其巧妙之处在于委婉曲折却又脉络清晰，一点都不紊乱；这首歌则急促，其巧妙之处在于直截了当，但语气却一点都不显得迫切。）

又

意着尔，便能缌三意着程。缌三着程陷用峡，娘就意表陷用媒。

（"便能"是"就如"；"缌三"是"妙线"；"程"是"织布机头"；"陷"是"不"；"峡"是"杼"。意不甚深，写得稳切。）

译 文

黏着你，就如丝线黏着织布机头。丝线黏着机头不用劳烦织布机杼，阿妹黏着阿哥不用劳烦媒婆。

（原书注："便能"是"就如，如同"的意思；"緦三"是"妙线、丝线"的意思；"程"是"织布机头"的意思；"陷"是"不、不要"的意思；"峡"是"杼、机杼"的意思。这首歌含义不太深奥，较为平浅，叙述起来显得平稳恰当。）

按：此歌也列入《瑶人布刀歌》，解释有所不同，这里的翻译参考了后文的解释。

又

十分涂骂便涂骂，十分涂骂笑俨俨。十分涂骂俨俨笑，骂到三朝也要连。

（顽钝无耻，兵家秘诀。至诚未有不动，即修仙了道也是这个秘诀。）

译文

如若妹子你很是恼火要当街破口大骂，那就当街骂个尽兴吧，即使你骂得我狗血淋头，我只会笑嘻嘻的。我不在意地笑嘻嘻，哪怕你当众骂得我狗血淋头，哪怕你骂足三天三夜，我也要与你连情！

（原书注：顽强坚持，脸皮厚、耐打击，本来就是斗争取胜的秘诀。用十二分的诚意，没有打动不了的人与事，即使是修仙得道，也是这个秘诀啊！）

又

心渴也为日头毒，肚饥也为日头长。蠢夫轮屯布十指，欠双也为表家穷。

（此歌上下语意似不相属，而其实妙绝古今。"心渴"二句，略逗下面"穷"字，然要知"心渴肚饥"总不为"日头"也；"蠢夫"自谦词；"轮屯"蠢貌，北方梁宋之间亦有此乡语；"布十指"者，"伸十指而算计"也；用此句承上起下，真匪夷所思也。末句以"欠双"归咎于"家穷"，言世间五事①，所欠者邓②而已，他皆□③焉。）

注释

①世间五事：指佛教所说的生、老、病、贫、死。

②邓：似指钱财。存疑。

③□：原书此处缺损，空白。

译文

心头干渴是因为日头毒辣，肚子饥饿是因为白天太长。我这个愚蠢的男子傻傻地伸长十指在盘算，至今没有恋人都是因为哥哥家里穷啊。

［原书注：这首歌上下文的语句意义看起来好像各不相干，但实际上用句非常巧妙高明。“心渴”两句歌词，大概是逗起后面歌词中的“穷”字，然而要明白歌词说“心渴肚饥”，却不是因为“日头”毒辣的缘故；“蠢夫”是歌唱者谦虚的用词；“轮屯”一词是形容外表看起来愚蠢的样子，北方的梁宋（即河南）地区也有类似的乡村用语；“布十指”一词是指“伸出十个手指来算数”的意思，用这句歌词来承上启下，真是有极为出人意表的效果。最后一句将“欠双”（即无伴侣、单身之意）归因于“家穷”，直言人世间生老病贫死五件事，所欠缺的不过是钱而已，其他的都……（不算真正原因）。］

又

昨日同娘在林中，二人讲话陷相同。表叫入荒娘不入，陷知娘哑是娘聋。

（此山瑶歌也。山子交合多在荒野，插青卜道以断来者。行人误入，则以弩射之。并前“先断定”一歌足证矣。）

译文

昨天与妹在林中相见，我俩讲的话都不相同。阿哥叫妹到树林深处去，阿妹却不去，不知阿妹是装哑还是扮聋。

（原书注：这首歌是山瑶的歌谣。山瑶男女交合大多在荒野，首先在道路上插上青藤以隔断来往的人。若果有来往的人误入，就以箭弩射人。这种情形，用这首歌以及前面的“先断定”一歌足以作为证据。）

又

邓娘同行江边路，却滴江水上娘身。滴水一身娘未怪，表凭江水作媒人。

（“邓”是“同”。语气爽快。）

译文

与妹一同行走在江边路上，却溅了阿妹一身江水。阿妹溅了一身水却没有责怪我，阿哥全凭着这江水当媒人圆了梦啊。

（原书注："邓"是"同、与"的意思。这首歌谣语气爽朗轻快。）

又

如今世界恶，乌鸦日夜惯摇声。乌鸦日夜摇声惯，陷比表世是表生。

（"摇声"者，"乱鸣"也；"陷比"是"不知"；"世"是"死"。不情不绪，乍信乍疑，小窗幽怨难明，光景历历可想。古诗"今日良宴会"①，妙在劈首"今日"二字。此亦妙在"如今"二字，言昔日郎在觉世界好，如今郎不在觉得世界恶。触处生憎生厌，更无一物一事可解意者。足见钟情之极。乌鸦鸣，俗以为不祥，"日夜摇声"正是世界恶处。古人有云"使世界无花柳，余亦不愿生此世界"，况恶世界乎！真有不愿生之意。然已不愿生者，恐郎之死也，己不即死者，冀郎之生也。不知生死，故死不得，活也不得。乐府《乌夜啼》②诸曲，后人拟得滥觞③，若运以此意，当另开生面。就此意亦好演作一回绝好传奇。）

注释

①今日良宴会：汉代古诗《今日良宴会》，描写了宴会的场景，表达了人生苦短、须及时行乐的思想。

②《乌夜啼》：即乐府诗《乌夜啼》，南北朝庾信、唐代李白等皆有诗作。

③滥觞：觞，音 shāng，古代的酒具名称。"滥觞"本意指江河发源处水很小，仅可浮起酒杯，后来又比喻事物的起源、波及、泛滥等意。这里指"俗滥"。

译文

如今的世界真是可恶，乌鸦日夜总在叫个不停。整日整夜呀乌鸦总叫个不停，不知我远方的哥哥是死是生。

（原书注："摇声"一词，指"胡乱鸣叫"的意思；"陷比"意思是"不知道"；"世"是"死、死亡"的意思。这首歌不直接说女子的情绪，只是语气半信半疑、没有定着，而窗边人幽暗凄怨，难以说清，那境况十分清晰，可想而知。古诗说"今日良宴会"，其巧妙之处就在当面而来的"今日"两个字。这首歌也妙在一开头就说"如今"这两个字，说往日情郎在时觉得世界一切美好，但如今情郎不在身边，则觉得世界可恶。触目所及之处，都令女子心生厌憎，再没有一件事物可令女子宽慰的。由此足以看到女子的一片深情。乌鸦鸣叫，民间认为是不祥的征兆，"日夜不停地叫"正贴切地说明了世界之可恶。古人有"若果世界再没有娇花飘柳这些美好的事物，我也不愿再生存在这世上"的说法，更何况是一个令人生恶的世界！真有令人不愿再生存下去的意念。然而自己不愿生存之原因，在于怀疑情郎已死去，自己不马上去死的原因，在于希望情郎尚在人间。不知情郎的生死，所以自己既死不得又活不得。乐府《乌夜啼》等，汉代之后的诗人以此命题作诗的已太多了，若运用这首歌的叙述方式，肯定会有破除旧套路、给人新意的感觉。按照这首歌的叙述方式，也可以很好地推演出一个绝妙的传奇故事。）

又

一年水心运几半，一年沙石运几边。单身年少难都运，日久冲当话未保。

（“水心”是“江水”；“运”犹“搬运去而复来、来而复去”之意；“都”是“得”；“冲”是“见”；“当”是“当面”。此歌赴约屡见绐而作也。一年之间，江水之去来几遍矣，江边之沙石，水冲而来，水冲而去，亦几遍矣。子之期我亦日久矣，我之来亦数数矣。但我少年又单身，去来非若江水沙石之便，今当面相见，恐前者约我之言又难保其必践耳。）

译文

江水一年里来来去去多少次，一年中沙石多少次被冲到江边又被带走。单身少年不能像江水与沙石般一次次被冲来带去，前些日子约好相见，恐怕今天又难以实现。

（原书注：“水心”是“江水”的意思；“运”是“搬来搬去”的意思；“都”是“得、得以”的意思；“冲”是“见，见到”的意思；“当”是“当面、面见”的意思。这首歌是因赶赴约却数次被放鸽子而作。一年之中，江水来来去去已几遍了，江边的沙石，被江水冲来，又被江水冲去，也已几遍了。阿妹约我相见的日子过去很久了，我也一再赶来赴约。只是我年轻又单身，来来去去不像江水沙石一样方便，现在阿妹又约我相见，我只怀疑又像以前约我一样，难以保证阿妹一定会践约啊。）

又

天上有风地下动，水里没盐水自甜。都药江水千年恨，都连念贯万年思。

（“药”是“喫”；“都”是“得”。前二句兴而比也，后二句赋。大意谓不得手则恨，得手则思，千万年不忘也。首句奇奥，可以注《易》。）

译文

天上风吹，地下跟随着摇动，水里面没有盐自然会甜。得吃江水千年恨，得与情妹连情万载，永思不忘。

（原书注："药"是"吃"的意思；"都"是"得、得到、得以"的意思。前面两句运用比兴的手法，后面两句则运用赋的手法。歌词的大概意思是说不能与妹连情则遗恨不已，能与阿妹连情又思念不已，千万年永不相忘。第一句很奇妙深奥，可以用来注释《易经》的奥义。）

又

表似深山白藤刁，还着娘身未望离。还着娘身未望落，表小念娘未望回。陷都念表且都布，且都门传过九州。

（"刁"是□[①]；"陷"是"不"；"都"是"得"；"布"是"名"。首三句是比言兄即如深山白藤，今日着了娘身，决不放你。"离"是横言，"落"是竖言。纵不相处也落个风流名声，传播九州，纽定不放一些子松。此与前"十分涂骂"者定是一个人。）

注释

①□：原书此字模糊。

译文

阿哥好似深山里的白藤，缠在阿妹身上，妹不要指望会离开。缠在阿妹身上，妹不要指望会掉落，哥自小便爱慕阿妹，妹啊你不要指望阿哥会转头。即使想念阿妹不得，哥也要得个（风流）名声，并从此门传出，传遍天下。

（原书注："刁"是"……"的意思；"陷"是"不、不要"的意思；"都"是"得、得以"的意思；"布"是"名、名声"的意思；前三句是用比兴的手法说阿哥就像深山的白藤，今天缠到了阿妹的身上，决不会放手。"离"一句是横着说，"落"句是竖着说。这首歌说即使不能终生相守，也要留下个风流的名声，广为传播，就如咬定青山不放松的劲松一般。这首歌的作者与前面唱"十分涂骂"那首歌的作者肯定是同一个人。）

又

娘陷惹，脚底踏鞋陷惹泥。踏鞋陷惹泥，娘小唱价表陷惹。

（“陷”是“莫要”。字字精练，可敌晋《子夜》①，酷似小女儿声口。）

注释

①《子夜》：即收录在《乐府诗集》中的一组晋代诗歌，内容多是以女子的身份吟唱恋情中的喜怒哀乐。

译文

莫要招惹妹，脚底穿着鞋，阿妹不要招惹泥。阿妹穿着鞋不要招惹泥，阿妹还小，阿哥你莫要唱歌来招惹。

（原书注：“陷”是“莫、不、不要”的意思。这首歌用词字字精练，可与晋代《子夜歌》相比，很像是女子语气。）

又

读书①便是刘三妹，唱价本是娘本身。立价便立价雪世，思着细衫思着价。

（“价”是“歌”；“立价”是“造歌”；“刘三妹”是“造歌之人”；“雪世”是“传世”；“细衫”指“唱歌之人”。歌虽古人造，但经妹口中唱出即是妹之歌也。兄倘思唱歌之人而及此歌乎？絮絮叨叨，何等柔婉，何等深挚。不单说唱歌之人可思，而并及于歌，最得进一步法。）

注释

①读书：指唱歌，据说这是瑶人的说法。

译文

唱起歌来的人就是刘三妹，阿妹唱的歌就是妹自己的歌。造歌就要造那些流传后世的歌，让阿哥既要想着唱歌的人，又要想着这首歌。

（原书注：“价”是“歌、歌谣”的意思；“立价”是“创造歌谣”的意思；“刘三妹”是“创造歌谣的人”；“雪世”是“流传于世上”的意思；“细衫”代指“唱歌之人”。歌谣虽然是远古的人所创造的，但是经过刘三妹的口中唱出之后，就变成了刘三妹自己的歌谣了。阿哥难道是思念唱歌的女子进而想着唱歌本身的吗？看似反反复复、细细碎碎地叙说，多么的柔婉，多么的深情真挚。不仅仅说唱歌之人应该思念，更进一步说唱歌值得思念和重视，此歌最能体现层层推进的艺术手法。）

又

要娘记，要娘把笔写行书。写书便写因巨叶，思着万看巨叶书。要娘记，要娘把笔写行书。写书便写因衫背，思着万看衫背书。

（两章词意俱同，中间只换两字，得古人反复咏叹之致。“写书”谓“作字”也；“因”，“向”也；“巨”是“衣”；“叶”是“幅”；“背”是“里”。作字于衣，取其常着，不离于幅于里，人所不见也。最深最细，因知古今无粗浅之情。）

译文

要妹谨记，要妹拿起笔来写几行字。写字就要向着衣摆里写，想念妹时，一遍遍细看衣摆里的字。要妹谨记，要妹拿起笔来写几行字。写字就要向着衣衫里写，想念妹时，一遍遍细看衣衫里的字。

（原书注：这首歌上下两章的用词及含意基本都相同，只是中间换用了两个字，有古人诗词反复咏叹的情致或意趣。“写书”是指“写字”的意思；“因”是“向、向着”的意思；“巨”是“衣、衣服”的意思；“叶”是“衣幅”的意思；“背”是“里面、衣服里面”的意思。将字写在衣服里面，是因为它常常穿在身上，不离于衣摆、衣里，而旁人又看不到。这最为深情又最为细致，由此可知古往今来并没有什么所谓粗糙浅薄的感情。）

又

三表①读书治天地，三妹唱价博少年②。黄蜂细小螫人痛，油麻细少炒仁香。鸭儿细细着水面，表绿细小爱连娘。

（“三表”，土人谓指“三皇”③，夫以三妹造歌之功比之开天圣人，意亦奇矣。余以为非是——瑶人称兄曰“表”，于“皇”无当，疑此“三表”者，即白鹤秀才也。“读书治世界”“唱歌博少年”乃互文④。瑶人之言曰：“上古之时，人止一夫一妻，是一个冷淡世界，自三妹造歌教人结同年，人皆知相怜相爱，乃治成此风流世界也。”盖彼此不博少年则世界不治，不作歌则无以博少年，非读书则不能作歌，一层层推原进去。孔子曰：“唯女子与小人难养也。”古来飞燕[5]等流毒至长，皆因始先看得他细小了。此歌一连用四个“细”字，最宜玩。）

注释

①三表：瑶人指三皇，原书编辑者认为指白鹤少年（即“三兄”意，“三”字非实指，只与行文方便，也与下句“三妹”形成呼应），实应指“三皇”，歌曲用意是将三妹的事迹提高到比肩三皇的程度，既有夸张渲染的成分，也尽诉心中的崇尚感与自豪感。

②博少年：从上下文看，似指“作年轻人表率” “教育、统驭年轻人”之意。

③三皇：神话传说中上古的天皇、地皇、人皇，具体对应者有各种说法。泛指远古世界的开创者。

④互文：古诗词中一种修辞方法，以紧连的上下两句，分别描述看似不同的两件事物，实质描述同一事物。这种用法，比单纯的重复更有妙趣。

⑤飞燕：即汉成帝皇后赵飞燕，世人多所贬抑。

译文

三皇读书才能治理天下，三妹唱歌才能教育、统驭年轻人。黄蜂虽然细小但刺得人很痛，芝麻籽粒粒细小但一炒却很香。小鸭小小个头却稳稳地游动在水面上，阿哥啊年纪小小就想着与妹连情了呀。

（原书注：“三表”就是土人所说的“三皇”，把刘三妹创造歌谣的功绩与古圣人开天辟地的功绩相比，其行文用意也算出奇了。但我却认为并非如此——瑶人称“兄”为“表”，用“皇”则不妥当，怀疑歌中所说的“三表”，是指白鹤秀才。“读书治世界”“唱歌博少年”这两句歌词是互文。瑶人的说法是：“远古的时候，人类只有结为夫妻的一男一女，是一个冷清寡淡的世界，自从刘三妹创造歌谣并教人结成伙伴之后，人们都知道相怜相亲，于是形成了这个风流世界。”大概是他们认为不教化、统驭年轻人则世界混乱，不创造歌谣则没有办法教化、统驭年轻人，不读书则没有可能创造出歌谣，这样一层一层地推溯进去而产生出这种说法。孔子说：“唯女子与小人难养也。”自古以来，像赵飞燕之类的流毒一直延绵不绝，都是因为一开始时把他们看成微不足道的存在。这首歌一连用了四个“细”字，最值得玩味。）

卷之三　俍歌

睢阳修　和惟克甫　编辑
东楼吴　代叔企甫　评解
京江谈允谦长益甫　校阅

《俍歌》序

余既得浔江之民歌辑而评之矣，未几又得俍人所为歌。俍人者，古盘古氏之苗裔，粤西诸郡处处有之。浔州诸俍，自明弘治间，因大藤诸峡乱，自黔中调来征剿。峡平，遂戍焉。其人散居三县，各有长，旧隶武靖州，武靖土州久废，今隶郡别驾。

其俗自幼即习歌，男女皆倚歌自择配。女及笄则纵之野，少年从者且数十，次第歌，视女歌意所答而一人留，彼此相赠遗（男遗女以扁担一条，镌歌数首，字仅如蝇头，间以金彩，作鸟卉于上，沐以漆，使不落，盖土人女子力所必需也。女赠男以绣囊锦带诸物，女所自制者），约为夫妇，各告其父母，乃倩媒以槟榔定之（槟榔以苏木染之，并蒌莱石灰）。婚之日迎亲送女，络绎于道，歌声振林木。女至夫家，合卺[①]，丈夫用拳击女背者三，女乃汲水置饔[②]中（即用所赠扁担汲水）。旋回母家，不与丈夫相见，俟有妊[③]，乃归夫家而偕老焉（同家另招男子，曰野，即与父母同居，待生子则弃野郎而归夫家，故野郎亦曰苦郎。当其在野郎也，本夫至其家，反而奸论；及其归夫家也，野郎或至其家，或于母家，及他所，亦以奸论）。今俗亦稍稍变矣，而深山穷谷，尚有存者。大约其歌皆情词，与民间[④]略同而实迥异：民歌七言四句，俍歌五言八句；民歌押韵必遵沈韵，俍歌用古韵；民歌押韵必平声，俍歌平侧互押；民歌一韵到底，俍歌用两韵且隔越跳叶；民歌押韵在每句尾，俍歌于第二句腰或膝藏一韵，而末句则出韵自咏；民歌四句唱时缩作三句（末二句一气连唱），俍歌唱时叠作十二句（叠法见后）；民歌直述己意者一开一阖，双关两意者，一主一客而止，而俍之为歌，曲折婉转，喃喃呢呢，间有一二佳语，颇类六朝情艳，但其中土字土语，十常八九不译而翻之，不能晓。

以此故，俍歌卒不可多得。得若干首，不暇选择而评之，附于《粤风》之后，仍目曰“俍歌”，而不言“俍风”，《俍》不可以为“风”也。

睢阳云卧道人修和惟克甫再题。

注释

①合卺：指古代结婚的一种仪式，即新婚夫妻喝交杯酒。卺，音 jǐn，指古代结婚用的酒器。

②甕：同“瓮”，音 wèng，指大口的盛水或盛酒的瓦器，即今天所说的大水缸、大酒缸，常见有“水瓮”“酒瓮”等词。

③妊：音 rèn，怀孕。

④民间：按上下文意，疑为“民歌”之误。

译文

我既得到浔江的民歌，对其进行编辑并点评，又在不久后得到俍人所作的歌。俍人，远古盘古族群的后人，粤西郡县每处都有分布。浔州各俍人分支，约于明代弘治年，由于广西大藤峡土人的造反，从云南中部调入广西平剿叛乱。大藤峡土人的叛乱平息后，被朝廷留下戍守此地。浔州的俍人分散居住在三个县境内，各自有自己的族长，过去隶属于武靖州，武靖州废置很久了，现今隶属于浔州郡别驾。

俍人的风俗，自小就学习唱歌，男女都靠着对歌的方式自行选择配偶。女子成年后，其家人就让她到野外去，数十个青年男子跟随，一个接一个与她对歌，最后看她答歌中的意思只留下一个人，两人相赠定情物（原书注：男子赠给女子一条扁担，上面刻了几首歌，字都是蝇头小字，中间为金彩装饰，并画了花鸟图案，再用清漆将全木浸刷，使扁担上的漆不会掉落，这扁担大概是土人女子干活出力所必需之物吧。女子赠给男子绣囊、锦带等各种东西，都是女子自己做的），相订为夫妇，并各自归家禀告其父母，男方派遣能言善语的媒婆携带槟榔来确定婚嫁日子（原书注：槟榔用苏木染色，并用艾草、胭脂菜和石灰一起腌泡）。结婚那天，道路上走满了男方接亲的人和女方送亲的人，歌声响彻林木。新娘到了夫家后，双方饮交杯酒，新郎用拳头轻击三次新娘的背，新娘挑水倒入大水缸里（原书注：便是用男子所赠扁担挑水）。完成这些仪式后，新娘马上回到娘家，不再与丈夫相见，直等到怀了孕，才回到夫家与丈夫一起生活到老（原书注：在结婚后到回归夫家前这段时间，新娘的家里会另外找一个男子，称为“野郎”，上门与父母一起居住，等到新娘生下子女后，就抛弃野郎回到夫家，所以野郎又叫苦郎。当与野郎在一起的那段日子，新娘的丈夫到新娘家里，反而会被视为通奸；等到新娘回到了夫家，野郎只能回归他自己原先的家里，或者留在新娘的娘家，如果到其他人家处，也以通奸论）。如今这种婚俗也逐渐地改变了，只在深山穷谷处，还有残留。俍歌的歌词大都是与恋情有关，这一点与民歌看似大略相同，而实质上大为不同：民歌采用七言四句的形式，而俍歌则采用五言八句的形式；民歌一定遵照沈约声韵，而俍歌用古韵；民歌押韵一定用平声，而俍歌平声仄声互押；民歌一韵到底，而俍歌采用两个韵，而且隔句跳开来押韵；民歌押韵在每句的末尾，而俍歌则在第二句的中间或倒数第二个字里还藏着一个韵，而末句打破本诗中的声韵约束，自由地咏唱；民歌四句歌词，歌唱时要缩成三句（**原书注：最后两句要一口气接唱下去，不能断开**），而俍歌则是八句歌词重叠成十二句来唱（**原书注：具体的重叠方法见后面的内容**）；民歌的歌词直抒胸臆时，会采用一开一合的形式，采用一语双关手法的歌词，则有一主体一客体的区分，而俍歌的歌词则曲折婉转，呢喃如低声细诉情话，有时有一两句佳句，很像六朝时代的艳情诗，但歌词中的俍人方言字词，则十个有八九个难以翻译，不能准确知道其含义。

由于这种原因，俍歌的歌曲收集无法多得。现在采集了若干首，来不及从中精选出来并作上注评，现在附在《粤风》之后，仍命名为“俍歌”，却不命名为“俍风”，是因为《俍歌》不可以视为《诗经·国风》的继承的缘故。

睢阳云卧道人修和惟克甫再次题序。

《佷歌》迭唱及叶韵例（两韵跣可用□□分韵[1]）

若皮驾天桥（起句有三字者，亦有不用韵者），

就度邀（狼歌定藏一韵于此句第二字或第三字）批卦（必于此句内用两韵，似是以邀卦为起韵，他处皆叶也）。

约区同旧话（同首句），

便批啰媒通（此句不用韵）。

生人妻可孝，

度告寔[2]不饶。

若皮驾天桥，

就度邀批卦。

贯笼结姻亲，

尔先成公妈。

若区同旧话，

便批啰媒通（末句出韵自咏）。

注释

①两韵跣可用□□分韵："跣"指"赤脚"；"韵跣"就是"韵脚"的意思；□□，原书此二字很模糊。

②寔：音 shí，实在之意。

按：由于上文原书没有注释每句的意思，所以只能按字面意思来理解，很可能它们只是佷人方言字词的汉字音译而已。

唱

宽介留么往，宽的歌智广。（“宽”是“唱”；“介”，“语词”；“留”是“我”；“往”是“妹”；“智广”，花名，木类，出桂平诸县中，高三尺许，细叶，春夏间著小黄花。唱与我么妹，唱的歌好就如一枝花一般，诱之使唱也。）宽介留么往，宽解闷双巡。（“双巡”是两句，唱与我罢，妹唱两句解闷。）皮是伝布寨，往买皮就呵。（“皮”是“兄”；“伝”是“为人”；“布”是“不”，土人唱“不”多作去声也；“寨”是“好”；“买”是“爱”；“呵”是“应”。兄虽是为人不当怎的好，妹若肯爱我，我就应了①。）往恳皮就笼，不贫同不放。（“恳”是“上”；“笼”是“下”；土人谓所欢曰“同年”，言其青春相称也。妹若有从上俯之，兄即从下仰扳，不得与你成同年，决不放过去。前边婉转，后边直捷。俍歌字法、句法多用倒装，如此言“唱两句解闷”却云“唱解闷两句”；次篇“墨样黑、石样坚”，却云“黑样墨、坚样石”是也。读者以此为例，以意逆志可也，后不再赘。）

注释

①我就应了：原注解似不妥，按对歌程式，应是“妹若有意就开口答歌”之意，因为如果哥无意思，自然不会唱歌来撩情，而下文的句子也是多余的了。

译文

唱歌给我小妹听，我唱的歌啊如花般美。（原书注：“宽”是“唱、唱歌”的意思；“介”是“语词”的意思；“留”是“我”的意思；“往”是“妹、阿妹”的意思；“智广”是一种花木的名称，灌木类型，产于桂平各县中，高三尺多，树叶细小，春夏之间盛开小黄花。这句歌词的意思是：唱给我的小阿妹听呀，我唱的歌就好像一枝花那样美丽，用意在于引导、诱使女子开口接唱。）唱歌给我小妹听，妹啊请你唱两句解解闷吧。（原书注：“双巡”这两句歌词，意思是：阿妹啊，请你和我唱几句吧，阿妹请唱两句来解解闷。）哥虽为人不大好，妹若爱哥就回应两句。（原书注：“皮”是“兄、阿哥”的意思；“伝”是“为人、做人”的意思；“布”是“不、不要”的意思，土著人唱“不”字时，大多是唱去声的；“寨”是“好、美好”的意思；“买”是“爱、爱慕”的意思；“呵”是“答应、回应”的意思。这两句歌词意思是：阿哥虽说为人不怎么好，但如果阿妹肯垂爱于我，我就答应了。）高高在上的妹啊，请垂怜下面苦苦仰望的阿哥呀，不与妹做同年，决不放手。（原书注：“恳”是“上面、高高在上”

的意思；“笼”是“下面、匍匐在地”的意思；土著人将自己相好之人称为“同年”，意指她/他与自己同样青春、相互称心。这两句歌词是说：阿妹若肯从上面俯视我，阿哥当即会抬起头来仰视阿妹，如果不能够与阿妹你结成同年相好，决不愿放手。前面的歌词用意婉转，后面的歌词用意直接爽朗。俍歌大多使用倒装句式，比如这句歌词说“唱两句解闷”，却说成“唱解闷两句”；下一首歌谣的歌词“墨样黑、石样坚”，却说成“黑样墨、坚样石”就是这个缘故。读者以这首歌词为例，就可通过歌词的意思推求出歌唱者的心志了，后面就不再赘言。）

和

宽便宽么皮，宽败岑样墨。（“岑”是“黑”；“败”是“不像”。）宽便宽么皮，宽败匿样辛。（“辛”是“石”；“匿”是“坚”。唱便唱么歌，只是唱的不好，不像墨恁一样黑，不象石恁一样坚，盖自谦之词，答前四句。）吞同釐[①]伶俐，约友二何行。（“吞”是“见”；“釐”是“好”；“约”是“教”；“友二”，妇人自称，缘土人谓“相知”曰“同年”，又曰“友”；“友二”，妇人自处于友之次也；“何”是“颈”；“行”是“痒”。见同年生得好伶俐，教我颈痒即心痒，合前“往买”句；“颈”即“喉咙”，答其不得不为之唱也。“吞同”句，答“皮是”。）扶买扶过寻，何行也不失。（“扶”是“一个人”；“过寻”是“顽耍”。一个人爱一个人，自当过寻相顽耍；我心也痒，亦不肯放你了。自谦唱得不好，却比之墨与石，取譬甚奇。）

注释

①釐：厘，读音有 lí、xǐ、xī 三种，意义各不相同，这里读 lí，意义见原书所注。

译文

唱歌就唱给阿哥听，只是唱得不好，不像墨那样黑。（原书注：“岑”是“黑”的意思；“败”是“不像”的意思）唱歌就唱给阿哥听，只是唱得不好，不像磐石那样坚定。（原书注：“辛”是“石头”的意思；“匿”是“坚固、坚定”的意思。这两句歌谣的意思是：唱歌就要唱给阿哥听呀，只是阿妹唱得不好，不像墨汁那样浓黑，又不像岩石那样坚固。这大概是歌唱者谦虚的话语，用于回答或和应男子所唱的前面四句歌词。）看到同年长得神采飞扬，让阿妹的喉咙发痒，不得不唱歌。（原书注：“吞”是“看见”的意思；“厘”是“美好”的意思；“约”是“使得、令”的意思；“友二”是女子自我的称谓用词，因为土著人将“相知、相好之人”称为“同年”，又称为“友”，所以“友二”，表示女子将自身地位放于“友”即男子的后面；“何”是“颈、喉咙”的意思；“行”是“痒、发痒”的意思。这两句歌词是说：看见同年阿哥长得精神爽利的样子，不禁使得我喉咙发痒、心儿荡漾，是应和前面男子所唱的“往买皮就呵”那句歌词的；“颈”就是“喉咙”，用来回答她不得不为了男子而唱。“吞同”句是回答男子所唱“皮是”句的。）彼此相爱，自要来与你玩耍，就算唱得不好，也不肯放过你。（原书注：“扶”是“一个人”的意思；“过寻”是“玩耍”的意思。这两句歌词的意思是：一个人爱另一个人，自然应当一起玩耍；我的心儿也发痒了，同样也不愿放过你了。女子的唱和，一边自谦自己唱得不好，同时却又用墨汁与岩石作比兴之物，其比兴意象的选取十分奇妙。）

唱

艮尔留相遇，如水还到江。（“艮尔”是“今日”；“留”是“我”。）艮尔留度让，如贫双品巴。（“度让”是“所撞见”；“贫”是“成”；佷人呼“蝴蝶”为“品巴”。）日往月又称，同鳌纫闾住。（“同”是“同年”；“鳌”是“好”；“纫闾”是“何处”。别你久了，你好在何处住。）平南藤贵县，斗吞妹王还。（平南县、贵县隶浔州府，藤县隶梧州府，三县接壤。“斗”是“来”；“吞”是“见”；“王还”云“风流”。我只为妹的风流，那处寻你不到，今日恰遇在此，安得不喜。有美一人，忽然重合，因今日之合，追思往日之离，因往日之离，愈喜今日之合，情景尔尔。）

译文

今日我与阿妹相遇，就像水流回到江河中。（原书注：“艮尔”是“今日”的意思；“留”是“我”的意思。）阿哥今日与妹撞见，就像蝴蝶成了双。（原书注：“度让”是“所撞见的人”的意思；“贫”是“成了、变成”的意思；佷人称呼“蝴蝶”为“品巴”。）日头落下月又升起，我等了许久，美丽的同年你家在哪里？（原书注：“同”是“同年”的意思；“鳌”是“美好、美丽”的意思；“纫闾”是“何处”的意思。这两句歌词是说：离别你太长时间了，如今美丽的阿妹你在何处住呀？）我走遍了平南县、藤县和贵县，只为见识阿妹的风华呀。（原书注：平南县、贵县隶属于浔州府，藤县隶属于梧州府，三县相互接壤。“斗”是“来、过来”的意思；“吞”是“看见、遇见”的意思；“王还”是“风华”的意思。这两句歌词的意思是：我只为阿妹的风华而来，却到处都找寻不到，今日恰好在此遇到你，哪会不欣喜！这两句歌词形容如下情景：男子心中怀有一个美人的影子，忽然在这里再次遇见，又再因今日之遇见，回想起往日的离别，又因为往日离别，更显得今日相遇的欣喜之极。）

和

艮尔留度立，如个菉逢春。（“立”是“过”；“个菉”是“个竹”。）艮尔留相逢，如恳吞笼斗。（“如恳吞笼斗”犹云“如从天上掉下你来了”。）咳当临他流，咳秋临他笃。（“咳”是“挨至”；“当”是“门”；“临”是“眼”；“他”是“泪”；“秋”是“柱头”；“笃”是“流的更多”。）扶台使断泒，扶在使度辛。（“扶台”是“那个死了”；“断泒”是“丢开”；“度辛”是“相见”。竹亦是有定所、有节操的，春是有去有来的；“春”比“郎”，“竹”自比。首四句亦答前四句之意。“咳当”二句，喜极而转悲也，当是邀其到家之意，言“我邀郎到我家，挨到我门前，不觉眼泪流出来。进门挨到柱头，愈不觉泪流更多了”[①]。末句当是进屋自明心事之词，意自明白。“咳当”二句，有多少踌躇，有多少态，描写出委实动人。《齐风》“俟我于著乎，而俟我于庭乎?”，而此殆合其意耶。）

译文

今日我从这里经过，如竹子遇到了春风。（原书注：“立”是“经过”的意思；“个菉”是“个竹、竹子”的意思。）今日与哥相逢，似看到从天上掉下了你呀。（原书注：“如恳吞笼斗”就是“如同从天上掉下你来了”的意思。）我在门口盼你经过，直等到眼泪流，门柱又开又合，我的眼泪越流越多啊。（原书注：“咳”是“挨至、等到”的意思；“当”是“门、门口”的意思；“临”是“眼睛”的意思；“他”是“眼泪”的意思；“秋”是“柱头、门柱”的意思；“笃”是“流得更多”的意思。）如他已死就让我忘了他，如他还在世间，就让我们快快相见吧。（原书注：“扶台”是“那个死了”的意思；“断泒”是“丢开”的意思；“度辛”是“相见”的意思。竹子也是有所坚持、有节操的事物，春天是去了又必定再来的；在这两句歌词里，女子以“春天”比喻“情郎”，以“竹子”比喻自身。这首歌谣的头四句也有答和男子所唱的前四句的意思。末尾“咳当”二句歌词，表达了喜极而转悲之意，应该是女子邀请男子到她家里去的意思，说的是“我邀郎到我家，挨到我门前，不觉眼泪流出来，进门挨到柱头，不觉意间眼泪流得更多了”。最后一句应该是进到屋里自我表明心事的言辞，用意很明白。“咳当”二句，诉尽了多少踌躇犹疑、多少情态，对心理的描写之细致的确很动人。《诗经·齐风》有诗说：“情郎在影壁前等待我吗，情郎在庭院前等待我吗?”这大概符合这首歌谣的意思吧。)

按:原书对“咳当”二句的解释,似不妥,笔者的意见请见译文。

唱

六吞六,齐度菊口笼。(“六”是“鸟”;“吞”是“见”;“齐度”是“大家”;“菊”是“飞进”;“口笼”是“山里”。鸟见鸟,彼此相顾,大家一齐飞进山里去。)有吞同,讲十艮布印。(“艮”是“日”;“布印”是“不应”。今我见你,与你讲十日话也不应我一句。)大路无数岔,江河无数曲。艮恳相旧话,吞那何就笼。(“艮”是“日”;“恳”是“夜”;“何”是“心”;“笼”是“安”;“大路、江河”本直无曲,我心原无他意,但日夜想旧话,今日见,己心就安了。“大路、江河”二句似乐府佳句,用意最朴雅。)

译文

我们像鸟儿遇见鸟儿,大家一齐飞到山里去吧。(原书注:“六”是“鸟儿”的意思;“吞”是“相见、遇见”的意思;“齐度”是“大家”的意思;“菊”是“飞进”的意思;“口笼”是“山里”的意思。这两句歌词意思是:鸟儿遇见了鸟儿,彼此相互顾盼缠绵,大家一齐飞进山里去。)我遇见了同年娇妹,倾诉了十天十夜你也不理一句。(原书注:“艮”是“日子、天”的意思;“布印”是“不理会”的意思。这两句歌词意思是:今日我遇见了你,与你讲十日话儿,你却不曾搭理我一句。)大路有无数条分岔路,江河有无数条支流小溪。我只想日夜彼此互诉心声,今日见了你,就心安意落了呀。[原书注:“艮”是“日子、天”的意思;“恳”是“夜、夜晚”的意思;“何”是“心、心声”的意思;“笼”是“安乐、安心”的意思。前两句说“大路、江河”本是直的而无弯曲的,就像我心原本直爽别无他想,但因想念你,日日夜夜回想起我俩说过的话儿(令我心中愁肠百数、思绪纷纷,如同大路有了无数条分岔路,江河流出了无数条支流小溪啊),今日见了你,我的心就安定了。“大路、江河”这两句歌词如同乐府中的佳句,语句用意最为朴素且典雅。]

和

巴吞巴,度丫笼洪力。(“巴”是“鱼”;“度丫”是“一齐”;“笼”是“下”;“洪力”是“深潭里”。)同吞友,齐匿讲两巡。(“齐匿”是“大家”;

“两巡”是“两句”。今日同年见我，我与你大家说两句。）齐藤同恩爱，鲁批败闾啰。（“齐藤”是“想到”；“鲁”是“不知”；“批”是“果”；“败闾啰”是“那边好”。）布吞布齐到，邓双刘改失。（“布”是“某”；“齐到”是“大家说过”。“邓”是“记得”；“双刘”亦是“大家说过的”。今日某某同眼相见，大家都把话说过，记得两人说过话，当改却前非，永不离异也。鱼鸟起兴，诗人遗风。）

译文

我们像鱼儿遇见鱼儿，一齐游下深潭里去。（原书注：“巴”是“鱼儿”的意思；“度丫”是“一齐”的意思；“笼”是“下、下去”的意思；“洪力”是“深潭里”的意思。）同年阿哥遇见了妹，大家好好说几句话吧。（原书注：“齐匿”是“大家”的意思；“两巡”是“两句”的意思。这两句歌词意为：今日同年遇见了我，我与你大家一齐说两句吧。）想与同年阿哥一起恩恩爱爱地相处，却不知定是哪边好。（原书注：“齐藤”是“想到”的意思；“鲁”是“不知”的意思；“批”是“定是”的意思；“败闾啰”是“哪边好”的意思。）我俩遇见后互诉了心声，大家要记得说过的话，改正以前的过失，永不变心。（原书注：“布”是“某某”的意思；“齐到”是“大家说过”的意思；“邓”是“记得”的意思；“双刘”也是“大家说过的”的意思。这两句歌词说：今日我们大家相互遇见了，大家都把情话说过，要记得两人说过的话，应当改正过往的错误，永远不离不弃呀。此首歌谣用鱼儿、鸟儿作起兴意象，颇有《诗经》遗韵。）

唱

十六管国六，斗吞六费梨。（“六”是“巷子”；“国”是“一”；“斗”是“来”；“吞”是“见”；“费”是“都是”。十条巷做一条巷，我来见巷内都是梨花。）十卑管国卑，吞同鳌艮尔。（“卑”是“年同”；“鳌”是“好同年”；“艮尔”是“今日”。十年当一年，今日方见我好同年。）命皮叹虚花，冤家难理度。（“命皮”倒装，犹云“我命叹虚花”；“冤家难以理度”，口中隐隐疑共别后另有所私意。）吞同鳌伶俐，约都皮心非。（“约”是“教”；“非”是“闷”。他处说伶俐是奖，此处是疑，惊疑不定处如话。）

译文

十条巷子如同一条巷子，我来这里看到巷子里开满了梨花。（原书注：“六”是“巷子”的意思；“国”是“一条、一个”的意思；“斗”是“来”的意思；

“吞”是“看见、看到”的意思；“费”是“都是”的意思。这两句意为：十条巷子如同一条巷子，我来见巷内都是梨花。）十年如同一年，到今日才见到我的美丽同年妹。（原书注：“卑”是“年同”的意思；“厘”是“好同年”的意思；“艮尔”是“今日”的意思。这两句歌词说：十年如同一年，今日方能看见我美丽的同年阿妹。）阿哥命不济，只好对着花儿空叹，阿妹的心难以捉摸，真是我的冤家呀。（原书注：“命皮”这句歌词是倒装句，就如同说“我命叹虚花”；“冤家难以理度”，口中隐隐怀疑相别之后，女子有了别样的心意。）看到美丽的同年阿妹啊，教阿哥我的心愁闷难当。（原书注：“约”是“令”的意思；“非”是“愁闷”的意思。在别的地方说女子心思活泛、伶俐是赞赏之话，但用在此处却表达了惊疑的心情，而惊疑不定的心情也由话语表露无遗。）

和

忍乃布吞舻，赖舻批贩纸。（“忍乃”是“许多”；“舻”是“船”。）忍乃不吞皮，赖皮鳌布闾。（“鳌”是“好”；“布闾”是“谁家”。许久不见你的船，赖你坐船去贩纸，许久不见兄，又赖你与别家相好。）双逢今奴撑，凛卦广陂波。（“逢”是“手”；“今”是“掌”；“撑”是“桨”；“凛”是“水”；“卦”是“过”；“广陂”是“两岸”。你又厚上别人，犹两手拿著两把桨，水经桨拨自然向两岸分去。）隔卑卦卑佳，鲁同台鲁鳌。（“卑”是“年”；“卦”是“去年”；“卑佳”是“前”；“鲁”是“不知”；“台”是“死”；“鳌”是“生”。一年三年全不去管人死活。此女果然是伶俐，看他把男子疑，他话头置而不辨，反来责他有二心：开头便责他“许久不来”，是一个擒；第二句又说“贩纸”，是一个纵，然后转刺他爱别人；“赖”字妙甚，不肯斥言，若得之传闻不真似，他人赖之者；然旋以“双手”二句，引喻方切，责他不管人死活，煞是奇绝。“双逢”二句，可敌一篇《白头吟》。）

译文

许多时候不见你的船了，都怪船去贩卖纸张了。（原书注：“忍乃”是“许多”的意思；“舻”是“船”的意思。）许久不见阿哥你了呀，都怪阿哥与哪家的美丽妹子相好了。（原书注：“鳌”是“好”的意思；“布闾”是“谁家”的意思。这两句歌词是说：许久不见你的船来，怪你坐船去贩纸了，许久不见阿哥了，又怪你与别家女子相好了吧。）你双手握着两支船桨，划水而过，波澜荡向两岸。（原书注：“逢”是“手”的意思；“今”是“掌握、握着”的意思；“撑”是“船桨”的意思；“凛”是“水”的意思；“卦”是“经过”的意思；

“广陂”是“两岸”的意思。这两句歌词是说：阿哥你又搭上了别家女子，如同阿哥两手拿着两把桨，船桨划分的水，如同阿哥分散了的情意那样，自然散向两岸了呀。）你一去三年，全不知阿妹我是生是死。（原书注：“皁”是“年、岁”的意思；“卦”是“去年”的意思；“皁佳”是“前、前年”的意思；“鲁”是“不知”的意思；“台”是“死”的意思；“釐”是“生”的意思。这两句歌词说：一去三年全不管人死活。这个唱歌的女子果然是聪明伶俐，你看她把男子质疑的话置之不理、不作分辩，反而指责男子有了二心：歌词一开头便责怪他“许久不来”，这是一把抓住；第二句又说男子应该去“贩纸”了，这是一个放开，然后又转而讥刺他爱上了别人；“赖”这个字用得很妙，看似不肯直接言语责骂男子，如果得到的传闻不是真的，又可将责任推到他人身上；然而马上又以“双手”这两句歌词，用确切、得当的比喻，指责男子不管自己的死活，很是奇绝啊。“双逢”那两句歌词，可比得上一篇《白头吟》。.）

唱

十六管国六，斗吞六费�。（“筠”是“竹”。十巷作一巷，来见巷内都是竹。）十艮管国艮，斗吞同艮尔。（“艮”是“日”；十日当一日，今日缠见我同年。）巡孝半正经，旧情赖国骆。望东南西北，花色一般红。（“巡”是“讲”；“孝”是“好话”；“国”是“那个”；“略”是“哄”。半是正经，赖我忘旧情是那个人，要你试看东南西北，处处花色都是一样，我岂有厚他人而弃你之意。此一连三首，及后首，意皆相承，应是一时间问答之词。结句是绝妙诗馀。）

译文

十条巷子如同一条巷子，我来这里看到巷子里长满了竹子。（原书注：“筠”是“竹子”的意思。这两句歌词是说：十条巷子如一条巷子，我来到这里看见巷内都是竹子。）十日如同一日，到今日才见到我的美丽同年。（原书注：“艮”是“日、天”的意思。这两句歌词是说：十日当作一日，今日好不容易才等到我的同年阿妹。）怪我旧情全忘、半是正经的那个人啊。请看看四面八方，各处女子都一样美丽呀。（原书注：“巡”是“讲、说”的意思；“孝”是“好话”的意思；“国”是“那个”的意思；“略”是“哄骗”的意思。这两句歌词说：怪我旧情全忘、半是正经的那个人，请你试看东南西北，各处花色都是一样的娇美，我又岂有偏爱他人而弃你之理。这里连续三首歌谣，以及后面一首，意思都是一脉相承，应是一时间问答之词。收结两句是绝妙的词句。）

和

忍乃不吞舻，赖舻批贩奈。（“奈”是“麻”。）忍乃皮雷泒，赖皮买有闾。（“买”是“爱”；“有闾”是“别家”。）一来又贩纸，二起又贩孤。（“孤”是“盐”。）花色鲁落眉，同刘驴布卖。（“鲁”是“都”；“眉”是“叶”；“驴布”是“怎不”。你贩麻、贩布、贩纸，终日只是贪利，抛我久了。我的颜色纵然如花也担耽的，连叶子也落尽了，你怎不卖我而买他人也。正是破前曲“望东”二句。“买卖”二字，下得精绝，又从“贩”字生出佳甚。思妇悲荡子真有如是之郁郁难堪者。）

译文

许多时候不见你的船了，都怪船贩卖麻纱。（原书注：“奈”是“麻、麻纱”的意思。）许久不见阿哥你了呀，都怪阿哥爱上了别家妹子。（原书注：“买”是“爱”的意思；“有闾”是“别人家”的意思。）阿哥你一来二去，又贩纸张又卖盐的。（原书注：“孤”是“盐”的意思。）我纵有花般颜色，也会像叶子一样凋落，阿哥你怎不将我也卖了！（原书注：“鲁”是“都是、都会”的意思；“眉”是“叶子”的意思；“驴布”是“怎不”的意思。这两句歌词是说：阿哥你贩麻、贩布又贩纸，终日只是贪图谋利，忍心丢下我许久了。我的容颜纵然如花般美丽也耽搁了，就连叶子也落尽了，你怎不将我也卖了再去买别个女子呀。这两句歌词，正是点破、回击前面男子所唱的“望东西南北，花色一般红”两句歌词的。“买卖”二字，用得精当妙绝，又以几个“贩”字生出上佳效果。思妇哀叹荡子真有如此郁郁难欢、难以忍受的。）

唱

妹要取手钏，便断弟几时。（“断”是“限”。）得会妹相思，便出墟去打。妹若送弟花，大家换博换。大家布博布，妹莫做叶倪。（“布博布”，一疋[①]布换一疋布，不肯最脱之意；“叶倪”是“歹心”。妹欲取钏，口中但答应，不肯即与，只请限期，若与着手，即时出墟去打得，毋令彼女子反疑其叶倪乎？“叶倪”，当作“揶揄”，或是“叶儿”，元人传奇“枝子叶儿”，是节外生枝意。）

注 释

①疋，同“匹”，音 pǐ。

译 文

阿妹要我给手镯，请给阿哥我一些时限。（原书注：“断”是“限期”的意思。）若能得以与妹相见，慰藉相思，哥就到市集上请人打来。阿妹若肯送阿哥鲜花，那就大家相互交换。大家一匹布换一匹布，阿妹不要节外生枝。（原书注：“布博布”意思是一匹布换一匹布，有不肯吃亏的意思；“叶倪”是“不好的心思”的意思。这首歌谣的意思是：阿妹想要拿到金手镯，阿哥口中尽管答应，但不能即刻给予你，只需请阿妹宽限一些时日，如果阿妹答应与阿哥约会相见，阿哥就会马上到市集上打手镯给你，其用意是让阿妹不要怀疑自己节外生枝吧。“叶倪”一词，实际应写作“揶揄”或是“叶儿”，元人传奇里说“枝子叶儿”，就是节外生枝的意思。）

和

妹知弟不知，木皮好做纸。恐同年不意，妹欧气难陪。旧钱便好使，旧米好做糍。（饭也。）妹说弟风流，都刘是不是。（“都刘”是“我说”；曰“妹知”何等自夸，曰“弟不知”已极相谑；“木皮只好做纸”，讥其又轻又薄而无用也。“恐同”二句：我问你索钏非重物，只怕你把我不做意，相处后有始无终，令我欧气难相陪伴耳。“旧钱”二句反应“木皮”句，谓世间唯诚实之人好耐久相处，风流人未必尽诚实，可爱者在此，难保其心者亦在此。“都刘是不是”，冷刺微讥也。“木皮”“旧钱”等句在古乐府中亦自叫绝。）

译 文

阿妹知道，阿哥却不知，树木的皮只适合做纸。生怕同年阿哥不中意，阿妹就会怄气难以陪伴你。旧铜钱好用，旧米适合做糍粑。（原书注：糍粑就是一种米饭。）阿妹说阿哥生性风流，我说的对不对啊！（原书注：“都刘”是“我说”的意思；歌词里说“妹知”是何等自信夸耀，又说“弟不知”已然是非常戏谑之词；歌词“木皮只好做纸”是讥刺男子举止轻薄又无用。“恐同”那两句歌词是说：我向你索要手镯，并非什么贵重物品，只是生怕你不把我放在心上，我们相处后有始无终，令阿妹我气愤难平，难以再相处下去罢了。“旧钱”二句是用来反衬“木皮”二句的，意思是说：人世间只有诚实之人才能长久地相处下去，而生性风流的人却未必都是诚实之人，即使所爱之人身在此处，却难保他的心也留在此处。歌词“都刘是不是”，是冷冷地指责夹杂些讥讽的。“木皮”“旧钱”等歌词即使用在古乐府中也让人叹绝。）

唱

皮论力巡苦，劳有助廊辛。（“皮”是“兄”；“论力巡”是“说哩话”；“劳”是“怕”。土人凡同年相处，女自称曰“友二”，言其从一也；男称女曰“有助”，望其相助成家也。“廊辛”是“喫惊”。我这句话十分苦楚，说出来恐怕你吃惊。）约论力巡岑，劳住吞鲁低。（“约”是“要”；“岑”是“好”；“吞”是“见”；“鲁低”是“啼哭”。要我说到好动情处，恐怕你要见哭声。）望北斗超生，望有彭照顾。（“彭”是“少年”，又是一称呼。望同年照顾犹望北斗照生。言其切也。）想藤同好看，造家当不成。（“藤”是“到”；“好看”是“好汉”；“家当”是“家门”。想到我也是个好汉子，家当只是做不成者，无助我，此所以殷殷望照顾于有彭耳。此“同”字自称，盖“同年”之称，土人用以称人，亦以自称，或用通称。说得来十分苦切，望“北斗”二句尤喻意奇警。）

译文

阿哥要说的话十分苦楚，说出来怕让阿妹吃惊。（原书注：“皮”是“兄、哥”的意思；“论力巡”是“说的话”的意思；“劳”是“怕、恐怕”的意思。土著人但凡同年相处，女子自称为“友二”，意思是她的地位排在男子之后；男子称呼女子为“有助”，意思是希望她帮助自己成家立业。“廊辛”是“吃惊”的意思。这两句歌词意思是：我这句话十分苦楚，说出来恐怕你吃惊。）要我说到动情之处，恐怕阿妹要哭出来。（原书注：“约”是“要”的意思；“岑”是“好”；“吞”是“见”；“鲁低”是“啼哭”。两句歌词意思是：要我说到动情处，恐怕你会有哭声。）希望同年阿妹眷顾，希望好小妹照顾。（原书注：“彭”是“少年、小妹”的意思，也可以是对女子的一种称呼。两句歌词意思是：我希望同年阿妹照顾，犹如盼望北斗照亮生命一般。言辞殷切。）想到同年哥我也是个好汉子，家当总是（因家贫）做不成。（原书注：“藤”是“到”的意思；“好看”是“好汉”的意思；“家当”是“家门”的意思。两句歌词意思是：想到我也是一个好汉子，家当只是因家贫做不成，一直无人肯帮助我，因而殷殷寄望好阿妹能照顾我啊。在此“同”字是男子自称，大概是“同年”的简称，土著人用以称呼他人，也用来自我称呼，或者用于通称。这首歌谣的意思说得十分苦切，其中“望北斗”二句的喻义尤其奇特精警。）

和

艮乙十艮乙，风托佛来琶。（“艮”是“日”，“乙”是“暖”，“托”是“晒”，“佛”是“翅”，“琶”是“山”。重言日色暖时，凤凰出来晒翅；“山上日”比己，“凤”比郎，答前首照顾之意。）有剥剥簪啰，眉巡么便论。（“剥”是“口”，“簪”是“问”，“啰”助词，“眉”是“有”，“巡”是“话”。有口你便开口问，有话你便讲。）命丑笃阆呀，冤家难离脱。（“丑”是“不好”，“笃”是“往”，“阆”是“人家”。我命不好，嫁了人家去就如冤家一般此身不得脱离，焉得照顾得你来。）巴台也为网，何闷也为花。（“巴”是“鱼”，“台”是“死”，“何”是“心”。然虽照顾不得你，而此心已在你身上。人贪花，鱼贪饵，殆有所不暇顾矣。起结俱以比意写照。）

译文

天气暖和了，天气已暖和多日了，请凤凰飞到山上来晒翅羽毛吧。（原书注：“艮”是“日子、天”的意思；“乙”是“暖和”的意思；“托”是“晾晒”的意思；“佛”是“翅膀”的意思；“琶”是“山”的意思。这两句歌词意思是：天气已暖多时，凤凰该出来晒晒翅膀了。“山上日”一词用来比喻自己，“凤”则比喻情郎，这两句是用来回答前面那首歌谣男子请求女子照顾的。）哥啊，你有口就要开口问，有话就要讲出来。（原书注：“剥”是“口、嘴巴”的意思，“簪”是“问”的意思，“啰”是语气助词，“眉”是“有、拥有”的意思，“巡”是“话语”的意思。这两句歌词意思是：有口你便开口问，有话你便讲。）阿妹命不好嫁与了他人，像冤家缠身难脱离（原书注：“丑”是“不好”的意思，“笃”是“往”的意思，“阆”是“人家”的意思。这两句歌词意思是：我命不好，嫁了人家就如冤家一样不得脱身，哪里还能照顾你。）鱼死也是因为网，心里愁闷也是为了花。（原书注：“巴”是“鱼儿”的意思，“台”是“死”的意思，“何”是“心、心里”的意思。这两句歌词意思是：我虽然照顾不了你，但我的心已附在你身上。人啊贪恋花儿，鱼儿贪恋诱饵，大概都是心里有些东西让自己顾及不了那么多吧。这首歌谣的起句与收结都以比兴的意象作为自我心境的写照。）

唱

往齐皮也齐，齐齐恳雷望。（上相间二齐字，是想下相连二齐字，如字。“恳”是“上”，“雷”是“岭子”。你想我也想，齐齐上岭望。）往想皮也想，鲁往想贫间。（“鲁”是“不知”，“贫间”是“成家”。不知妹心思，与我成家么?）为心齐路长，常恐不礼批。（为心想路途遥长，常恐不得去。）刘样忍贪花，不贫琶定放。（“刘样”句未解；“不贫琶定放”，不得你成人家，定不放你。俍歌有倒语，亦有反语，如此末句不曰不成双不放，却云不成双定放是也，馀做此。）

译文

阿妹想哥哥想妹，大家齐齐上岭遥相望。（原书注：上句歌词错杂相间着两个“齐”字，是想在下句与两个“齐”字相连，意思如“齐”字的字面。“恳”是“上、上去”的意思，“雷”是“岭子、山岭”的意思。这两句歌词意思是：你想我也想，齐齐上岭望。）阿妹想哥哥想妹，不知妹想与我成家吗?（原书注：“鲁”是“不知”的意思；“贫间”是“成家”的意思。这两句歌词意思是：不知妹心思，可愿与我成家么?）路远阿哥挂念妹，常怕不得抽身去探妹。（原书注：这两句歌词意思是：路途遥远阿哥有心想念阿妹，又常常怕不能去看望。）若不得与妹成婚配，定不放弃你。（原书注：“刘样忍贪花”这句歌词意思未解；“不贫琶定放”一句，意思是：不得与你成家，必定不肯放手。俍歌的句式有倒装句，也有反语，因此最后一句不说不成双不放手，却说成不成双定放手，其馀的句子用法类似。）

和

艮往各叹花，劳花台失记。（“艮”是“今日”，“各”是自叹乎声音，“贪劳”是“怕”，“台”是“死”，“记”是“枝”，或“如”字更妙。今日妹各自叹花，怕花落，故枝不复记忆。）艮往叹有二，劳皮在临都。（“临”是“忘怀”，“都”是“我”。今日妹自叹，自怕妹死兄独在忘怀于我。）空礼贪花爱，鲁间卖贫琶。（空自叹爱好花，不知何日与你成就人家。）齐藤有结末，败台鲁眉气。（“齐藤”是“想到”，“结末”是“几多”，“败”是“不如”，“鲁眉”是“没有”。想来想去，有几许总不如死去，断了这口气倒是爽利。无限痴情。）

译文

今日阿妹对花悲叹，生怕花落花谢，花枝不再记得旧时花儿。（原书注：“良”是“今日”的意思，“各”是自我叹气的声音，“贪劳”是“怕”的意思，“台”是“死”的意思，“记”是“枝”意思，或采用“记”字更妙。这两句歌词意思是：今日阿妹对花暗自叹息，生怕花儿落尽，过去的枝条不复有记忆了啊。）今日阿妹悲叹有二事，生怕妹死哥在，哥却忘却了妹。（原书注：“临”是“忘怀”的意思，“都”是“我”的意思。这两句歌词意思是：今日阿妹暗自悲叹，生怕阿妹一旦死去，而阿哥单独生存于世却又忘却了我。）阿妹我空自悲叹爱慕美丽花儿，却不知何时才能与阿哥成双成对。［原书注：这两句歌词意思是：阿妹我空自悲叹爱慕美丽花儿（指情郎），却不知何日才能与你结成夫妻。］翻来覆去、左思右想了多少次啊，阿妹我还不如死了去，再不会幽怨郁结气塞塞！（原书注：“齐藤”是“想到”的意思，“结末”是“几多、多少”的意思，“败”是“不如”的意思，“鲁眉”是“没有”的意思。这两句歌词意思是：阿妹我想来想去多少次，总觉得不如死去罢了，断了这口气反倒精神爽利、再无牵挂。这首歌谣道尽了女子无限的痴情。）

唱

塘六雷茄吟，今缯批助大。（“塘六”是“塘内”，“雷”是“没”，“茄”是“有”，“吟”是“鱼”，“今”是“拿”，“缯”是“网”，“批”是“去”，“助”是“打”，“大”是“江”。塘内没鱼拿网去江里打。）都皮苦雷妈，望往嫁么留。（我苦无妻，望妹嫁了我。）阑西样凛冷，啰扶管布吞。（“阑西”是“家里”，“凛冷”是“冷水”，“啰”是“好”，“扶”是“谁人”。我家自东至西无人照看，如冷水一般，谁人不曾见来。）雷眉扶过春，召伝鲁闾卦。（“雷眉”是“没有”，“过春”即“度日”。不得你与我过春，枉为人一生，教我怎么过活？）

译文

池塘里没有鱼，阿哥拿网去江上打。（原书注：“塘六”是“塘内”的意思，“雷”是“没有”的意思，“茄”是“有”的意思，“吟”是“鱼儿”的意思，“今”是“拿”的意思，“缯”是“渔网”的意思，“批”是“去、出去”的意思，“助”是“打，打鱼”的意思，“大”是“江、河”的意思。这两句歌词意思是：塘内没鱼拿网去江里打。）阿哥没妻真是心中酸苦，眼盼阿妹嫁给我。（原书注：这两句歌词意思是：我苦无妻，望妹嫁了我。）阿哥家中如冷水那样冰冷，从未看到哪个好心妹妹来上门。（原书注："阑西"是"家里"的意思，"凛冷"是"冷水"的意思，"啰"是"好"的意思，"扶"是"谁人"的意思。这两句歌词意思是：我家自东至西无人照看，如冷水一般，谁人不曾见来。）没有人（即阿妹）与我度日，教我如何活下去！（原书注："雷眉"是"没有"，"过春"即"度日"。这两句歌词意思是：没有你与我过日子，阿哥枉为人一世，令我怎么过得下去啊。）

和

贯往苟双孟，皮定骆布区。（"贯"是"往时"，"苟"是"头"，"双孟"是"双髻"，"骆"是"不着意"，"区"是"娶"。往者妹小时头缠挽双髻，那时定见我小，不著意要娶我。）尔悬九重楼，约区区布哩。（"尔悬"是"今日"，九重楼，笄也；"约"是"要"。今日我上了头，要娶娶不得了。）各想心各愁，心头如马践。在阳留过有，阴府会度区。（你我两难舍，既不得做夫妇，今生惟有暗地作同年，死后与你成夫妻罢了。从小时叙起，怨其相求之迟，凄凄切切，如小燕呢喃可听。"心头如马践"，新警甚，通篇亦有情景甚堪玩味。）

译文

往日阿妹头绾双髻，阿哥定是见我小，没有着意要娶我。（原书注："贯"是"往时"的意思，"苟"是"头"的意思，"双孟"是"双髻"的意思，"骆"是"不着意"的意思，"区"是"娶、娶过来"的意思。这两句歌词意思是：以前阿妹小的时候头发绾着双髻，阿哥那时必定是看见我年纪小，没有著意要娶我。）今日阿妹及笄成人了，阿哥想要来娶却娶不得了。（原书注："尔悬"是"今日"的意思，"九重楼"是指及笄时头发所盘结的形状，"约"是"要、想要"的意思。这两句歌词意思是：今日我上了头，阿哥要娶娶不得了。）如今我俩各自越想心里越愁，心头上好似马蹄乱踏般麻乱难受。既然在阳间不能与你婚配，只好阴间再结夫妻吧！（原书注：这两句歌词意思是：你我两人难分难舍，既然做不成夫妇，今生唯有暗地相好，死后再与你结成正式夫妻了。这首歌谣从小时候说起，埋怨男子求爱太迟，用词凄凄切切，有如小小燕子呢喃低语、隐隐可听。"心头如马践"一句，用词十分新鲜精警，而整首歌谣所描绘的情景也很值得回味、赏玩。）

唱

高山眉力莫，便批罚马巾。（“眉”是“有”，“力莫”，果名；“罚”是“打”，“马”是“来”，“巾”是“吃”。果子在高山，言其难得，便去打来吃，言其偏易。）往嫁笃阑伝，皮又重合命。（“笃”是“往”，“阑”是“家”，“伝”是“人”，“合命”即今之“庚帖”。妹虽嫁人家，我只管重送庚帖，定要娶你）。往若肯许留，布愁扶闾恶。（“扶闾”是“那家”。妹若肯许嫁我，我不怕那家强恶，只顾娶你。）若台便断沠，若在鼇相逢。（除非死了便罢，若在好相逢应前“在阳”二句。句句是使君使势头的声口。）

译文

力莫果儿结在高山上，阿哥就去打来吃。（原书注：“眉”是“有”的意思，“力莫”是一种水果的名字，“罚”是“打、打来”的意思，“马”是“来，来到”的意思，“巾”是“吃”的意思。果子结在高山处，说明果子难得，阿哥便去打来吃，说明打果子对男子来说很容易。）阿妹嫁往了别人家，阿哥如今又再送庚帖给你。（原书注：“笃”是“往”的意思，“阑”是“家”的意思，“伝”是“人”的意思，“合命”就是今天所说的“庚帖”。这两句歌词意思是：妹虽嫁给别人家，我只管重送庚帖，定要娶你。）阿妹若肯嫁给我，不必担忧（你所嫁）那家人发恶。（原书注：“扶闾”是“那家”的意思。这两句歌词意思是：妹若肯许嫁我，我不怕那家强恶，只顾娶你。）除非死了阿哥才会罢休，若还在世我俩便能好好相怜相爱。（原书注：这两句歌词意思是：除非阿哥我死了便作罢，如若我们还在世上，便要好好相怜相好。这两句歌词是回应前面那首歌谣的“在阳留过有，阴府会度区”那两句歌词的，句句都是一副大官的强横口气和架势。）

和

扶沉苟笼梯，伝区批过米。（“扶”是“衣”，“沉”是“盖”，“苟”是“头”，“笼梯”是“出门”，“伝”是“人家”，“区”是“娶”，“过米”是“做媳妇”。红衣服蒙了头，出门嫁与人家做媳妇。）扶巾钱巾礼，鲁驴鼇马同。（“扶”是“父亲”，“巾”是“受”。我父亲受过人家钱，受过人家礼，你那时想也曾来看见。）条条腊真力，百色尽眉齐。（“腊”是“担”，“真”是“重”。）

三十六图羊，四十双图鸡。（那时成丈夫，彩礼十分齐整，条条相子俱是生的，无物不有，诸般俱全，不必说别的，只羊与鸡也是多不过的。盛称其夫家聘礼之盛，与罗敷盛夸其夫婿之美以拒使君同意。）

译 文

阿妹我是红布蒙头，正式嫁与别人做媳妇的呀。（原书注："扶"是"衣、衣服"的意思，"沉"是"盖、盖上、蒙上"的意思，"苟"是"头"的意思，"笼梯"是"出门"的意思，"伝"是"人家"的意思，"区"是"娶、娶来"的意思，"过米"是"做媳妇"的意思。这两句歌词意思是：阿妹我用红衣服蒙了头，出门嫁与人家做了媳妇。）我父亲受过人家的聘礼，那时你是亲眼所见的。（原书注："扶"是"父亲"的意思，"巾"是"受"的意思。这两句歌词意思是：我父亲受过人家钱财，受过人家聘礼，你那时也曾来观礼的。）彩礼沉甸甸的一担担挑来，各种各样的东西堆得与眼眉一样高。（原书注："腊"是"担、担子"的意思，"真"是"重、重的、沉甸甸"的意思。）光是羊就有三十六条，鸡有四十对。（原书注：整首歌谣的意思是说：那时成婚，丈夫家的彩礼十分齐整，种种聘礼都是活生生、上得台面的，各种各样，什么都齐备，其他的不必说，光是羊与鸡也是多得很的。这里女子用夸张的语词极力渲染其夫家当初聘礼的丰盛，与乐府诗中罗敷极力夸耀其丈夫之英俊威风以拒绝官员的调戏是同一种用意。）

唱

山石不得移，也眉攧凛闯。（"眉"是"有"，"攧"是"着"，"凛"是"水"。山石之坚，也有着水闯时。）贯扶妈嫁往，你换奈图么。（"贯"是"往日"，"扶"是"父"，"妈"是"母"，"换"是"娶"。往日父母已把你嫁了人，今日要娶奈得么。）往思皮便想，双伴不分离。想条命皮差，布蘁琶咳怨。（"咳"，叹词。想来兄命差不得成亲，唯叹思面怨命耳。起语与得好石不可闯者常也，终不以石为不可闯而辍，其闯者有情痴也。）

译 文

山中大石稳不可移，却也有被水冲垮之时。（原书注："眉"是"有"的意思，"攧"是"着、遇着"的意思，"凛"是"水"的意思。这两句歌词意思是：即使有山石之坚，也会有遇着水被冲垮的时候。）往日父母已把你嫁了人，今日哥要娶你谁能奈何！（原书注："贯"是"往日"的意思，"扶"是"父"

的意思，“妈”是“母亲”的意思，“换”是“娶”的意思。这两句歌词意思是：往日父母已把你嫁了人，今日阿哥我要娶你，他们又怎奈得我何。）妹若思念哥，哥就想着妹，我俩相伴永不分离。想来定是阿哥命不济，不得与妹相守望，唯有空悲叹啊。（原书注：“咳”，语气叹词。这两句歌词意思是：想来定是阿哥我的命运差，才不得与妹成亲，现在唯有空叹相思且怨命罢了。这首歌谣的起句说遇到大石不可被水冲垮是常有之事，然而却始终不因为大石是不可冲垮而放弃，从歌词中可以见出勇闯者有一股子痴情。）

和

若皮驾天桥，就度邀批卦。（“度”是“一齐”，“邀”是“相邀”，“批”是“去”，“卦”是“过”。若兄驾天桥也，就大家相邀一齐同过去。言你若当时要娶我，我也肯嫁你。）约区同旧话，便批啰媒通。（“约”是“要”，“区”是“娶”，“啰”是“叫”。若要娶我，同年旧有此话，但此时就该叫媒人来通知我家父母了。）生人妻可孝，度告实不饶。（“可孝”是“可正经说”，不可乱道。你当初失会，今已成生人之妻矣，岂可乱道，告到官，官定不饶耳。）贯龙结姻亲公妈。（若往时你肯娶我，如今忆生男女，你我已成公妈矣。即唐人“恨不相逢未嫁时”意，写得又婉曲正直，并前其二篇，可谓风之变而得正者。）

译文

如果当初阿哥驾起天桥，大家就相邀一齐过去。（原书注：“度”是“一齐”的意思，“邀”是“相邀”的意思，“批”是“去”的意思，“卦”是“过、过去”的意思。这两句歌词意思是：如果当初阿哥你驾起天桥，大家就相邀一齐过去了。也就是说：你若当时要娶我，我也肯嫁你。）若当初你要娶妹，就该请媒人来我家。（原书注：“约”是“要”，“区”是“娶”，“啰”是“叫”。这两句歌词意思是：若要娶我，同年当初有这种心思，那时就该叫媒人来通知我家父母了。）妹今已成他人之妻，阿哥你不可再胡言乱语，如果人家告状，官府定不会放过你。（原书注：“可孝”是“可正经说”，即不可胡乱说话的意思。这两句歌词意思是：你当初失去了机会，如今我已成了他人之妻，你又怎能够再胡乱说话，如果告到官府，官府必定不会饶恕你的啊。）假若当初你肯娶我，今日我们已成爹娘了呀！（原书注：假如当初你肯娶我，如今已生下儿女，你我两人已成孩儿的爹妈了。这首歌谣的意旨就是唐代人所说的“恨不相逢未嫁时”的意思，写得既婉转委曲又正直，与前面女子所唱的两首歌谣一起，可以充分说明风气变得中正良好了。）

卷之四　僮歌[①]

四明黄道祯林甫　辑
吴江潘稷双林甫　评
楚僧本符浑　融　阅

《僮歌》序

古诗之亡也，其于后之诗人乎？古人之诗，非工于诗者也；后之诗人，工于诗者也。工于诗而诗亡，其故有四：一曰拘于理也，诗以理为筋骨，太露则病；一曰拘于韵也，诗人以韵为足胫，甚偪则蹶[①]；一曰拘于律也，诗以律为营卫，过严则郁；一曰拘于字也，诗以字为容貌，屡见则厌。试观三百篇中，言皆方言，鸟兽草木之名皆从俗命，曷字而之拘乎？韵止限三类（韵取字尾为主，五母音居尾为一类，如今之“支、征”等；抵腭音居尾为一类，如今之“真、寒”等；鼻音居尾为一类，如今之“东、庚”等），三类之中，或通或转，甚至出韵自咏，又何韵脚之拘乎！律固无有也，《候人之歌》，四字一篇；《七月》之什，连牍不尽。情之所发，行乎不得不行，止乎不得不止而已，奚拘焉。理固所重也，尤所隐也；素绚[②]一言，通于绘，复通于礼，即至郑之《园桃》、卫之濮桑皆至理也，奚拘焉。拘于理者，是宋人之病也，满纸尽先后天之气，稍涉情语，即指为淫奔之词，有伤风化矣。拘于律者，是唐人之弊也，长短若巧匠之绳尺，排偶如大官之卤簿[③]，文采纵横，反为溢格而不录矣。拘于韵者，是吾乡作文之过也。“魂”“元”并押，“东”“冬”分叶，齐梁以来，始有八病[④]，何异削木置履欤？拘于字者，汉魏以来诸贤皆患之。措一词必曰出某经，用一事必曰出某史，虽出经入史，犹必曰昔人已用、未用，惟有辗转轮回于“风、云、月、露”等数百字之中耳。嗟乎，诗者，性情之善物，而乃若是之拘拘乎！故曰“诗之亡，亡于工诗之诗人也”。

---

① 原书于“卷之四”目录后注：“总《粤风》也，《瑶》《俍》《僮》不可为‘风’，故有专目。”按：卷一至卷四统称“粤风”，而卷一名为“粤风”，是指“民歌”的意思。

余不善诗而善病，每遇风雅，未尝不留心焉。间侨寓昭郡之昭邑[5]，客有遗余浔歌四种者，其民歌、俍歌则中州惟克修氏所辑也，瑶歌则辑于友人赵云章，其未译者独僮人之歌耳。然昭邑亦有僮，其风俗颇类浔之俍，应与浔之僮同种也。会邑之罗林里，有妇人陆氏者，年百有三旬矣，生于明嘉靖之癸巳年三月三日。唐窦常有诗云“看春又过清明节，筭老重经癸巳年[6]”，今且不啻倍之矣。邑人因以人瑞举于邑，余因得见之于舟次。身犹健如六七十岁人，饮酒辄数斗，其子孙俱亡尽，独房下一曾孙侍，巅毛已种种矣。解译僮语，因示以客所贻僮歌，令稍为译释，以通其读。因叹曰：异哉僮人！其工于为词者欤？其非工于为词者与？观其字则土音不必出于典籍也，韵则天籁，不必権于礼部也，律不必沈宋[7]，而理不必程朱[8]也。殆非工于为词者，故其命意也，非犹夫一切词人之意撰语也，非犹夫一切词人之语。然语非谩造[9]，似亦经千锤百炼而出者也；意非率成，似亦从惨淡经营而来者也。不宫不商，天籁所发，亦无错劣之失；无格无调，兴会所至，恰令比赋之旨。况其描物态则细入毫发，写情艳则抉精髓，即世所号工诗者莫之过也。礼失求野，意者风雅之逸响，其在兹乎？独其俗好踏歌，词类桑间，为道学先生所深疾，抑知《诗》首二南，《江汉》《汝坟》之间，既被文王之化之后，与未被文王之化之前，其诗并录。使止录其后而弗录其前，翻[10]无以见周召能化南国之人，亦无由见南国之人能从圣人之化也。僮人者，其犹《江汉》《汝坟》未被文王之化之时乎？今观其歌，如此固非蠢顽不灵者，使沐周召之体风，曷遽不如《江汉》《汝坟》哉！

壬寅四明黄道祯林甫题。

注释

①其偪则蹶：太过局促就显得僵硬。偪：同“逼”，局促之意；蹶，音 jué，僵硬。

②素绚：洁白素雅且有美丽花纹的丝绢。

③卤簿：指古时按礼仪的要求记载皇帝、官员出行时的车驾、随行人员的规模、次序等情况的簿册。

④八病：南北朝沈约提出的关于格律诗创作时应避免的声律上的毛病。

⑤昭郡之昭邑：古地名，昭郡即昭州，今广西平乐县境；昭邑即昭平，今广西昭平县。

⑥筭老重经癸巳年：意指又转了一圈回到了癸巳年，即 60 年。“筭”，古同“算”，本义指计算用的筹码。

⑦沈宋：唐代的沈佺期、宋之问，他们都是推动律诗定型的代表诗人。

⑧程朱：宋代理学家程颢、程颐兄弟和朱熹的合称。

⑨谩造：指胡编乱造。谩，欺骗之意。

⑩翻：副词，反而之意。

译文

古诗消亡在后来诗人的手中吗？古人的诗，不是擅长写诗之人所写；后来的诗人，都是擅长写诗之人。擅长写诗则诗消亡，其原因有四点：一是被说理所拘束，诗以说理为筋骨，太直白浅露则成弊病；一是被声韵所拘束，诗人将声韵作为诗脚，太过逼仄则显得僵硬；一是被格律所拘束，诗将格律作为自身的卫士，过于严格则令诗不得舒展；一是被字所拘束，诗以字词作为自身的容貌，同一字词反复出现在诗中则令人生厌。不妨看看《诗经》三百篇，使用语言都是方言，鸟兽草木的名字都依从民间俗名，有什么字被拘束着的？《诗经》的声韵只限三种（**原注：按字尾声韵为主，五种元音处于字尾的为一类，比如今天的“支”“征”等字；顶颚音处于字尾的为一类，比如今天的“真”“寒”等字；鼻音处于字尾的为一类，比如今天的“东”“庚”等字**）。三类之中，有时一韵到底，有时转韵，有时甚至跳出原诗声韵，自由地咏唱，又有什么声韵可被拘束的？而格律本来就是从无到有的。《候人之歌》全篇只有四个字；《七月》洋洋洒洒，长篇大论。它们都由感情抒发而致，行走时不得不行，止步时不得不止，哪有什么拘束的！说理本身所看重的地方，尤其需要隐藏起来；朴素而又优美的言语，与绘画道理相通，又与礼仪的道理相通，就是《郑风·园有桃》、卫国的桑间濮上之音等诗歌，讲述的也都是至上道理，又有什么拘束的！诗歌被说理所拘束，是宋代诗人的弊病，宋诗中通篇都是讲先天、后天的气运，若有略涉及情爱的诗句，就被指责为淫秽之辞，有损社会风气和道德教化。诗被格律所拘束，是唐代人的弊病，诗句的长短工整得如同能工巧匠的准绳与木尺，排比、对偶诗句如同高官的礼仪手册一样规整有序，如果神采飞扬、自由抒发的文句，反而因为不符合格律要求而不得采用。诗被声韵所拘束，是本朝诗人作诗的过失。“魂”“元”相互押韵，“东”“冬”分别协韵，自南北朝的齐梁时期以来，才开始有“八病”之说，这与削足适履那样的生搬硬套有何区别呢？诗被字词所拘束，是三国汉魏时代以来各诗词大家的共同毛病。用一个词必定要说出于某某经典，举一个事例必定要说出于某某史书，即使是从经史中摘引，还必定说前人已引用或未引用，这不过是仅仅在“风、云、月、露”等此类数百个字词中翻来覆去、你摘我引罢了。可叹啊，所谓诗歌，只是表现人的天性与感情的美好事物而已，为何这样拘泥于这些约束！所以说诗的消亡，是亡在擅长写诗的诗人手中的。

我不擅长写诗却擅长评点诗中弊病，每当遇到诗文，从没有不曾用心研究的。有段时间曾经客居广西昭州的昭平县，有客人赠给我四种浔州歌谣，其民歌、俍歌是中原人士修惟克所辑，瑶歌是友人赵云章辑录的，而其中未曾注译的只有僮人之歌谣。然而昭平县境也有僮人，其风俗与浔州俍人很相似，应该与浔州的僮人同属一个族群。刚好昭平县的罗林里有一个姓陆的老妇人，已经一百三十岁了，生于明朝嘉靖癸巳年三月三日，唐代窦常的诗说“看春又过清明节，算老重经癸巳年”，现在这个老妇的年龄可不仅仅是60岁的两倍了。乡人因此将她作为人瑞向县邑推举，我因而有机会在船上见此妇人。她的身体还康健，如同六七十岁的人一样，饮酒一下子就是几斗，她的儿子、孙子都已去世，只剩一个直系的曾孙服侍身边，（其曾孙的）头发也已稀疏了。老妇人能够解释、翻译僮语，我因此将客人所赠的僮歌给她看，让她略为翻译、解释，以便人们能够读懂歌谣。我不由得感叹：僮人真令人惊奇啊，他们是擅长写词的人呢，还是不擅长写词的人？看他们的歌谣字词全用方言土字，也不用拘泥于非得出于经典之中，声韵则如同天籁，不必左右盘算声韵规则，格律也不必定按沈佺期与宋之问的规定，而说理也不必定按程朱那套理论。大概他们不是擅长写词之人，所以歌谣的立意，不以一般词人的意念来撰写歌词，也不使用如同一般词人的用语。然而这些词语又不是随意乱造，好像也经过了千锤百炼才得出来的；立意也不是草率而成，好像也是呕心沥血琢磨而得来。音乐不是宫调，也不是商调，全由自然界声音提炼而发出来，也无错误低劣的缺点；无格律无宫调，兴会或情致引发之时，恰好符合了《诗经》比、赋的宗旨。而且这些歌谣描绘事物的形状神态则如毛发般细致，描写艳情则选取其中的精华或真意，即使是世上所谓的擅长写诗之人也不能比他们写得更好。古礼仪失传了，人们就到民间去寻访，风雅意韵的传承，难道在此吗？只是僮人的风俗喜好踏歌，其歌词内容类似于桑间濮上之乐(指咏唱男女交往、情爱的艳歌)，这被道学家深深痛恨，但他们却哪里知道《诗经》的开头就是《周南》《召南》，其中有《江汉》《汝坟》等诗，既有受过周文王教化之后的，也有受周文王教化之前的，这些诗都被《诗经》收录。假设《诗经》只收录受文王教化之后的诗，而不收录教化之前的，我们反而无法得知《周南》《召南》可以教化南方蛮人，也无法见到南方蛮人接受圣人教化的情况。僮人，难道还处在如同《江汉》《汝坟》未接受文王教化的时期吗？现在看他们的歌谣，并非天生愚蠢顽固，假使僮人歌谣能受到《周南》《召南》体裁、风韵的影响，怎会比不上《江汉》《汝坟》等诗歌的水平呢！

壬寅年四明黄道祯林题。

歌

口三六四里，踏得耳花桃，花脉淋了好。花桃淋了密，淋了细丝丝，淋了离乙乙。养勒佛排筢，养勒花排菲，里样对鸳鸯。里样梁山伯，山伯祝英台。

（此进山踏歌之词也。“口”是“进”；“三”不是数目，犹云“这里”；“耳”是“枝”。言进得这里有六四里之远，方寻得桃花枝。“脉”是“瓣”，“淋”是看得分明，“花桃”又指花朵而言，言花瓣这样好，花朵这样密。后二句“细丝丝”承“花脉好”，“离乙乙”应“花朵密”。此六句写景赋而比也。以下五句专赋踏歌之人。“勒”是“儿”，“排”是“列”，“筢”是齐整，“菲”是标致，“里”是“好”，“样”是“橡”。这些踏歌的是谁，屋生得好男勒，这样齐整就如活佛；是谁屋生得好女勒，这样标致就如桃花排列的十分好看。若各配成双，比之于鸟，好像鸳鸯，比之于人，好像梁山伯祝英台也。谓花瓣为花脉，始看犹不觉止，谓是僮人土语之常耳。及细玩后句，以“细丝丝”承之，始惊其用字之奇妙。昔人好为极微之论，论曰：“草木之花，于跗萼中，展而成瓣。”人曰凡若干瓣斯一花矣。人固不知昨日者，殊未有此花也，更昨日焉，乃至殊未有此萼与跗也。于无跗无萼无花之中而欻然有跗，而欻然有萼，而欻然[①]有花。此有极微于其中间，如人徐行，渐渐至远。然则一瓣虽微，其自瓣根行而至于瓣末，其起此尽彼筋转脉摇、朝浅暮淡，粉稺香老，人自视之，一瓣之大，如指项耳。自花计焉，乌知止其道里，不且有越陌度阡之远也。人自视之，初开至今，如响眼[②]耳。自花计焉，乌知其寿命不且有累生积刦[③]之久也。非有锦心绣口才人，决不能体察至此极也。僮人生于深山穷谷，异言殊服，即使读书问学，尚不及《论语》，其中岂亦有锦心绣口之才子乎哉？始信天之生才，不择地。欧阳子所谓“其人言语工矣，文章丽矣，而不免与草木俱朽者，悲夫！”“淋”字是审观谛视意，四个“淋”字妙在由浅至深：“淋了好”是初看；“淋了细丝丝”是又细看了一番，正花脉所以好也；“淋了密”亦是初看；“淋了离乙乙”是又细看一番，见花桃之不啻审也。“离”即陆离之“离”，“乙”音轧，与“乙”有辨，即花枝低亚意。“养勒”二句乃一班一班分夸，是一经；“里样”二句，乃一对一对合夸，是一纬。末三句只合云“里样梁山伯祝英台”八字耳，却于“山伯”之下又复添“山伯”二字，以取音节妙甚。）

注释

①欻然：形容光艳明丽的样子，与“嫣然”的意思接近。“欻”，音 xū。

②响眼：未解。似应释为“眨眼”。存疑。

③刦：同“劫”。应作“波劫”解，即不能用具体时间计算的较漫长的光阴，佛家语。

译文

走进这儿六四里，方寻得枝上桃花绽放朵朵，看啊，片片花瓣这样美丽，看啊，朵朵花儿那样娇艳。细观之下，花瓣如丝丝吐蕊，慢慢欣赏之下，花朵错杂压枝丫。踏歌的男儿啊，排列得像神佛那样端正齐整，踏歌的女子呀，排列得如桃花般美丽。男儿、女子，好像鸳鸯一样成双成对，又好像梁山伯与祝英台一样般配哟。

［原书注：这是一首进山踏歌所唱的歌词。“口”是“进、进去”的意思；“三”不是数目，而是等于说“这里”的意思；“耳”是“枝、树枝”的意思。首两句歌词是说：进得这里来已有四六里之远了，方才找寻得到桃花枝。“脉”是“花瓣”的意思，“淋”是“看得分明”的意思，“花桃”又指花朵而言，说的是：花瓣这样美好，花朵这样繁密。后面两句歌词中的“细丝丝”承接“花脉好”，而“离乙乙”对应“花朵密”。以上六句歌词写景时运用了赋和比的手法。下面的五句歌词是专门描写踏歌之人的。“勒”是“儿”的意思，“排”是“列”的意思，“筢”是“齐整”的意思，“菲”是“标致”的意思，“里”是“好”的意思，“样”是“橡”的意思。五句歌词的意思是：这些踏歌的人是谁？谁家的好男儿啊，长得这样齐整清爽就像活生生的神佛；这是谁家生的好女儿啊，长得这样标致就如桃花排列得十分好看。如果让他们各自婚配、成双成对，用鸟儿来比喻，他们就好像鸳鸯，用世间之人来比喻，他们就好像梁山伯祝英台呀。歌词将花瓣称为花脉，乍一看上去有如无穷尽，据说是僮人常用的乡土言语。再细细品味后面一句，以“细丝丝”的词语承接，才让人惊觉歌词用字的奇妙。以往人们喜好发表从事物的极微细之处探究事理的言论，说：“草木之花朵，被跗萼承托其中，花朵舒展则变成了花瓣。”人们说，若干花瓣组成一朵花。人们固然不知昨日尚未有这朵花的，而再从昨日向前推一日，甚至根本还未有此花萼与花跗啊。在无跗无萼无花之中，不经意间光华明丽地生出了花跗，又光华明丽地生出了花萼，最后于嫣然之间吐放明丽而生成了花朵。在此过程中，潜藏着各种极细微的变化，如同人们缓缓而行，渐渐走向远方。然而，一片花瓣虽然细微，它从花瓣根部舒展、生发到花瓣末端，能够长成如此皆由它的筋脉翻转摇动、朝暮浅淡，粉嫩花瓣的香气逐渐消失。人们看待花瓣，一片花瓣的大小，不过像手指头般细小而已。从花瓣开始推衍开去，鸟儿懂得飞到其能力所及的距离，不仅仅是有穿越远处田野的本事。人们看着花瓣，从初开至如今（凋谢），就好像才经历了一眨眼的工夫罢了。从花瓣开始推衍开去，鸟儿知道其寿命不仅仅是生命与时光的漫长累积。若非是胸中大有锦绣文章的才子秀女，决不能如此

细致地体察到人情事理。僮人生长在深山荒谷，语言和服饰都与汉人不同，即使有些读书求学的人，其水平尚且不能深入研习《论语》，难道这些人中间也有锦心绣口的才子吗？我现在才开始相信上天降生人才，是不会刻意选择地域的。正如欧阳修所说的那样："他们的言语工整精练，所写的文章华丽，然而最终却无法逃脱与草木一同腐朽的结果，可悲可叹啊！"歌词中的"淋"字是审视得分明清楚的意思，四个"淋"字妙在由浅至深："淋了好"是初看；"淋了细丝丝"是又细看了一番，这正是花脉给人美好感觉的所在；"淋了密"亦是初看；"淋了离乙乙"是又细看一番，对花桃则无异于审视细看了。"离"即陆离之"离"的意思，"乙"读作"轧"，与常用的"乙"字有区别，它的意思是花枝低压。"养勒"这两句歌词是一群人一群人地分开夸赞，这是一种（勾勒人物的）经线；接下来的"里样"这两句歌词，是一对一对地合起来夸赞，这是一种（勾勒人物的）纬线。最后三句歌词其实合起来只是说"里样梁山伯祝英台"八个字而已，却在"山伯"一词后面又再添上"山伯"二字，以获得音节协调美妙的效果。]

又

子挂勤违远（去声），燕挂下游游，巴摆投生水。巴不里溇淋，有摆寻布幕。有不佐疼都，谁（音椎）何秋（音走）依有。

（"子"是"云"；"挂"是"过"，僮人读"过"多作"挂"音；勤远，云飞貌；"游游"，燕飞貌；"巴"是"鱼"；有所舍而摆曰"摆"；"里"是"到"；"溇淋"是"浊水"；"布幕"是"别个"；"佐"是"肯"；"都"是我；"谁何"是"疼不疼"；"秋"是"尽依"；"有"是"凭你"。云过则勤违而远矣，燕过则游游而下矣，此二句兴也。鱼去则必投生水，必不到浊水来矣，此二句比也。今日你舍我另有别个，疼我不疼任你罢了。描云描燕颇得情态，"生水"二字尤妙，若用"清水"便无意味。）

译文

天上白云翻卷飞扬过去了，屋檐燕儿飞上飞下飘远了，水中鱼儿摆摆尾游向了清水。鱼儿不在浊水里游，摆摆尾另寻了他处。心上人啊不肯疼爱我，疼不疼爱全凭了你。

（原书注："子"是"云、白云"的意思；"挂"是"过、过来、经过"的意思，僮人读"过"字大多读作"guà"音；"勤远"，形容白云翻飞的样子；"游游"，形容燕子飞翔的样子；"巴"是"鱼儿"的意思；有所舍而摆曰

"摆";"里"是"到、进到"的意思;"漤淋"是"混浊的水"的意思;"布幕"是"别个"的意思;"佐"是"肯"的意思;"都"是"我"的意思;"谁何"是"疼不疼"的意思;"秋"是"尽依"的意思;"有"是"凭你"的意思。这首歌谣是说:白云飘飘卷卷而流过天空去向远方,燕子飞上飞下地悠然飞远,这两句歌词运用了起兴手法。鱼儿远去则必然奔向活水,必然不会进到混浊的水里来,这两句歌词运用了比的手法。今日你舍我而去,另有了他人,心不心疼我随你便吧。这首歌谣描绘云彩、燕子的情态很是传神,而"生水"二字用得尤其巧妙,若用"清水"一词便平淡无味了。)

又

离有三年判,离有四年伦,条伦狠北判。特断狠北(音博)他(音打),狠北他三挟,狠比界三深。镰割刀又伐,伐了活漤他,驴(涝)离(抵)流了有。

("判"是"多";"伦"是"路";"狠"是"长";"北"是"草";"特"是"地";"断"是"期";"特断"是"倒语",乃当时期约之所。"他"是"涧","挟"是"手托","三"是"几多意"。"活漤他"是"落眼泪"。离你三年多了,这条路将有四年不行了,路上草的多了,我与他相约所在也长出草来了。五句横写草有几许托之涧,六句又竖写草之长,镰既割,刀又伐,总因不得相会而迁怒于草也。此所以伤心流泪而没可奈何耳。)

译文

你离开已有三年多,这条路你已有四年没走,乱蓬蓬的草多得快将路淹没。我们相约之地早长满了野草,多少次我将野草抛到沟涧里,野草依然长得多么高。我用茅镰割,用柴刀砍,边割边哭,边砍边流泪,却不知如何是好,总是眼泪流不完。

(原书注:"判"是"多"的意思;"伦"是"路"的意思;"狠"是"长"的意思;"北"是"草儿"的意思;"特"是"地"的意思;"断"是"时期、日子"的意思;"特断"是倒装语,意思是当初约期的地方。"他"是"山涧"的意思,"挟"是"手托"的意思,"三"是"几多"的意思,"活漤他"是"落眼泪"的意思。这首歌谣是说:离别你已三年多了,这条路将有四年没有走过了,路上草的多了,我与他相约的地方也长出草来了。第五句歌词正面直写草有多少被自己丢到山涧里去了,第六句歌词则又绕回来描写野草疯长,即使用镰刀割、用柴刀砍伐,却总因为不得相会,因而迁怒于草。这是因此伤心流泪而又无可奈何的原因。)

又

歌古纫玄潭，淋鲁藤就贪，淋藤贪纷纷。像观音在寺，识世梗天香，识年不罗老，有里到相逢。

（首三句是兴体，“歌古”是树生长在潭边，“淋”是“风”，“贪”是“动”，藤附于树，风吹而动，纷纷然，以兴我佳人如寺里观音。“梗”是“食”，在世不食人间烟火，只食天香，长生不老，到底与你有相逢处也。此歌末四句无甚奇，首三句兴得好。）

译文

大树生长在幽深的潭边，风吹过，青藤就飘动起来，大风吹得青藤纷纷舞动。我的情人就像庙里的观世音，在世只食天香，不食人间烟火，长生不老，我们始终有相逢的时日。

（原书注：开头的三句是起兴，“歌古”是指树生长在潭边，“淋”是“风”的意思，“贪”是“动”的意思，意指青藤依附在树身上，风吹而动，一派繁茂生机的样子，用这些意象来起兴，表示我的心上人好像寺里观音那般高贵美丽。“梗”是“食”的意思，意指美人在世上好似不食人间烟火，只食天上的香露，长生不老，说到底总有一天会与美人你有相逢地方。这首歌谣的最后四句没有太新奇的地方，但开头三句起兴用得很好。）

又

崖花布（豹）贪（伴）柳，崖有布贪骑（渠），花贪柳先迴。友贪骑先断，忧闷惟忧闷，鳌断不鳌讨（袄），驴离流了有。

（“崖”是“好”；“布”是“不”；“贪”即“伴”；“有”是“女人”；“骑”是“丈夫”；“迴”是“扳折”意思；“断”是“断定”，犹云佳期也。“鳌”是“得”，“讨”是“娶到家里”，“驴离”是“不知”，“流了有”是“怎么样好”。首二句乃反语，言好花岂有不伴柳之理，好女岂有不伴夫之理。但好花虽伴柳，必先被人扳枝；好女虽伴夫，必先与人佳期然。止得暗赴佳期，而不得讨到家做夫妻。此所以忧而又忧，闷而又闷，深叹无可奈何也。首二句托比新警，六句关锁得最有力量。）

译文

好花哪有不伴柳，好女谁个不伴夫。花虽能伴柳，却先被人扳枝，女虽能伴夫，却先被人赴了佳期。只得暗赴佳期，却不得娶到家里，我的心啊忧闷又忧闷，却总是不知怎样才好！

（原书注："崖"是"好"的意思；"布"是"不、不要"的意思；"贪"即"伴、陪伴"的意思；"有"是"女人"的意思；"骑"是"丈夫"的意思；"迥"是"扳折"的意思；"断"是"断定"，等于说"佳期"的意思。"蘁"是"得、得到"的意思，"讨"是"娶到家里"的意思，"驴离"是"不知"的意思，"流了有"是"怎么样好"的意思。开头两句是反语，实际是说：好花岂有不伴柳的道理，好女岂有不伴夫的道理。只是好花虽想伴柳，却必然先被人折了枝；好女虽想伴夫，却必然先被他人赴了佳期。只得暗暗地赶赴佳期，而不得娶到家做夫妻。这就是歌唱者忧而又忧、闷而又闷的原因所在，深叹无可奈何呀。开头两句所用的比兴新鲜精警，第六句却将全曲的用意锁定得最有力量。）

又

杠离喃争下（玉），杠离把争天。杠离人争米，也不里腾溇。

（"杠离"犹言枉然，"喃"是"地"，"下"是"草"，"把"是"云"，"米"是"妻"，"里"是"到"，"腾溇"是"身边"。争一妇人耳，直比之争天争地，可谓痴绝横绝，然横由于痴也。上句"喃争下"，三句"人争米"，二句亦宜曰"天争把"，今却用一倒语曰"把争天"，便得错综之致。）

译文

白费心力与大地争夺草儿，白费心思与上天争夺白云。白费心机与他人争夺娇妻，（纵然上天下地，耗尽生命）心上人也不会来到我身边。

（原书注："杠离"如同说"枉然"的意思，"喃"是"地、大地"的意思，"下"是"草儿"的意思，"把"是"云儿、白云"的意思，"米"是"妻子"的意思，"里"是"到"的意思，"腾溇"是"身边"的意思。这首歌谣将争夺一个女子的事情，说得简直如同争天争地般轰烈，反映出歌唱者非常痴情蛮横，而且蛮横又是由于痴心的缘故。第一句说"喃争下"，第三句说"人争米"，第二句也适宜说"天争把"，如今却用了一个倒装语，说成了"把争天"，于是全曲语词极为错综。）

又

禄凭撑个灵，辛生凭花漏[①]，道里凭文书。不敢今斗论，高山眉花嫩，世上眉风流。布各流照你，禄丑另换皮[②]，禄不离换漏。

（“禄”是“雄”，“撑”是“木”，“灵”是“横”；横木著杵端乃受力处，故曰“禄凭撑个灵”。“辛生”句未详。“今”是“拿”，“斗”是“来”，“论”是“说”，“布各”是“专”，“流”是“我”，“照”是“看”。道里遥远你又不来，止凭一纸文书，我又不敢拿来与人说。世人风流人最多，如高山之花然，难道我专专只看你一个人，独不见禄丑云云乎？禄应前意，嫌碓丑当另换过也。要知不是诀词，乃即《子夜歌》所云，天下人何限，嗛嗛[③]只为汝意。獞歌虽与俍歌相类，然俍歌如律诗，少一句不得，獞歌可长可短。此歌原本十句，结尾有“骑丑另换婚”五字，余嫌其太露，删去。竟以“禄丑”二句作结。正如陆机拟古诗《明月皎夜光》只以“织女乏机杼，大梁不架楹”代“南箕北有斗”二句[④]，竟住丢却“良无磐石固”二句[⑤]，不拟势更矫健，意更深长，最得《硕人》[⑥]逸素绚之旨。）

注释

①辛生凭花漏：此句意思不明，留空。

②皮：按《俍歌》相关注解，作“兄”解。

③嗛嗛：音 xián xián，衔恨貌。

④“南箕北有斗”二句：即“南箕北有斗，牵牛不负轭”。

⑤“良无磐石固”二句：即“良无磐石固，虚名复何益”。

⑥《硕人》：即《诗经·卫风·硕人》一诗。

译文

杵臼出力全凭那横木，……路途遥远全凭那书信。不敢拿来说，高山上娇嫩的花儿纷繁，世间上风流的人儿众多。难道我专看你一个？若嫌杵臼太丑就另换兄……

［原书注：“禄”是“雄”的意思，“撑”是“木”意思，“灵”是“横”的意思；横木着杵端是受力的地方，所以说“禄凭撑个灵”。“辛生”那句歌词未能了解其意思。“今”是“拿”的意思，“斗”是“来”的意思，“论”是“说”的意思，“布各”是“专”的意思，“流”是“我”的意思，“照”是“看”的意思。全首歌谣的大概意思是：路途遥远你又不来，只凭着一纸文书，

我又不敢拿来与人说。世上的人就数风流人最多，如高山之花那样，难道我专只看你一个人，唯独看不见杵臼丑陋吗？歌词中的“禄”字是回应前面的歌意——即若嫌杵臼丑陋就应该换了它。读者要明白这首歌谣不是诀别之词，而如《子夜歌》所说的，天下人很多，但心头衔恨只是为了你呀。僮歌虽与俍歌相类似，然而俍歌如同格律诗，不可缺少一句，僮歌则可长可短。此歌原本十句，结尾有“骑丑另换婚”（意思是：嫌老公丑就另找他人婚配）五个字，我嫌这句歌词太过露骨所以删去了，就以“禄丑”二句作全歌的收结。这种做法正如陆机的拟古诗《明月皎夜光》中只以“织女乏机杼，大梁不架楹”代替原来“南箕北有斗”那两句诗，而且竟然舍去了“良无磐石固”那两句，不料新诗的气势更为矫健，意韵更为深长，最得《诗经》中《硕人》一诗飘逸雅素却又绚丽的意旨。]

又

流纫扶放城，里放城驴落。流纫扶放落，里放落驴阑，里放驴老观。花伦剪花保，花除剪伦落。劳有各失雷，不贪骑了有。

（此歌多未有详，大意谓我知道你在这个城里，得到城里又不知你在那个村里；及知道你在这个村里，得到村里又不知你在那个门里；及知道你的门阑，又不知你在那个屋里。相见如此之难，怕因寻失，对不得相伴作夫妻也。“花伦”二句，说路上有花，开时何等热闹，落后自然冷落，比人当及时，以起下文也。）

译文

我知你在此城里，入得城来不知你在哪个村里。我知你在此村里，到得村来却不知你在哪扇门里，寻到门外又不知你在哪个屋里。沿路开满了鲜花，谁知花落时会如何寥零？相见如此之难，恐怕要错过你了，今生无缘相逢结夫妻。

（原书注：这首歌谣很多地方未能尽解，大概意思是说：我知道你在这个城里，但到城里又不知你在哪个村里；等到知道你在这个村里，但到村里又不知你在哪个门里；等到知道你的门头在哪里，又不知你在哪个屋里。我们的相见是如此的艰难，生怕因此找寻不到不得见面，于是不得相伴做夫妻啊。“花伦”两句歌词，是说：沿路上都有花，开放时是何等的热闹，凋落之后自然感觉冷落，用于比兴“人不要误了佳期”，并用这句歌词以引出下文。）

卷之五　杂歌

睢阳修　和惟克甫　编辑
三山何　絜雍南甫　评释
黄山程世英千一甫　校阅

《杂歌》序

予客浔江，辑《粤风》，缠得民歌及俍歌。旋有韶之行，踰年始复，而瑶歌、僮歌已汇成于黄赵二子之手矣。合予所辑，共四种。但四种歌不足尽浔江之歌，亦不足尽四种人之歌。予因于四种歌之外，又有疍人等歌，于四种人歌之中，又有《俍人扇歌》及《僮人舞桃叶》等歌之辑，然《扇歌》等乃四种之馀材别构，而疍人等歌则曹与桧[①]也，故总系之，曰“杂歌”，与前四种都为五卷。虽仍不足尽粤人之风，而凡歌之在浔境者，固略足傋[②]观矣。

康熙二年岁在癸卯暮春之初兰亭修禊日睢阳云卧道人和题。

注释

①曹与桧：指诗经中的《曹风》《桧风》。

②傋：有愚昧、不高雅、见等意思，这里应解作“见”，音 jiǎng。

译文

我曾作客浔州，收录编辑《粤风》，共收得民歌、俍歌两种歌集。不久去了一趟韶州府，过了一年才返回浔州，而瑶歌、僮歌已由黄、赵两人搜辑完成了。算上我的民歌、俍歌集，一共有四种歌集了。但这四种歌集还不足以囊括浔州本地的所有歌谣，也不足以囊括四个族群的所有歌谣。我考虑到除这四种歌谣外，还有疍人等歌谣，而这四种歌谣中，又还有《俍人扇歌》《僮人舞桃叶》等歌集，然而《扇歌》等歌集实质是上述四种歌谣筛选之后剩余的，而疍人等歌不过是类似诗经中《曹风》《桧风》之类的艳情歌，所以将它们汇总一起，命名为

"杂歌"，与前面四种歌谣集一起编成五卷。虽然仍然无法囊括粤人的歌谣，但凡是在浔州境内的歌谣，大概都收集齐全而较为可观了。

康熙二年，时值癸卯年暮春三月三日，睢阳云卧道人酬和并题之。

沐浴歌

沐浴，东粤之歌名也。浔在粤西，土旷人稀，流寓于兹者，东粤人尤多，故亦习为此歌。其辞甚似元人弹词，以三弦合之，每空中弦，以起止，盖太簇调也。又一种，句法类诗馀，如云"一笑千金难买，行来步步莲生。脸似桃花眉似柳，话语最分明"之类，俱篇长不及载。

译文

《沐浴歌》，粤东地方的一种歌的名称。浔州在粤西，地广人稀，从外地流落寄居这里的人，以粤东人士为最多，所以浔州当地也熟习这种歌。它的歌词很像元朝人的弹词，用三弦来伴奏，每每不弹中间的弦，用来起头及结止，大概是太簇调吧。另有一种，歌词的语句章法与词类似，比如"一笑千金难买，行来步步莲生。脸似桃花眉似柳，话语最分明"之类，都因为篇幅太长无法全数载录。

疍歌

疍有三：蚝疍、木疍、鱼疍。寓浔江者乃鱼疍，未详所始，或曰蛇种，故祠蛇于神宫也。歌与《民》相类，第其人浮家泛宅，所赋不离江上耳。

译文

疍民有三种：蚝疍、木疍、鱼疍。寄居浔江上的疍民是鱼疍，不清楚他们的来历，有人说是蛇族，所以他们才会在神庙中将供奉蛇并膜拜。他们的歌谣与本书中《民歌》（即客家山歌）的歌谣类似，但他们都在水上安家生活，（因此）歌谣所咏唱的内容都离不开江河水面。

（一）

错畔行过苏兴巷，鱼通水透到花街。木稺[1]花发香十里，蝴蝶闻香水面来。

（"鱼通水透"与《水经注》"鱼若悬空"同妙，平仄亦协。第四句艳逸，似晚唐佳句。）

注释

①稺：同"稚"，音 zhì，幼稚、幼小之意。

译文

穿过交错的河畔，船儿经过了苏兴巷，清澈透明的水面下，鱼儿穿梭往来，船儿到了开满鲜花的水街。树木吐露柔嫩的新芽，花儿的香气弥漫、散发到十里远。

（原书注："鱼通水透"这句歌词与《水经注》里的说法"鱼若悬空"一样美妙，平仄韵律也协和。第四句香艳飘逸，好像晚唐的诗词佳句一般。）

（二）

疍船起离三江口，只为无风浪来迟。月明今网船头撒，情人水面结相思。

（黔江、郁江合于浔江，是谓"三江"，今拏[1]也。）

注释

①拏：具体地名未明，似指今天广西桂平市黔江与郁江的汇合处。

译文

疍船起锚离开了三江口，只因为没有风，且浪也来得迟。夜晚明月高挂，阿哥在船头撒着网，有情人啊，今晚在水面船头同结相思之情。

（原书注：黔江、郁江两条河合流后形成浔江，所以称之为"三江"，合流处就在今天的拏地。）

（三）

鹿在高山喫嫩草，相思水面缉麻纱[①]。纹藤将来作马疋[②]，问娘鞍落在谁家？

（“麻纱”，网也。鹿乐于山而结网水面，必不得之数也。喻美人乐彼不乐我，我痴想耳。前首好双关，此首好调侃。）

注释

①缉麻纱：客家人把“捻麻线（用来织布）”的行为叫作“缉麻”“绩麻”，或“绩苴”，与疍民的说法接近，音字也相同，其中关系值得研究。《乐神之曲》中也有一首客家山歌提及“缉麻”的事，另可参见《粤东客家山歌》《广东客家民歌》《博白客家歌谣》的相关内容。“苴”，音 jū，指苎麻的子或结子的苎麻。

②马疋：马匹。

译文

鹿儿在高山吃着嫩草，有情人在水面船头上织着麻纱，思恋着恋人。把青藤拿来当作马儿骑，问阿妹的马鞍如今放落在了哪个人家里？

（原书注：“麻纱”，就是渔网。鹿儿愉快地在山上吃草，而思慕者却只能在水面船头织着渔网相思，肯定是不得意的情形。这首歌用来比喻美人青睐他人而不青睐于我，只有我自己痴痴地想念罢了。前一首偏好用语双关，这一首偏好调侃的用语。）

俍人扇歌

扇歌，书于扇赠所私者。白扇一面花鸟，一面歌，字如蝇头，其词借扇及扇面花鸟寓意，相连百十首，前后起止，皆有章法。有创作，有套本。词多不能悉载，姑取其佳者数首云。

译文

所谓扇歌，就是将歌谣写在扇面上赠给心上人。白扇的一面画上花鸟图案，另一面写上歌谣，字是蝇头小字，借用扇及扇面花鸟的寓意来撰写歌词，一百或几十首歌谣相连，前后顺序及起歌落歌，都有章法。扇歌有民间创作本，也有套本。歌谣中歌词很多，因而不能全部录载，只能姑且挑选几首较好的歌谣了。

(一)

皮送柄坡扇，许旧面坡林。（“皮”是“兄”，俍人呼扇曰“坡”，“许”是“看”，“林”是“风”。言兄送这扇与你，此扇有风，便要看旧日情面。）也不内不兄，许名今匹名。（“内”是“小”，“兄”是“大”，“许”是“与”，“名”是“同”，“今”是“拿”；“匹名”是“一世”。言这扇不大不小，可拿一世。）往批晚墟瑶，也鳌除方便。（“往”是“妹”，“批”是“去”，“晚”是“墟”，“瑶”是“村”，“鳌”是“好”，“除”是“得”。言妹去墟去村，拿著方便又好看。）艮便放苟等，江陷放苟云。（“艮”是“日里”，“江”是“夜里”，“等”“是手”，“云”“是床”，“苟”“是头”。言白日拿在手头，夜间放在床头，欲其须更不离之意。称同年单用一“名”字，即《齐风》“猗嗟名兮”①之“名”。）

注释

①猗嗟名兮：语出《诗经·齐风·猗嗟》，意为“多英朗白净的脸庞啊”，“名”，这里意思同“明”，指面色明净。“许名今匹名”中第一个“名”是“同年”之意，按原注解也有“美丽、白净”等赞美之意。

译文

阿哥送妹一把扇，妹来扇风看旧面。[原书注：“皮”是“兄、哥”的意思；俍人将扇子叫作“坡”，“许”是“看、看见”的意思，“林”是“风”的意思。这两句歌词是说：阿哥送这把扇给你，阿妹扇风时要看看旧扇面（即指旧日情分）。] 扇儿不小也不大，给倩妹妹拿一世。（原书注：“内”是“小”的意思，“兄”是“大”的意思，“许”是“与、给予”的意思，“名”是“同、同年”的意思，“今”是“拿”的意思，“匹名”是“一世”的意思。这两句歌词是说：这把扇儿不大不小，正好拿着用一世。）妹去赶墟妹过村，拿着好看又方便。（原书注：“往”是“妹”的意思，“批”是“去”的意思，“晚”是“墟市”的意思，“瑶”是“村”的意思，“鳌”是“好”的意思，“除”是“得”的意思。这两句歌词是说：阿妹去墟市去村里拿着这把扇，方便又好看。）白天就拿在手里，晚上还放在床头。（原书注：“艮”是“白日里”的意思，“江”是“夜里”的意思，“等”是“手”的意思，“云”是“床”的意思，“苟”是“头”的意思。这两句歌词是说：白天拿在手头，夜间放在床头，希望情人片刻不离身这把扇子。这首歌谣称呼“同年”只用一个“名”字，这个“名”字也就是《诗经》中《齐风》“猗嗟名兮”的那个“名”字。）

（二）

皮坡批了往，皮鸟齐初送。坡皮批了往，礼肯往害今。往眉心断皮，也布被吞鳌。十二月不今，小心收的笼。

（“今”是“拿”，“笼”是“好”。南方四季皆热，不用扇者惟十二月耳，亦要小心收拾得好。重人及物也。）

译文

阿哥扇儿送了妹，阿哥心意才初送。扇儿阿哥送了妹，礼物虽轻妹要拿。妹心有哥许佳期，莫将好扇给了人。十二月时手不拿，妹要小心收好。

（原书注：“今”是“拿”的意思，“笼”是“好”的意思。由于南方四季皆热，用不着扇子的月份唯有十二月，所以歌唱者希望情人也要小心收好。其喻义是看重我这个人因而对我所赠的物品也重视。）

（三）

信布眉么鳌，论前时往鲁。（俍呼“扇”曰“坡”，亦曰信；“论”是“说”；“鲁”是“歌”。子言扇虽不好，扇上歌却是说前时妹唱的歌子意思。）书不讲来路，论新苦往啤。（“书”是“字”，“来路”是“多话”，“啤”是“知”。言扇上字无多话说，只是说我辛苦与你知道。）齐同勺护肚，双逢运如慈。（“齐”是“想”，“勺”是“方”，“护”是“在”，“双逢”是“两手”，“运如慈”是“麻木不仁”。言想你方在肚里，便两手麻木。）水透鱼便通，齐同扶护鲁。便往齐藤皮，如是念花桃。（“花桃”倒语，乃桃花也。言思妹如桃花。）刘里内结交，布劳扶护夏。（“护夏”是“说不是”，言我与你相处不怕人言。）

译文

扇儿虽是不太好看，但上面却记着阿妹往日里唱的歌。（原书注：俍人称呼扇子为“坡”，也叫“信”；“论”是“说”的意思；“鲁”是“歌”的意思。这两句歌词是说：男子说扇子虽然并不太好，然而扇上面却写着先前阿妹所唱的歌。）扇上字不用写太多话，只是向阿妹诉说我的辛苦。（原书注：“书”是

"字"的意思,"来路"是"多话"的意思,"啤"是"知"的意思。这两句歌词是说:扇子上面不用写太多话,只是向阿妹诉说我的辛苦。)阿哥心里才刚想着妹,两手就麻木不灵。(原书注:"齐"是"想"的意思,"勺"是"方"的意思,"护"是"在"的意思,"双逢"是"两手"的意思,"运如慈"是"麻木不仁"的意思。这两句歌词是说:阿哥心里想着你,马上就两手麻木。)河水清澈,鱼儿就会游过来,大家一同来对歌。阿哥每当想念阿妹,就像想起美丽的桃花。(原书注:"花桃"是倒装语,实际上是说桃花。这两句歌词是说:想起妹如桃花般美丽。)哥与妹相交往,不怕他人的闲言冷语。(原书注:"护夏"是"说不是、讲是非"的意思。这两句歌词是说:阿哥我与你相处不怕旁人讲闲话。)

(四)

比万两千金,眉心又眉意。(万两千金,二人名,事见前;眉是有。)双刘齐结友,卦阴府布劳。("卦"是"到"。言与妹得成双即到阴府也不怕。)便方齐藤皮,念千岁花梨。古同旧外持,有艂改乱买。("艂"是"好","改"是"不","买"是"爱"。言我与你自幼相处,你不要另爱他人。)比火帝龙师,结夫妻卦世。(火帝龙师,二人名,两家男女前世为夫妇。)结首改分散,千万改分离。("改"是"不"。)各日度文可□[①]生疏。(各自度日,久不相过,路上生出草来了。)往不念当初,皮齐何勺割。(妹不念往情,今我心如刀割。)比山伯英台,台批齐寻墓。("台"是"死","批"是"去"。言死去于墓中相寻也。)不艂同恩爱,在笃乃迓我[②]。("艂"是"得","笃"是"我","迓我"未详。自"便往"至"各日度"三章,皆以古人为比。首章"万两千金",现世夫妻也;"龙师火帝",前世夫妻也;"山伯英台",来世夫妻也。总即生生世世为夫妇意,而章法浅深逼真《三百篇》矣。)

注释

①□:原书此字模糊不清。

②迓:音 yà,本指"迎接"之意,但未明这里是否按字面意思,也许只是土音的汉译。

译文

我俩的情意可与万两、千金二人相比,哥与妹是既有心又有意。(原书注:万两、千金,是两个人的名字,他们的事迹请见前面的内容;"眉"是"有"的意思。）只要能与妹结缘，就算下到地府也不怕。（原书注："卦"是"到"的意思。这两句歌词是说：只要能与阿妹成双成对，即使被打到地府也不怕。）……（这两句原书没有注解，无法翻译）我俩自小相处一起，妹啊你不要另爱他人。（原书注："厘"是"好"的意思，"改"是"不"的意思，"买"是"爱"的意思。这两句歌词是说：我与你自幼相处，你不要另爱他人。）我俩好似火帝与龙师，今生要结夫妻到老。（原书注：火帝、龙师，两个人的名字，传说这两个男女在前世是一对夫妇。）我俩结了缘，到白首也不各散东西，千年万载永远不分离。（原书注："改"是"不"的意思。）可叹啊，我俩各自过活，久不来往，连路上都长满了荒草。（原书注：我们各自度日，许久不相往来，就连路上都生出草来了。）阿妹不念旧日情意，令阿哥我心如刀割。（原书注：妹不念往情，今我心如刀割。）我俩要像梁山伯与祝英台，死去了都要一齐到墓中相寻。（原书注："台"是"死"的意思，"批"是"去"的意思。这两句歌词是说：即使死了，也要去墓中相寻。）若不得与妹共恩爱……（末句意不明）（原书注："厘"是"得"的意思，"笃"是"我"的意思，"迓我"意思不明。自"便往"到"各日度"这三句歌词，都是以古人来比喻自己的。第一句"万两千金"，意指现世夫妻；而"龙师火帝"则指前世夫妻；到了"山伯英台"一句，则指来世夫妻。总之就是生生世世都要结为夫妇的意思，而且其歌词的行文布局都逼近《诗经》的水平。）

俍人担歌

杜少陵①曰："夔②俗坐男使女。"今粤俗亦然，故峒人多用木担聘女，或以赠所私者，式如常③。以五采龂④作方段，龂处文如鼎彝⑤然，歌与花鸟相间，字亦如蝇头，文多姑⑥，存其一，以備一体云。

送条闲肺榕，许名同过照。（俍人呼担曰"闲"，木曰"肺"，闲肺榕者，取榕木作木担也。"许"是"与"，"名同"是"情人"，"过照"是"表记"。言送一条榕木担与情人作表记。）雷眉么好妙，送年少便鳌。（"雷眉""没有"，"鳌"是"好"。言木担无甚好处，只是人好便好，犹言彤管美人之意。）正江花鳌陋，双苟又有龙。（"正江"是"中间"，"鳌"是"好"，"陋"是"满"，"双苟"是"两头"。言中间画的花好又满面都是，而两头又画龙也。）送许同立价，定旧话百春。（花鸟如此之好，又作歌在上面，送与同年，定做风流话柄百年耳。）

注释

①杜少陵：即杜甫。

②夔：音 kuí，这里指夔州，古地名，今四川奉节。

③式如常：即“如常式”，意为“如同固定的制度”。

④齘：音 xiè，本指上下牙齿相互摩擦之意，引申为参差不齐的样子，这里指图案参差斑斓。

⑤彝：同“彝”，音 yí，有盛酒尊的总称、少数民族彝族的专称等意义。

⑥文多姑：意思不明。

译文

杜甫曾说：“夔州的风俗是男人在家里安坐（不大做事），女人使役做事。”现今的粤地风俗也是如此，所以俍人男子大多用木扁担作女子的聘礼，或者也以此物赠给自己的心上人，这好像是一种固定的制度或礼法。扁担以五彩斑斓的图案作装饰，图案的纹样如同鼎爵的样子，歌词与花鸟相互间隔，扁担上的字是类似蝇头那样的小字，文辞大多……这里选取一首，以列作一种歌谣体裁。

阿哥送妹一条榕木担，留与情妹作定情物。（原书注：俍人称呼木担为“闲”，而木则称之为“肺”，所谓的“闲肺榕”，是指截取榕木制成木担。“许”是“与”的意思，“名同”是“情人”的意思，“过照”是“表记”的意思。这两句歌词说：送一条榕木担给情人作定情的表记。）木担也无什么太美好，但送与娇妹就变得美好。（原书注：“雷眉”是“没有”的意思，“厘”是“好”的意思。这两句歌词是说：木担没有什么太好的，只是人好所以木担才显得好，这种说法如同《诗经》里所谓的“彤管美人”的意思。）木担中间画满了美丽的花儿，两头又画上了龙。（原书注：“正江”是“中间”的意思，“厘”是“好”的意思，“陋”是“满”的意思，“双苟”是“两头”的意思。这两句歌词是说：木担的中间画的花好看又画得满满当当、花团锦簇的，而木担的两头还画上了龙。）送与妹的木担上还刻了歌，我俩的情意定会作为百年风流传说。（原书注：这两句歌词说：花鸟是如此的美好，还作歌儿在上面，送与我的同年，定可作为风流传说永远流传啊。）

瑶人布刀歌

布刀者，峒人织布具也。峒人不用高机，无箸无枝，以布刀兼之。刀用山木，形如刀，长于布之阔，锐其两端，背厚而揹[①]如弓之弧，刃如弦而薄，刳[②]其背之腹以纳纬，而窽[③]其锐而吐之，以当梭；纬既吐则两手扳其两端，以当箸也。峒人书歌于刀上，间以五彩花卉，明漆沐之，以赠相知云。

意着尔，便能缌三意着程。缌三着程陷用峡，娘就意表陷用媒。

（此歌见瑶歌中释，详俱未审。余观其织作，始得其解。“程”即布刀；“峡”，箸也，高机用箸，此以布刀代之，故不用；“意着”是粘着。言我今日粘着你，就如丝线粘着布刀一般，丝线粘着布刀，自然上紧，故不用箸，你我相粘，又何用媒哉！）

注释

①揟：音 xū，牵、持、握等意。

②刳：音 kū，挖空、剖开之意。

③惌：古同“宛”，又同“怨”，这里应视为“宛”字，意指曲折、弯、折。

译文

布刀是瑶人织布的工具。瑶人不用高头织布机，不用竹条也不用木棍（来辅助挑丝），只用布刀兼代。布刀用山中树木制成，形状如同长刀，比通常所织的布幅更阔，两头打磨尖锐，背部较厚，握在手里像弓的弧把，布刀的刃部又似弓弦一样薄。剖开刀背的中间用以收纳纬线，又弯折布刀的锐利处以将丝线吐出，当作机梭来用。纬线吐出后两手扳扯布刀的两端，又将布刀当作织布的竹架。瑶人将歌谣写在布刀上面，并用五彩花卉来装点，再用透明的清漆涂在刀身上面，赠予心上人。

粘着你，就如丝线粘着布刀。丝线粘着布刀不用劳烦织布竹架，阿妹粘着阿哥不用劳烦媒婆。

（原书注：这首歌详见瑶歌中同一首歌的解释，但具体的细节则不清楚。我亲自观察瑶人织布的情况，才得以了解情况。歌词中的“程”字指布刀；“峡”，是“竹条”的意思，高头织布机通常须使用竹条，在此以布刀来代替了竹条，所以不用了；“意着”是“粘着”的意思。全首歌谣意思是：我今日粘着你，就如同丝线粘着布刀一样，丝线粘着布刀，自然上紧了，所以用不着竹条，所以你我相粘相好，又哪用媒婆啊！）

师童歌[①]

师童歌者，巫觋[②]乐神之词也。粤人信巫，称巫为“师童”，其迎神送神，皆有歌，而乐神之歌多情语。按之：楚三闾大夫作《九歌》，亦本楚巫之词。而满堂美人，含睇宜笑，情语居半，盖以阴阳道殊，须假灵修之理[③]以接之，非亵也。

注释

①师童歌：从体裁格式、歌词、风俗等方面看，应属客家山歌中的一类特殊歌谣。今天粤东紫金县尚有独特的迎神、乐神的花朝戏，而赣南客家地区也有类似的神巫之歌。

②觋：音 xí，男巫师。

③灵修之理：巫师的方式（或途径）。灵修，本指神明或有远见的人，这里指巫师。理，指道理、规律。

译文

所谓的师童歌，是巫师敬奉、取悦鬼神的歌谣。粤人信奉神巫，称巫为“师童”，他们在举行迎神、送神的仪式时，都有各自对应的歌谣，而且敬奉、取悦鬼神的歌谣大多使用情语。按：楚国屈原创作了《九歌》，其本身也是楚地巫师的歌谣。《九歌》通篇都是采用凝眸含笑、眉目传情的美人形象，且过半都是情语，其用意大概是因为阴阳道路不同，相互阻隔，需要以巫师的方式沟通阴阳两界，而并非是轻慢或不正经的行为。

乐神之曲[1]

更深夜静斗星转，神童戴相去游兵[2]。打动深房红粉女，轻轻移步到歌厅[3]。（丰韵珊珊，在离合间。）

注释

①乐神之曲：这组歌都属于《师童歌》，非独立类型。

②戴相去游兵：准确含义未明，似乎是指巫师戴上面具、穿上道服，作起法术在两界中行走。

③歌厅：似指旧时对唱客家山歌的专门歌堂或歌厅。

译文

深夜里一切静悄悄，北斗星已逐渐西沉，巫师戴上了面具，跳着鬼神舞蹈，作起了法术，正在人鬼两界之中漫游。这引起了深处闺房的青春少女的兴致，她们便轻轻走入了歌厅。

（原书注：姿态优美，若即若离。）

又

不搽光粉面也白，不喫槟榔口自红。头上梳起龙凤髻，猪油搽过两三重。
（粤妇人皆用猪膏发，盛暑常有苍蝇随之，此盖嘲之也。）

译文

不用涂抹水粉，面上也是洁白的，不用吃槟榔，嘴唇自会发红。头上梳起龙凤发髻，再用猪油在头发上涂抹两三遍。

（原书注：粤地女人都用猪油涂抹头发，盛暑高温时节经常有苍蝇跟着她们，围着头发乱飞，这首歌大概是嘲笑这种情形的。）

又

男儿头戴沙凉帽①，女儿头上插金银。抽眼②上天看月亮，分明有意望晴人。
（似一口道破，却有无限含蕴，妙！妙！）

注释

①沙凉帽：即纱凉帽，用麻线织成的帽子，旧时客家人常戴。
②抽眼：形容眼睛快速地向上斜瞄一眼，非常生动、传神。

译文

男子头上戴着纱凉帽子，女子头上插着金钗银钗。不经意间快速斜瞄了一眼天上的月亮，分明是有意看看身边的情人。

（原书注：这首歌谣看似一口说破女子偷看情郎的举动，但语词之间却有无穷的意蕴，真是妙啊！）

又

缉麻①织布娘无管，纱弓常挂壁头钉。得见后生②痴痴笑，茶来未了酒来迎。
（粤人呼麻线曰“纱”，缠于篾上，若弓然挂于壁，用则取之。）

注释

①缉麻：客家人把“捻苎麻线（以用来织布）”的劳动称为“缉麻”“绩麻”或“绩苴”。

②后生：即年轻男子，这里指女子的心上人。

译文

织麻织布的活儿阿妹不去理会，缠绕麻线的纱弓时常挂在墙壁的钉头上（不曾取用）。一旦能够见到年轻男儿时，就只会痴痴地笑个不停，端来的茶不等阿哥喝完，马上又把酒奉上啦。

（原书注：粤人将麻线称为“纱”，平时缠绕在竹篾上，好像弓那样挂在墙壁上，需用的时候就取下来。）

又

三言两语由人说，不是古来旧本传。唱歌便是刘三妹，也有同心结善缘。

（巫觋口中亦以刘为称首，则见推于粤，可知其盛矣。）

译文

简单的几句歌词听由唱歌人各种各样的说法，这些歌都不是自古流传下来的古本歌谣。每个唱歌的人都是刘三妹，歌中同样也会包含一番男女情意，用来订结美满姻缘。

（原书注：巫师口中也将刘三妹视为创造歌谣的人，由此推见整个粤地的情况，可以知道刘三妹传说的盛行。）

按：这首歌说明了两个内容，即：①创造客家山歌的只能是劳动人民；②客家山歌以口口相传的方式流传，在传唱中各人会视需要对歌词内容进行修改，一首原始歌谣会演变成多个大致相同的版本。在流传到今天的传统客家山歌中，也有反映类似内容的歌曲。

题《五溪峒女诗》并序跋《粤风续九》后

李洁

予世家江右①，避乱入粤，以墨绶②待罪兴安③，因而古籍粤之左江④。时乱初定，奉简书来作此邦司直者，丹阳吴公方连也，太守则自修陈公，郡倅⑤汉伯曹公，别驾翀⑥霞胡公。诸公交相爱如弟兄，无事日相过从，或怡情山水间，借吟咏以破岑寂，若忘其身之在粤者。粤人好歌，类作七言绝句，如唐刘梦得集所谓“竹枝词”者。诸公尝效其体，作《百粤蛮风歌》，人各百首，予既受一廛⑦，并在此泛爱中，不揣谫固⑧，鲁妄效颦。窃以为此百绝句者，足以尽粤之风，而绝句七言者，足以尽粤风之体矣。无何陈公曹公相续以方面去，吴公擢为侍御史，惟胡公以忧遭谗，风流云散，予亦浩然⑨有归志矣。岁馀，中州吴公伯其继李⑩浔郡，公与前吴公及陈公俱起家壬辰，于学无所不窥，而尤湛于风雅。念粤人无可语者，因不余弃也，每有著作，独示余。余感知己，复淹留半载。其《粤风续九》一编，乃公采之土人而评译于自公之馀者。《民歌》之外，又有《瑶》《俍》《僮》等歌数种，始知七言绝句不尽粤风之体，而粤之风不尽于此百绝句也。爰⑪效柳柳州⑫《柳州峒岷》⑬体，复作《五溪峒女》诗四首。五溪⑭，地不系浔，固俍瑶诸种所由出也；不及民，民风已详于百绝句也；易“峒岷”曰“峒女”，仿《郑风》女先男也；结必以《毛诗》⑮，美吴公观风察俗之周且悉也。

合诗与序，用当《粤风续九》跋后。

注释

①江右：指以江西为主体加上其相邻省份部分地区的一个大区域。

②墨绶：指古代的县令官职。

③兴安：今广西兴安县。

④粤之左江：似乎并非指今天的广西左江，按古时“江左（即江东）”“江右（即江西）”的命名规则，所谓“左右”之分是从北方向南方看为依据的，所以这里的“粤之江左”应是以湘江上游—漓江—桂江—西江主干流这条线为划分界线，跟历史上的两广分界线基本符合，故“左江”应指今天桂林、贺州、梧州、肇庆等相邻近地区。

⑤倅：音 cuì，副（职）的意思。郡倅又称郡丞。

⑥翀：音 chōng，向上直飞之意。

⑦一廛：本指一户人家所占的房地，这里指说话者受到官府或官员的资助恩惠，得以安身立命。廛，音 chán。

⑧揣：音 chuǎi，测量、估算、考虑；谫固：浅薄鄙陋。谫，音 jiǎn，浅薄。

⑨浩然：不可阻挡、无所留恋的样子。

⑩李：古同“理”，指掌管地方司法、刑狱事务的官员，此作动词。

⑪爰：音 yuán，于是。

⑫柳柳州：柳宗元。

⑬《柳州峒岷》：即柳宗元的一首七言律诗，描写柳州当地土著的风土人情。“峒岷”泛指当地的瑶、壮、苗等土著人。

⑭五溪：旧时指武陵山区各种土著的聚居地，位置大约在今天的湘西地区。

⑮《毛诗》：即汉代学者毛亨、毛苌二人所辑注的《诗经》，是最经典的版本。

译文

我家族世代居住在江西，因避战乱移入粤地，后来因担任南明王朝的兴安县令一职而有罪于圣朝（即清朝），因此粤地的左江地区也算是我家族的另一籍贯。当时战乱刚刚平息，奉命来此地做浔州司直官的是丹阳吴方连，太守则是陈自修，郡倅是曹汉伯，别驾是胡翀霞。各位大人如兄弟般友好相处，闲来无事之日相互来往、结伴相随，有时在山水之间陶冶性情，凭借吟咏诗歌来破解内心的孤寂，似乎忘记自己身处粤地的愁苦。粤地之人喜好唱歌，其歌词与七言绝句相似，（其风格、形式）好像唐代刘禹锡文集中的《竹枝词》。各位大人曾经效仿这种歌谣的体裁，写作《百粤蛮风歌》，每人各写百首，我既受恩惠得以安身，又被各位大人所抬爱，因此没有考虑自己浅薄鄙陋，鲁莽地作此东施效颦之举。私下认为这些百首绝句，足可以写尽粤地的风土人情，而且七言四句绝句体的歌词形式，足可以囊括粤地风谣的体裁。无奈陈大人、曹大人相继到其他地方为官，吴大人擢升为侍御史（也离开了），只有胡大人以心忧国事之故被谗言中伤丢官，于是便各奔东西了，我也不可抑制地想回江西老家。过了一年多，中州吴伯其继任浔州推官，此吴大人与之前的吴大人、陈大人都是壬辰年的进士，治学深湛且广博，尤精于诗文。（吴伯其大人）考虑到粤人里没有什么人可以交谈（即吴氏嫌粤人文化水平低），因而不嫌弃我的浅薄鄙陋，每当新作文章诗句，只向我出示赏玩。我感动他将自己引为知己，又再停留此地半年。《粤风续九》一编，是吴伯其大人在土人中采辑而成，并由他的幕僚友人作评点、注释。除了《民歌》外，还有《瑶歌》《俍歌》《僮歌》等几种歌，由此我才知道七言绝句的歌词形式，不足以囊括粤地风谣的体裁，而且那些《百粤蛮风歌》的诗句，也不足以写尽粤地的风土人情。于是仿效柳宗元《柳州峒岷》的体裁，又再写出了四首《五溪峒女》诗。五溪地区，不与浔州交界，本来就是俍、瑶等各种土著人的聚居地；（《五溪峒女》诗的内容）不涉及粤民，粤民的风俗已在《百粤蛮风歌》里详细说明了；将“峒岷”改称“峒女”的原因，是仿效《郑风》将女子排在男子之前的做法；而收结诗句都引用毛氏注《诗经》中的语句或典故的做法，是为了赞美吴伯其大人观察民间风俗人情的周到、详尽。

将《五溪峒女》诗与此序言，一起作为《粤风续九》的后跋。

其一

溪花漠漠峒烟深，少女逢春好过寻（峒人谓“游戏”为“过寻”，于文无害）。争傍薜萝①流艳影，不劳弦管助清音。榕荫坐藉鹅毛罽②（柳州曰“鹅毛御腊缝山罽”③），竹里行拴翠羽簪（地产翡翠，土人用为俙④）。风景不殊溱洧⑤上，游人漫作武陵⑥吟。

注释

①薜萝：可泛指藤蔓植物。薜，音 bì，一种常绿灌木的名称；萝，音 luó，一种蔓生植物。

②罽：音 jì，指一种用兽毛编织的垫子。又可指渔网。

③鹅毛御腊缝山罽：柳宗元《柳州峒岷》诗里的句子。

④俙：通“饰”，音 xī，装饰。

⑤溱洧：音 zhēn wěi，水名，流经河南省，这里指《诗经·溱洧》一诗。

⑥武陵：即陶渊明《桃花源记》里所说的“武陵”，代指世外桃源。

译文

溪水边长满了美丽的花儿，清晨山中升起浓重的雾气，少女们到了这春天的时节，愉快地游玩调笑（原书注：峒人将“游戏”称为“过寻”，对行文没什么影响）。一个个佳人争相依傍着树藤绿萝，溪水边流动着她们艳丽的身影，不用劳烦管弦来衬托清丽的歌声。在榕树阴下，美人坐着鹅毛织成的垫子（柳宗元说“鹅毛御腊缝山罽”），或头上插满了各色漂亮的羽毛作为发簪，在竹林里穿行（原书注：此地生产翡翠鸟，土人用来装饰）。此情此景与《诗经·溱洧》所描绘的图景没什么区别，游经此地的诗人（指作者自己）随意吟起《桃花源记》来。

其二

佳人自古国称南[1]，别有风流作美谈。今日尚呼三是妹[2]，当时谁识九非男[3]（刘三、祝九事见前）。罗巾织锦心偏慧（织歌于巾，女赠男者）。纨[4]扇停歌意自含（书歌于扇，男赠女者）。江汉尚闻歌野鹿[5]，黄茅江上[6]那能惭[7]。

注释

①佳人自古国称南："佳人"指西晋的绿珠、唐代的杨玉环，据本书《歌仙刘三妹传》一文中的说法，都出自今广西；"国称南"即"称南国"的倒文。

②三是妹：即刘三妹。

③九非男：据梁祝的传说，祝英台女扮男装入学堂，与梁山伯为同窗，这里的"九"指祝九，应该就是指祝英台，但因原书的相关注解模糊不清，存疑。

④纨：音 wán，白色细绢。

⑤野鹿：语出《诗经·周南·野有死麕》。

⑥黄茅江上：似语出宋代诗人利登的《田家即事》："小雨初晴岁事新，一犁江上趁初春。豆畦种罢无人守，缚得黄茅更似人。"活用此诗的用意是赞美粤地女子勤于、精于农事。

⑦惭：同"惭"，音 cán。

译文

自古以来，南国的佳人就声名远播了，更有各样的风流韵事被人们所津津乐道。今日人们还在称颂刘三妹的传奇事迹，试想当时哪个知道祝英台并非男儿（原书注：刘三妹、祝九事见前面篇章）。美丽的罗缎织上歌词，显出此地女子的心灵特别敏慧（原书注：将歌词织于巾帕上，女子用来赠给男子的），锦扇上写上了歌词，其中的包含着绵绵情意（原书注：将歌词书写于扇面，男子用来赠给女子的）。这里的一切，仿佛还能让人听到当年江汉地区的《诗经·野有死麕》遗响，而粤地江河山野流传的歌谣，比起《诗经》来也不逊色啊。

其三

象梳[1]斜翆[2]月织织，长眉黛缘莫须添。山苎织衣宫绣满（彝人刺锦于布作衣），银钗插鬓野花鲜。荡舟江上椰盛酒（土人割椰为瓢盛酒），趂[3]市墟头箬里盐（柳诗曰“青箬里盐归峒客，绿荷包饭趁墟人”）。莫笑短裙登涉便，硕人[4]不咏凤头尖[5]。（讥峒女无行缠。）

注释

①象梳：象牙梳子，有诗句云：“象梳欹鬓月生云。”

②䠀：同“躺”，音 tǎng。

③趁：同“趁”，音 chèn，有追逐、找寻、利用、赶等意义。“趁市”“趁墟”，都是白话或客家话所说的“趁墟”，即“赶集”之意。

④硕人：美人。语出《诗经·卫风·硕人》。

⑤凤头尖：瑶族、彝族未婚女子穿的精致绣花鞋，或者也可指瑶族、彝族未婚女子所盘的凤头发式。

译文

象牙梳子斜斜地插在发髻上，如同纤纤素月旁生出的云彩，细长又弯弯的眉黛（如此的美丽），不需要再增添些什么了。山中白苎丝织成的衣服上，绣满了花纹图案（原书注：彝人在布上刺绣并做成衣服），银钗插在发鬓上，如满头插上了鲜艳的野花。船儿在江河上来来去去，人们用椰子作酒瓢盛酒（原书注：土人割椰子作瓢以盛酒），到集市赶墟的人戴着竹箬帽，怀里揣着盐归去了（原书注：柳宗元有诗曰“青箬里盐归峒客，绿荷包饭趁墟人”）。不要嘲笑这里人穿着短裙（显得一点都不斯文），因为短裙登山涉水方便，美人们不会咏诵《诗经·硕人》的诗句，但她们同样穿着精致的绣花鞋。（最后一句指这里的女子虽未受教化，但同样美丽且爱打扮。）

其四

习习春风飐[1]细衫[2]，红霞影里踏层岩。槟榔夙[3]渍朱唇润（食槟榔避瘴，齿红者为富贵之家），玳瑁轻笼玉手缄[4]（柳子曰“南海出玳瑁”）。桃叶舞成莺睆睆[5]（僮人以被覆首作桃叶舞），《竹枝》歌就燕呢喃（诸彝俗喜巫歌、《竹枝》）。殷勤识得曲中意，纵是仲尼不忍芟[6]。江右李洁巽甫氏题。

注释

①飐：音 zhǎn，意指风吹使物动。

②细衫：即指衣袂，这里又可指唱歌的人。

③夙：音 sù，早晨。

④缄：音 jiān，收束。

⑤睆睨：形容年轻女子含羞带笑，美眸秋水般斜斜掠过的情景。睆：音 huàn，指明亮、华美或浑圆的样子；睨，音 nì，眼睛斜着看。

⑥芟：音 shān，删除。这里引用了孔子删定《诗经》的典故。

译文

和缓的春风撩动着轻柔的衣衫，满天红霞的光影里，佳人踏在层层山岩之上。早晨槟榔的红汁滋润着红唇（**原书注：吃槟榔避瘴气，牙齿变红的多是富贵之家**），玳瑁轻轻别在头笼上（**原书注：柳宗元曰“南海出玳瑁”**）。衣袖口轻束着纤纤玉手。年轻女子含羞带笑，跳着桃叶舞，歌声婉转如鸟鸣（**原书注：僮人以布盖在头上跳桃叶舞**），唱着《竹枝词》，如燕子低徊、絮絮私语般（**原书注：彝人风俗喜欢巫歌、《竹枝词》**）。如果懂得歌曲中的殷殷情意，纵使是当年的孔子也不忍心将歌曲删掉啊！

自跋《粤风续九》后

吴淇

粤人之歌，有见于古籍者乎？于传有之？鄂君子哲乘青翰之舟，泛于新波之中，榜人之女倚榜而歌曰："滥予抃草，滥予昌慈，泽予昌州，州鍖州焉乎？秦胥胥，缦予乎？昭澶秦逾，惨惿随河湖。"①古有译粤人之歌，而为之说者乎？鄂君子哲曰："吾不知粤歌，子试为我楚说之。"乃召粤译而楚说之曰："今夕何夕兮，搴洲中流；今日何日兮，得与王子同舟。蒙羞被好兮，不訾诟耻；心几顽而不绝兮，知得王子。山有木兮木有枝，心悦君子兮君不知。"②按：战国时，西南诸粤之国，尽服于楚。鄂君子哲，王之介弟，巡游其地，榜人之女媚之，以歌宜也。但其原辞良不可解，至以楚说译之，则绝类《离骚》也，岂屈宋之流风欤③？何洽及妇人、女子欤？今粤之人，但知唐有刘氏而已，乌知东周季已有出类拔萃如榜人之女耶？余之辑此，亦犹从粤译而楚说云。

睢阳吴淇伯其甫题于招隐香阜。

注释

①此即《越人歌》。抃，音 biàn，本指鼓掌之意；惨，音 cǎn，本指凶狠、恶毒、严重之意；惿，音 tí，本指审核、理正、理顺之意；缦，音 màn，本指没有花纹的丝织品。这句话是西汉刘向根据越人语用汉字来标记的，其中的汉字无实际意义。

②此即是按当时的楚国方言译成的《越人歌》，语出《淮南子》。訾，音 zī，非议、诋毁；诟，音 gòu，耻辱，辱骂。

③欤：音 yú，句末语气词，表疑问或感叹。

译文

粤人的歌谣，在古籍中有记载吗？在史传中有记载吗？楚国的公子子哲乘坐青翰舟行驶在清波中，有榜枻越人的女子倚靠在船边唱道："滥予抃草，滥予昌慈，泽予昌州，州鍖州焉乎？秦胥胥，缦予乎？昭澶秦逾，惨惿随河湖。"古时候有翻译粤人歌谣而将它解说出来的人吗？子哲说："我不懂粤人歌谣，请你按楚国语言为我解说。"于是召粤人翻译为楚国语言："今夕何夕兮，搴洲中流；今日何日兮，得与王子同舟。蒙羞被好兮，不訾诟耻；心几顽而不绝兮，知得王子。山有木兮木有枝，心悦君子兮君不知。"按：战国时期，西南各种粤人小国全部归顺了楚国。楚国公子子皙，是楚王的弟弟，巡游到了此地，榜枻越人的女子向其献媚，将这首歌献给他。但这首歌的原词意思楚人不懂，所以才用楚国语言解说、翻译过来，它很像《离骚》的体裁风格，难道是屈原、宋玉的楚辞的影响吗？为何让妇人、女子也深受影响？当今粤地之人，只知有唐代时的刘三妹，哪知道东周时期就已经有如同榜枻越人的女子那样出类拔萃的人。我这个歌集，也可以说就像依据粤人方言而翻译为楚国语言。

睢阳吴淇伯其题于招隐香阜。

《粤风续九》四卷，两淮盐政采进本

国朝吴淇编。淇为浔州推官时，采其土人歌谣，又附瑶、俍、僮歌数种，汇为一编。其云“续九”者，屈原有《九章》《九歌》，拟以此续之也。前有淇自序，卷首有孙芳桂撰《刘三妹传》，云是始造歌者，其说荒怪不足信也。

按：此为原书末尾的标注，讲明了它的由来。清代乾隆年间，广征天下书籍以编写《四库全书》，这本书原是两淮盐政所收集并呈送朝廷的版本，此版离原书刊印年代（约康熙二年）已有百年了。

此段文字的大意是：此书是国朝吴淇所编。吴淇在广西浔州做推官的时候，采集当地土著人的歌谣，又再附上瑶歌、俍歌、僮歌数种歌谣，汇集为一编。之所以书名称为“续九”，是因为屈原著有《九章》《九歌》，而此书的编辑者打算用此书接续它们。此书的最前面有吴淇的自序，而歌谣卷首有孙芳桂所撰写的《刘三妹传》一文，文中说刘三妹是最初创造歌谣的人，这种说法是荒谬怪诞、不足为信的。